DAS LETZTE

Dietlind Falk

das letzte

roman

ALBINO

1. Auflage

in der Bruno Gmünder GmbH
Kleiststraße 23-26, D-10787 Berlin

Umschlaggestaltung: Matthias Panitz
Satz: Robert Schulze
Abbildung Umschlag: shutterstock.com / aSuruwataRi
Printed in Germany

ISBN 978-3-95985-083-4

Für meine diversen Elternteile.
Für meine Freunde.
Und für Fitti.

1.
Doktor Mabuse

Doktor Mabuse und ich kennen einander seit sechs Jahren. Ich weiß nichts über ihn, und er weiß nichts über mich. Das weiß er natürlich nicht, sein Job besteht schließlich darin, Dinge über Menschen zu wissen. Er ist mein Therapeut und selbsternannter Ersatzvater, und ganz wie ein echter Vater glaubt er, sich um mich zu kümmern, während er in Wahrheit nur Druck ausübt und in meinem Leben herumschnüffelt – und mich dazu bringt, ihn in jeglicher Hinsicht zu verabscheuen. Sorgsam hat er eine Akte über mich angelegt, mit einem blassrosa Klappdeckel aus Pappe und vorgestanzten Löchern am Rücken, von der er denkt, sie enthielte alles, was man über mich wissen müsse. Doch in Wahrheit ist seine Sprechstunde meine Schweigeminute.

Doktor Mabuse ist sehr hager, und seine Haut hat einen merkwürdigen Braunstich, sodass er mir immer vorkommt wie ein Weberknecht in Menschengestalt. Wenn er zur Begrüßung seine kalte, feuchte Hand ausstreckt, dann lasse ich mir meinen Ekel zwar nicht anmerken, wie ich mir überhaupt nie etwas anmerken lasse, aber wenn ich sie schüttle, kommt es mir innerlich vor wie eine Mutprobe, bei der ich mit spitzen Fingern eine tote Qualle anfassen muss.

Von außen müssen unsere Sitzungen wirken wie eine sehr lange, sehr langweilige Choreografie. Sie laufen immer gleich ab: Doktor Mabuse sitzt in seinem großen schwarzen Ledersessel, lehnt sich knarzend zurück und faltet die Hände über dem Bauch. Dann fängt er an, kaum merklich zu wippen, während ich angestrengt die Beine übereinanderschlage und meine Hände in die Spalte schiebe, die meine Oberschenkel dabei bilden. Doktor Mabuses Gesicht bleibt während der gesamten Sitzung ungerührt, fast als schliefe er mit offenen Augen, und nur wenn gegen Ende die Tür aufgeht und seine blöde Sprechstundenhilfe mit einer neuen Akte reingestöckelt kommt, heben sich seine Mundwinkel, weil sie jung ist und enge Blusen mit weitem Ausschnitt trägt, durch die man ihre Unterwäsche sehen kann. Beim Gehen wiegt sie ihren Oberköper theatralisch nach links und nach rechts, als sei sie gerade furchtbar eingeschnappt. Ich frage mich, ob Doktor Mabuse einen versteckten Knopf hat, mit dem er sie ruft, den er nur zu drücken braucht, damit sie wieder antanzen muss, denn dann wäre ich auch eingeschnappt. Das wäre so erniedrigend, dass ich mir an ihrer Stelle den Stöckelschuh eher mitten ins Herz hacken würde, als ihn morgens für diese Arbeit anzustreifen.

Wenn Doktor Mabuse mir eine Frage stellt, erkenne ich es zwar meist noch daran, wie sich seine Stimme am Ende der Lautkette hebt, doch bevor ich reagieren kann, wirft mein Kopfecho den Sinn seiner Worte fröhlich durcheinander und zerstreut ihn in alle vier Himmelsrichtungen. Wie die Samen einer Pusteblume zwirbeln sich die Bedeutungen einfach ins Irgendwo und sind plötzlich verschwunden. Das passiert mir andauernd, wenn mein Gehirn Gefahr wittert, die Art Lähmung, die ein Reh wohl im Angesicht der immer größer und heller werdenden Scheinwerfer empfinden muss. Dann kann ich nicht antworten, was gar nicht gut ist, denn wenn ich zu apathisch wirke, wird er mich hier in der Klinik behalten wollen, hier, im unendlichen Weiß. Im ewigen Eis. Und je größer meine Angst vor diesem Urteil wird, desto mehr wirke ich, als wäre es gerechtfertigt. Also fange ich meist an zu nicken, weil es sein kann, dass das zufälligerweise eine angemessene Reaktion ist, schließlich liegt es in der Natur von Fragen, sich häufig mit Ja oder Nein beantworten zu lassen. Und außerdem ist das doch sicherlich ein Zeichen von gesundem Optimismus, Kopfnicken.

Er macht sich dann eine Notiz.

Ein paar Sachen weiß Doktor Mabuse natürlich schon über mich:

Vat. u. Brud. verstbn., traum. Angstzust. seit KH, spont. Aphasie, gel. Stupor mit dissoz. Epis. (Medik. seit 03.05.02).

Manchmal wird er wegen eines Notfalls auf der Station angepiepst, und wenn sein Kittel dann hektisch zur Tür hinausgeweht ist, drehe ich schnell die Blätter auf seinem Schreibtisch um und lese, was es Neues über mich gibt. Viel ist es nie. Laut meiner Akte bin ich eine latent dissoziative Persönlichkeit, was rein logisch bedeuten müsste, dass ich eine Persönlichkeit habe. Obwohl man mir nicht im Geringsten nachsagen kann, ich sei eitel, macht mich Doktor Mabuses Gekritzel in der Akte irgendwie wütend. Er nennt es meine Krankengeschichte, dabei ist nichts, aber auch wirklich nichts weiter entfernt von einer Geschichte als diese paar nackten, mickrigen Wortstummel in Doktor Mabuses Akte, und schon allein, um ihm dafür eins auszuwischen, dass er tatsächlich glaubt, sie würde meine Vergangenheit ausreichend dokumentieren, kommt mir während unserer Sitzungen kein Wort über die Lippen, wenn ich es irgendwie verhindern kann. Und heute erst recht nicht.

Was Doktor Mabuse nicht weiß: Innerlich erzähle ich die ganze Zeit. Ich sitze vor ihm wie eine Taubstumme, als hätte jemand meine Stimmbänder gekappt, aber innerlich erzähle ich heute all das, was er nicht weiß und auch niemals erfahren wird, und zwar ohne Abkürzungen und Fachbegriffe und mit Zusammenhang. Ungefähr so:

Mein Name ist Dissoziative Persönlichkeit. Gestört bin ich selbstverständlich wegen meiner Eltern, und die waren gestört wegen ihrer Eltern. Und ein bisschen auch wegen der Welt im Allgemeinen. Eines Abends hätte mein Vater meine Mutter beinahe erwürgt, mein großer Bruder ist vor Angst aus dem Fenster gesprungen, und dann hat sich mein Vater noch eine Pulle Doppelkorn reingeknallt und ist auf den Couchtisch aus Glas gefallen und war tot. Weil er, statt sich abzustützen, die Flasche nicht losgelassen hat. Ein würdiger Säufertod. Das Ganze hat vielleicht eine Viertelstunde gedauert, ich habe in meinem rosa Plastikbett gelegen und so getan, als würde ich schlafen. Man könnte sagen, es war eine Art umgekehrter Urknall: Es macht plötzlich *bumm*, und alle sind weg.

Am nächsten Tag stellte sich heraus, dass sich unser Nachbar Herr Abramowitsch nebenan mit einem von insgesamt fünfzigtausend geklauten Fernsehkabeln erhängt hatte. Es gab einen kurzen Artikel in der Lokalzeitung (›Todesnacht im Plattenbau‹) mit einem unscharfen Foto von unserem Balkon mit den vertrockneten Blumenkübeln drauf, und dann kam meine Mutter erst mal für ein paar Jahre in die Klapse und ich zu meiner Oma, was ziemlich genau aufs Gleiche hinauslief.

Meine Oma hatte einen Hund und Arthritis. Deshalb musste ich ihr immer bei allem Möglichen helfen, das meiste hatte mit Händen und Füßen zu tun und war rentnerbraun. Allgäuer Latschenkiefer. Gesundheitsstrümpfe an aufgequollenen, blau-weißen Beinen hochwuchten. Und alles Gekochte in Fett ertränkt. Und um so viel Ekel und Abscheu gerecht zu werden, kann man da jetzt eine richtig schöne kleine Erzählung in der Erzählung draus machen. Ein modernes Märchen. In etwa so:

Es war einmal ein graues, eckiges Bungalowhaus mit ewig geschlossenen, vergilbten Spitzenvorhängen und lieblos verwittertem Vorgarten. Darin wohnte Oma Latschenkiefer mit ihrer Witwenrente. Und dann auch mit mir. (Wer jetzt bei ›Oma‹ an eine nette alte Dame mit riesigem Süßigkeitenvorrat und morgendlichem Kinderfernsehen denkt, die andauernd »Ach nein, wie drollig!« ruft und dann schnell noch einen Kuchen backt – so war sie nicht.)

Weil Oma Latschenkiefer mit ihren knöcherigen, abstrus verformten Fingern irgendwann keine Briefe mehr schreiben konnte, übernahm ich schließlich ihre Korrespondenz, die sie stichwortartig in regelmäßigem Turnus an andere rentnerbraune, kugelrunde Hundebesitzerinnen zu schicken pflegte. Sie diktierte mir die Neuigkeiten in dem blinden Vertrauen, dass ich die Verben schon von selbst einfügen würde wie jeder andere normale Mensch (ha ha!): *Babsi* (ihr Dackel) *gesund, Luise doch nur Pflegestufe zwei, Wetter auf Rügen auch nicht gut* (dort wohnte ihre Jugendfreundin Irma), und so weiter und so weiter. Einmal kam ich auf die Idee, die Briefe im Telegrammstil zu verfassen, und setzte zwischen die Satzfetzen ein *STOPP*, und sie wurde so wütend, dass sie mich eine Woche lang mit Rosenkohl und Hühnerleber bestrafte. Wirklich. Und ich war so brav, dass ich das Zeug einfach still leidend und würgend in mich hineinaß, ohne einen Mucks zu machen. Ohne Oma Latschenkiefer anzusehen, habe ich Leber um Leber gegessen und mir vorgestellt, ich äße ihr Herz auf.

Nach einem halben Jahr hatte ich halbwegs verstanden, warum meine Mutter so war, wie sie war: Weil es in diesem Haus keine Gefühle gab. Es war taub. Wie ein für immer eingeschlafener Fuß. Da war gar nichts, nur abgestandene Luft und Ockerfarbenes. Gehäkelte

Platzdeckchen wurden dort weitaus mehr geschätzt als Menschen, mehr als Kinder vor allem, sodass man sich nach kürzester Zeit wünschte, nicht mehr man selbst zu sein, sondern jemand anderes – oder besser noch, *etwas* anderes, eines der vielen Likörgläser vielleicht, oder die Fernsehzeitung. In diesem Haus steckte gefühlstechnisch höchstens eine ordentliche Portion altbackener Verbitterung, ansonsten herrschte gähnende Leere, und das ist sicherlich ein Grund, weshalb meine Messiemutter jetzt alles anhäuft, was sie in die Finger kriegen kann. Eine Mutter wie Oma Latschenkiefer zu haben, hätte niemand intakt überstanden, so viel ist sicher.

Ich liebe Kausalketten. Sie geben mir eine gewisse Sicherheit, einen Kontext, einen Zusammenhang im Chaos. Meine Mutter ist gestört, weil ihre Mutter eine sadistische, pedantische alte Maggi-Flasche war. Mein Vater war gestört, weil sein Vater ihn ständig grün und blau geprügelt hat, sodass er, also mein Vater, als erwachsener Mann bei jeder Gelegenheit Panikattacken bekam und nicht arbeiten konnte und sich stattdessen mit Korn in den Tag hinein- und mit Doppelkorn aus dem Tag hinausgesoffen hat. Und ganz nebenbei auch kein sehr netter Mensch geworden ist. Mein Großvater war gestört, weil Deutschland den Zweiten Weltkrieg angefangen hat, und sein Vater war gestört, weil Deutschland irgendwie auch den Ersten Weltkrieg angefangen hat. So geht es weiter bis zum Anbeginn der Zeit, irgendein Krieg hat vermutlich immer angefangen, und irgendwer war danach garantiert immer gestört.

Meine Mutter war mal fast ein ganzes Jahr lang trocken und wirklich bemüht, ihr Leben besser zu machen als vorher, sich keinen neuen Alki zu suchen und vielleicht wieder irgendwas zu arbeiten und gelegentlich auch mal glücklich zu sein. Wenn sie zu Besuch kam, war sie so lieb zu Oma Latschenkiefer, ich erlebte sie als Kind, als Kind, das bloß Anerkennung und Zuneigung wollte, mehr nicht, und Oma Latschenkiefer behandelte sie immer nur grantig und kalt und war froh, wenn ihre nichtsnutzige Tochter wieder weg war. Wie eine Wand aus Stein, gegen die jemand immer wieder verzweifelt ein paar Blumen warf. Meine Mutter fing wieder an zu trinken, und alles ging wieder schief. Oder andersherum. Mit dem Trinken und dem Schiefgehen ist es vermutlich wie mit dem Huhn und dem Ei, man weiß nicht, was zuerst da war. Oma Latschenkiefer rührte jedenfalls selbstgefällig in ihrer Mehlschwitze herum und sah sich in ihrer Annahme bestätigt, ihre Tochter sei einfach zu nichts zu gebrauchen.

Eines Morgens verschlief ich, weil Oma tot im Bett lag und mich so natürlich schlecht wecken konnte. Sie war kalt und wachsweiß und kam mir eigentlich gar nicht so anders vor als zu Lebzeiten. Nur die beiden Rillen, die ihr Doppelkinn einrahmten, glänzten nicht mehr. Sofort machte ich mich daran, eine Runde *Babsi gesund STOPP Oma tot STOPP* aufzusetzen, dann rief ich die Polizei.

Ich kam zu einer Pflegemutter, und irgendein Amt entschied, dass es nun an der Zeit sei, mich emotional zu stärken.

Das Mädchen gibt ja keinen Ton von sich!

Von da an gingen meine Füße einmal in der Woche zu Frau Doktor Heilmann, einer Kinder- und Jugendpsychologin. Fisselige Haare und Mundgeruch. Und wenn sie sich mal schick machen wollte, trug sie so komische Oberteile mit weiten Löchern an den Schultern, wodurch sie aber eigentlich nur aussah, als würden permanent links und rechts zwei dicke Koteletts neben ihr herschweben. Das Einzige, was ich an Frau Doktor Heilmann mochte, war ihr Name. Sie muss sich vorgekommen sein wie ein Amboss, der wieder und wieder auf eine störrische Walnuss hinunterdonnert, ohne dass die Schale danach auch nur den geringsten Riss aufweist.

Am schlechtesten ging es mir eigentlich, wenn ich mich kurz vor dem Einschlafen so gewaltvoll an meinen Bruder erinnerte, wenn Bilder von ihm wie Starkstrom durch meinen Kopf flossen, dass ich nicht schlafen konnte. Etwa zu diesem Zeitpunkt wurde mir auch klar, dass mein Herz nicht links sitzt, sondern mittig, unter dem Solarplexus, denn da tut es weh. Weil wenn man eine Scheißkindheit hat, so eine mit Brüllen und Schlägen und nichts zum Essen im Schrank, an der das einzig Gute ist, dass es jemanden gibt, der sie mit dir hat – dann ist es genau genommen zu viel verlangt, alleine weitermachen zu müssen, wenn der andere aus dem Fenster gesprungen ist. Dann liegt nämlich ein Teil von dir mit auf dem Asphalt und blutet.

Ich schloss die Augen und malte sein Gesicht mit dem Finger in die Luft, stundenlang, bis die Nacht vorbei war und ich schlafwandlerisch durch den nächsten Tag lebte.

Irgendwann machte sich Frau Doktor Heilmann ernsthaft Sorgen um ihre schweigsamste, dürrste, blasseste Patientin mit dem leeren Blick, die jede Woche wie ein Geist in ihre Praxis levitiert kam, und sorgte dafür, dass man mir zum ersten Mal die Tabletten verschrieb, die ich seither nehme.

Und dann war plötzlich alles weg. Ich dachte an gar nichts mehr, so als hätte jemand meine Festplatte gelöscht. Mein Bruder war nur noch das Wort: ›Bruder‹. Die Bilder waren weg. Sein Gesicht kam nicht mehr, und seine Stimme rief mich nicht mehr. Alles war futsch, und ich muss gestehen, dass es angenehmer war, zur Abwechslung mal taub zu sein, als dass alles ständig wehtat. Ich ließ mich auf den Wirkstoffen treiben und akzeptierte, dass meine Vergangenheit nunmehr eine Leerstelle in meinem Kopf war. Gesprächiger machten mich die Tabletten auch nicht, aber die Zeit schob sich zwischen mich und das Entsetzen wie ein geschlossenes Fenster mit dicken Scheiben, festen Riegeln, schweren Fensterläden und Gardinen aus Brokat.

Nach zwei Jahren starb auch meine Pflegemutter, Frau Doktor Heilmann entschied, sich meiner endgültig zu entledigen, und reichte mich wie einen schwarzen Peter an Doktor Mabuse weiter. Ich war achtzehn und zog in unser Haus, zur Sonne, zur Freiheit (wenngleich mit der Auflage, nun alle paar Wochen in Doktor Mabuses Dunkelkammer vorstellig zu werden, fürs nächste Rezept). Hier lebe ich, um beim Märchen zu bleiben, mit etwas Glück bis an mein Lebensende.

Und weil sie nicht gestorben ist, so lebt sie auch noch heute.

All das weiß Doktor Mabuse wie gesagt nicht. Seit Jahren müht er sich mit seinem therapeutischen Brecheisen an meinen Schneidezähnen ab, ohne Erfolg. Manchmal stelle ich mir vor, ich wäre die Protagonistin in einem Hollywood-Streifen. Dann hätten Doktor Mabuse (Christoph Waltz) und ich (?) einander erst einmal argwöhnisch beäugt, mit der Zeit unsere Grenzen abgesteckt, wir wären umeinander herumgetigert, hätten aufeinander gelauert, ab und zu gefaucht und einen Buckel gemacht, und irgendwann hätte er meine harte Hülle durch seine endlose Güte und Kompetenz durchbrochen und mich nach vielen ergreifenden, intensiven Sitzungen stolz und auch ein bisschen wehmütig als selbstbewusste junge Frau in die Welt entlassen.

The End.

Doktor Mabuse heißt übrigens wirklich so. Manchmal sitzt er da in seinem eckigen Büro, hinter seinem eckigen schwarzen Schreibtisch, und seine eckigen schwarzen Lippen bewegen sich auf und ab, wie ein Automat, so als würde sein Unterkiefer irgendwann ganz unvermittelt stehen bleiben, wenn man keine Münze nachwirft. Dann denke ich darüber nach, ob er eine Wahl hatte, oder ob man mit so einem Namen zwangsweise Psychiater werden muss.

Da ist übrigens noch etwas, das Doktor Mabuse nicht weiß. Etwas, weswegen mir heute das Herz im Hals pocht, als wäre es mal eben kurz im Fahrstuhl eine Etage höhergefahren. Doktor Mabuse hat nicht die geringste Ahnung, was in den letzten Wochen alles um mich herum zusammengekracht ist. Er ahnt nicht, dass wir uns heute zum letzten Mal gegenübersitzen. Dass ich meine Tabletten nicht mehr nehme. Und um nicht vor Aufregung versehentlich vom Stuhl zu fallen, klemme ich meine Hände heute ausnahmsweise einmal nicht zwischen die Oberschenkel. Heute halte ich mich an den Armlehnen fest, als wäre das hier ein Schleudersitz.

Und warte.

2. Brockhäuser

Der Anfang vom Ende fing damit an, dass ich zu meiner Mutter musste.

Bei diesem Müssen handelte es sich nicht um eine amtliche Auflage. Niemand schickte mir einen Brief, in dem stand: *Sehr geehrte Frau So-und-so, es ist so weit, heute müssen Sie wieder ran.* Das Müssen war in mir drin, es regte sich, wuchs, blähte sich auf, wurde schließlich unerträglich und verschwand erst wieder, wenn ich sie besucht hatte. Als hätte ich ein, zwei Wochen Freigang, und dann piepste eine imaginäre elektronische Fußschelle und rief mich wieder zu ihr. Das Müssen fing in meinem Bauch an und breitete sich dann überallhin aus, in meine Hände, meinen Hals, meinen Kopf, dann war klar, dass meine Arme die Jacke anziehen und meine Beine zur Bushaltestelle laufen würden.

Meine Mutter war immer da, wenn ich kam. Ich musste mich nicht ankündigen. Sie machte die Tür einen Spalt weit auf, sodass ich gerade hindurchpasste, und sagte: *Da bist du ja.* Allerdings konnte man die Tür auch gar nicht ganz öffnen, denn dahinter türmten sich die Postwurfsendungen der letzten Jahre und das, was normale Menschen als *Alt*glas bezeichnen – bei meiner Mutter aber war es eben nur Glas.

Der erste Blick war immer der wichtigste, er sagte mir, wie sie drauf sein würde, ob sie geistig anwesend war oder nicht, besoffen oder nicht, ob sie wütend werden würde, wie groß ihre Scham in der Wohnung und meine Scham auf der Straße sein würde und so weiter. Manchmal reichte der erste Blick als Entwarnung, und mein flauer Magen beruhigte sich. An guten Tagen lächelte sie mich an und kochte Kaffee und fragte, ob ich auch gelesen hätte, Alzheimer gehöre bald der Vergangenheit an. Dann erkundigte sie sich nach meinem Leben, und es machte ihr nichts aus, wenn das einzig Erzählenswerte war, dass ich ein neues Poster aufgehängt hatte. Sie schenkte mir zum Abschied trotzdem ein altes Marzipanherz, bei dem die Schokolade schon einmal geschmolzen war. Doch manchmal wusste ich sofort, dass ich möglichst schnell würde flüchten müssen. Dass mein Tag gelaufen war und der Tag darauf auch, ich wusste nur noch nicht, wohin.

An dem Tag freute sie sich, als ich mich durch den Türspalt schob. Sie hatte sich einen grün-weißen Schal wie einen Turban um den Kopf geknotet und fand es schön. Sie zerrte eine Kiste aus einer Ecke hervor und zeigte mir eine vergilbte Brockhaus-Edition, die sie in einem Hinterhof gefunden hatte. Ich sagte, sie habe doch schon eine, und sie sah mich verständnislos an, so als müsse sie sehr geduldig mit mir sein, als sei ich erst sechs Jahre alt und verstünde einfach noch nicht sehr viel von dieser Welt. Denn meine Mutter würde sie alle mitnehmen, wenn sie sie fände, alle, sämtliche Brockhaus-Editionen von 1809 bis heute, sie würde erst ein Brockhaus-Zimmer machen und dann eine Brockhaus-Küche, sie würde so viele Brockhäuser in ihre Wohnung bringen, bis sie sich selbst förmlich aus der Wohnung hinausgestopft hätte. Sie würde einfach eines Tages nicht mehr hineinpassen, und statt ihr selbst würden dann eben uralte Lexika dort wohnen.

Sie sah sich nach etwas um, was sie mir noch zeigen konnte. Ein Jutebeutel von einem Reformhaus in Hamburg. Hamburg! Das Tor zur Welt! Sie freute sich. Wieder einzelne Schuhe, Männerschuhe zumeist. Im Flur standen drei riesige welke Palmen, von denen ich nicht wusste, wie sie die hier raufgeschleppt hatte – meistens kam sie schon aus der Puste, wenn sie ihr eigenes stattliches Gewicht die Stufen hochhievte.

Ich öffnete möglichst beiläufig die Fenster, damit sich der Geruch, der sich die letzten Wochen über angestaut hatte, ein wenig verflüchtigte. Bei diesem Geruch handelte es sich um eine eigenartige Mischung aus verrauchter, muffiger Luft, die sozusagen die Grundnote bildete, und ein paar scharfen Einzelgerüchen, die je nach Standort innerhalb der Wohnung wechselten. Die verrottenden Palmen und die alten, vergammelten Bücher rochen nach feuchtem Verlies, die Müllsackecke in der Küche stank jedes Mal anders, aber immer verfault, sie erstreckte sich mittlerweile schon um den kleinen Plastiktisch und die zwei Klappstühle herum. Alles wucherte immer weiter um alles andere herum wie ein Beet aus unnützen Gegenständen und Lebensüberresten. In der Pfandecke roch man die letzten Bierpfützen in den Flaschen, auf denen sich kreisrunde, grüngraue Schimmelteppiche bildeten wie kleine Inseln, auf denen niemand leben mochte. Und die Kippenstummel, die ja auch aufbewahrt wurden, sie füllten langsam aber sicher eine Keksdose mit Schneeflocken und Lebkuchenmännern drauf und ließen sich bestimmt noch zu irgendetwas gebrauchen, man konnte den Resttabak aus den Stummeln kratzen und neue Kippen davon drehen – all das bildete den Geruch, bildete die gesamte Luft der Wohnung, in der meine Mutter lebte. Meine Mutter lüftete nie und hielt die Fenster und Gardinen geschlossen, als hinge ihr Leben davon ab – sie tat vieles so, als hinge ihr Leben davon ab.

Das ganz schlimme Zimmer, in das ich nie einen Fuß setzte, roch man auch, obwohl die Tür verschlossen war.

Paradoxerweise war meine Mutter innerhalb ihrer Haufen und Stapel auf ihre Art äußerst penibel, was Ordnung und sogar Sauberkeit anging. In ihrer Wohnung gab es keine Käfer, Schaben oder Mehlwürmer, die hinter den Bildern an der Wand und in der Kühlschrankdichtung herumwuselten. Sie machte regelmäßig sauber, so gut es ging, bestand auf Untersetzern für Gläser und Flaschen und ärgerte sich furchtbar, wenn ich aus Versehen einen Stapel umwarf oder irgendetwas gedankenversunken von A nach B räumte, weil sie es dann angeblich nie wieder fand. Es konnte sein, dass man mit einer unbedachten Bewegung etwas umstieß – und somit zunichtemachte –, woran sie tagelang gearbeitet, gebastelt, herumsortiert hatte, und dann konnte es wiederum sein, dass sie einen solchen Tobsuchtsanfall bekam, als hätte man ihr geradewegs ins Gesicht gespuckt. Alles, was sie besaß, war ihr nicht nur wichtig – es war erstens ein Teil von ihr, eine beinahe körperliche Erweiterung ihrer selbst, und zweitens hatte sie eine klare Vorstellung davon, wozu sie es demnächst gebrauchen würde. Sobald sie etwas in den Händen hielt, hatte sie es auch schon emotional aufgeladen, es in die eigene Zukunft, das eigene Überleben mit eingebaut: Bei allem war es besser, es zu haben, als es nicht zu haben. Dinge wurden binnen Sekunden lebensnotwendig, und selbst die Müllsäcke in der Küche blieben ewig liegen, da ja vielleicht jemand mit Hund vorbeikommen könnte, und dann würde sich der Hund sicher über ein paar Essensreste freuen. Oder der alte Joghurtbecher könnte zum Wassernapf umfunktioniert werden, oder vielleicht konnte man die überstehenden Plastikschnüre des Sacks später noch abschneiden, um damit eine Tüte Tiefkühlgemüse zuzuknoten. Dass meine Mutter, abgesehen von ihrem einzigen Freund und Saufkumpanen Hilmar und mir, niemals Besuch bekam, ja sogar niemanden in die Wohnung gelassen hätte, selbst wenn jemand sie hätte besuchen wollen, spielte dabei keine Rolle.

Auch nicht, dass weder Hilmar noch ich einen Hund besaßen.

Ich hatte früh gelernt, dass das Verhalten meiner Mutter mit Logik ungefähr so viel zu tun hatte wie Liebeskummer mit dem Satz des Pythagoras.

Der Müll machte mir am meisten Sorgen, denn natürlich hatte ich Angst davor, dass das alles mit der Zeit schlimmer werden würde und die Würmer irgendwann kämen. Bei jedem Besuch leierte ich meiner Mutter ein paar Säcke aus den Rippen, die ich nach langer Diskussion unten in die Tonne werfen durfte, nachdem ich sie davon überzeugt hatte, dass jeder normale Hund an dem verfaulten Inhalt krepieren würde und sich eine Müslischale doch ebenso gut zum Wassernapf eignete wie ein leerer Joghurtbecher. Beim Müll hatte meine Mutter mit viel Geduld ein Einsehen, und manchmal glaube ich sogar, sie war dankbar dafür, wenn ich die stinkenden Tüten über die Schwelle aus der Wohnung hinaustrug, da sie es nie gekonnt hätte. Für sie selbst war die Wohnung eine Einbahnstraße, es gab nur eine Richtung, und was einmal hineingebracht worden war, blieb, wenn es nach ihr ging, für immer dort. Hinsehen konnte sie allerdings nicht – war der Müllmoment gekommen, ging sie ins Badezimmer und tat so, als wäre nichts, und ich nahm so viele Säcke, wie ich mit ausgestreckten Armen tragen konnte, und schaffte sie weg.

Als wir an diesem Tag rausgingen, fing mich auf dem Flur wieder einmal die scheußliche Nachbarin ab, eine Frau wie eine Zitronenpresse, mit falschen Fingernägeln und aufgebauschten Haaren und Bauch-weg-Unterwäsche. Wahrscheinlich verbrachte sie ihre Tage vor dem Türspion, um auf mich zu warten, sie zog mich unwirsch am Oberarm in eine Ecke und begann ihren Beschwerdevortrag über meine Mutter. Sie tat nur so, als würde sie flüstern, eigentlich wollte sie, dass meine Mutter alles hörte und sich schämte. Also dieser Gestank, und der Krach, da wolle man in Ruhe *Tagesschau* gucken, und dann rumple es nebenan andauernd, sie, die Nachbarin, habe ja auch Mitleid, aber genug sei genug, eine von Rumpeln zerhackte *Tagesschau*, wo käme man denn da hin? Ich stand da und konnte mich nicht bewegen. Wie ein williger Staubsauger sog ich ihre ganzen Beschwerden in mich auf, dabei wollte ich ihr einfach nur eine Ohrfeige geben.

»Es tut mir leid. Auf Wiedersehen.«

»Wiedersehen.«

Sie würde niemals verstehen, dass das, was sie für die Lösung hält, das Aufräumen, meiner Mutter mehr Angst macht als der Gedanke, irgendwann nicht mehr in die eigene Wohnung zu passen. Dass sie dann das einzig Gute in ihrem Leben hergeben müsste, und wer will das schon? Meine Mutter mag ja geisteskrank wirken, aber in dieser Hinsicht ist sie doch wie jeder andere Mensch, in diesem Festhalten, geradezu beängstigend normal ist sie gerade in diesem einen Punkt.

Draußen war alles so wie immer, es schien sogar die Sonne. Erst jetzt sah ich, dass der Schal, den meine Mutter um den Kopf trug, ein Fan-Schal von Werder Bremen war. Er hatte in einem Baum gehangen, hatte sie gesagt. Die Leute guckten, aber ich war schon ganz klein, winzig, ich verschwand in der frischen Luft, sogar durch die Poller auf der Straße konnte ich hindurchgehen wie eine Erscheinung. Wie der Geist einer treuen Tochter, die tat, was sie konnte. Auch, als ihre Mutter einen Socken aufhob, der am Straßenrand lag. Als sie ihren vom hohen Polyesteranteil knisternden Pullover auszog und ihr schwerer, weißer Bauch unter dem T-Shirt heraushing. Sie lächelte. Sie schloss die Augen und reckte ihr Gesicht in die Sonnenstrahlen. Ich war froh, dass sie in diesem Moment vermutlich glücklich war, sogar meine Hand drückte sie einmal kurz mit rauen Fingern. Ich dachte noch, dass ich ihr Creme mitbringen würde, beim nächsten Mal, denn zu diesem Zeitpunkt, auf der Parkbank in der Sonne, hatte ich nicht den geringsten Schimmer, dass meine Mutter schon bald ganz andere Dinge brauchen würde als irgendeine fetthaltige Handcreme.

Zum Schluss gingen wir noch zum China-Mann. Das bisschen Geld, was meiner Mutter übrig blieb, nachdem Bier und Likör gekauft waren, investierte sie hauptsächlich in Bami Goreng, Frühlingsrollen und endlose Minitöpfchen Sambal Oelek. Auch die kleinen Plastikfische, in denen die Sojasoße zum Mitnehmen verkauft wurde, sammelte sie natürlich. Lustiges Spielzeug für die Badewanne, theoretisch. Ihre Badewanne hatte ich zum letzten Mal vor drei Jahren freigeräumt, als sie eine Entzündung am Fuß gehabt hatte, die regelmäßig ausgewaschen werden musste. Manchmal wusste ich nicht, ob ihr das Essen wirklich so gut schmeckte, oder ob es ihr in Wahrheit um die ganzen Essstäbchen und Plastikfische ging, die zusammen mit den Boxen in die Tüte gepackt wurden.

Obwohl meine Mutter den China-Imbiss über alles liebte, verhielt sie sich jedes Mal unmöglich dort. Sie stand in der klebrigen Fritteusenluft und meckerte: »Letztes Mal war kein Ei in meinen Nudeln! Eine Frechheit war das, Bratnudeln ohne Ei, wo gibt's denn so was? Und das Hühnchen war nicht gar, da können Leute dran sterben, wisst ihr das nicht? Wisst ihr nicht, ne. Hab ich mir gedacht.« Sie schüttelte den Kopf. »Also seht zu, dass diesmal Ei drin ist, sonst komm ich hier nie wieder hin!« Ich dachte kurz, wenn die Köche schlau sind, lassen sie das Ei diesmal absichtlich weg. Meine Mutter wiederholte ihre Beschwerde noch dreimal, mit leicht veränderter Wortwahl und immer mehr Schimpfwörtern. Zum Glück standen die Köche mit dem Rücken zu uns, hantierten stoisch mit ihren Silberkellen über den zischenden Woks herum, und ich betete inständig, dass sie kein Deutsch verständen.

Es war nämlich so, dass meine Mutter eigentlich zwei Menschen war. Das machte das Ganze mit ihr auch so kompliziert. Die meiste Zeit war sie mürrisch und dickköpfig, kam ganz nach Oma Latschenkiefer und gab mir und der Welt das Gefühl, lästige Störfaktoren zu sein, die ab und an bei ihr eindrangen, um ihr das Leben schwer zu machen. Das war so, weil sie sich schämte, und deshalb keifte sie auch so viel: Angriff war die beste Verteidigung. Und das war auch ein Grund, warum sie ihren Krempel jedem Menschen vorzog, sogar mir, denn alte Socken gaben keine Widerworte und zeichneten sich im Gegensatz zu Töchtern insgesamt nicht dadurch aus, Probleme zu machen. Wäre meine Mutter ausschließlich so, wäre es leicht gewesen, mit ihr zu brechen und sie auf nimmer Wiedersehen zwischen ihren Stapeln sitzen zu lassen, denn über die Jahre machten die Konflikte mit ihr mürbe und fühlten sich irgendwann so an, als würde einem nach und nach in kleinen Fetzen die Haut abgezogen.

Aber es gab eben auch noch eine andere Seite an meiner Mutter, die ab und an durchkam wie ein unerwarteter Sonnenstrahl am wolkenverhangenen Himmel, der einen daran erinnerte, dass es da tatsächlich eine Sonne gab, mit Wärme und Licht und allem, nur sah man sie eben viel zu selten. Meine Mutter konnte manchmal sehr fürsorglich sein, und friedfertig, und hatte entwaffnende Gedanken über die Welt. Wenn sie bei einem unserer Spaziergänge in einem Sperrmüllhaufen oder irgendwo sonst ein altes Kissen oder ein Sitzpolster fand, nahm sie es mit und legte es auf die Holzbank im Wartehäuschen der Straßenbahn, damit man es beim Warten bequemer hatte. Die Leute fanden die alten, fleckigen Kissen sicher eklig und warfen sie wieder in den Müll, und dann wusste ich nicht, wer bekloppter war: die Leute oder meine Mutter. Wenn sie irgendwo ein Fahrrad ohne Sattel herumstehen sah, konnte es durchaus sein, dass sie in ihre Wohnung zurückfuhr, um einen zu holen. Ganz früher, als ich noch klein war, hatte sie sich manchmal nachts zu mir ins Bett geschlichen, nachdem mein Vater und sie sich genug angebrüllt hatten, sie hatte sich ganz fest an mich gedrückt und mir den Kopf gestreichelt, und nachdem sie dann selbst eingeschlafen war, lag ich die ganze Nacht in ihrer schaurig-wohligen Nähe wach und wagte nicht, mich zu bewegen, damit sie ja nicht aufwachte und wieder ging. An guten Tagen strich sie mir ganz sanft über die Wange und sagte »Du bist so groß geworden«, oder sie schenkte mir irgendetwas, von dem sie meinte, ich könne es gebrauchen – ein viel zu kleines T-Shirt oder einen ausgetrockneten Stift –, und nach diesen spärlichen Momenten war ich so süchtig, ich zehrte so sehr von ihnen, dass ich wie ein Junky selbst dann noch zu ihr kommen würde, wenn es nur noch darum ginge, ihre Fußnägel zu schneiden und ihr den Hintern abzuwischen.

Zurück in ihrer Wohnung machte sich meine Mutter daran, die Behälter auszuwickeln und aufzuklappen, als handle es sich um etwas lieblos eingepackte Weihnachtsgeschenke. Mit den Stäbchen konnte sie nicht essen, doch statt sie wegzuschmeißen, bewahrte sie sie eben auf. Sie hatte schon so viele davon, dass sie sich für ein paar Monate in irgendeiner Garage hätte einschließen können, um damit die Chinesische Mauer nachzubauen oder etwas ähnlich Absurdes, ich stellte mir den Artikel in der örtlichen Umsonstzeitung vor: ›15 284 Stäbchen: Arbeitslose Frau baut Weltwunder nach‹, darunter ein Foto von meiner stolzen Mutter mit fettigen Haaren und zu enger Hose.

Zufrieden sog sie gerade die ersten Nudeln in den Mund.

Mein Blick war auf einen sauber aussehenden Brief auf der Fensterbank gefallen, der sich durch sein klares Weiß deutlich vom Rest der Wohnung absetzte. Noch in Gedanken an Woks und Stäbchen und Plastikfische nahm ich ihn in die Hand und las:

Aufgrund von Eigenbedarf sehe ich mich dazu gezwungen, Ihnen zum 1.10. das Mietobjekt zu kündigen.

Darunter eine ellenlange Erklärung über irgendeinen Stiefsohn, der anscheinend unbedingt ab nächstem Monat in dieser Wohnung wohnen musste. Paragraphen und Amtszeichen. Eine krakelige Unterschrift und dicke blaue Stempel einer Anwaltskanzlei.

»Was ist das?«, fragte ich und wedelte mit dem Brief.

Meine Mutter hob den Blick.

»Was?«

»Das Schreiben von deinem Vermieter.«

Sie kräuselte die Augenbrauen und lehnte sich ein wenig vor, als wüsste sie nicht, wovon ich spreche. Ich hielt ihr das Schreiben hin.

»Ach, das?« Sie winkte ab. »Der spinnt.«

Sie hob die Gabel zur Schläfe und tippte ein paarmal dagegen. Dann steckte sie sie zurück ins Essen, drehte sie und schob sich erneut eine dicke Nudelspule rein, kaute und murmelte schließlich mit halb vollem Mund: »Ich schreib dem. Der wird sich noch wundern!« Sie fuchtelte eine Art Schlachtplan in die Luft. »Der wird sich wundern, das sag ich dir aber.«

Meine Augen wanderten aufs Datum, und mein Kopf rechnete zurück. Der Brief war schon ein halbes Jahr alt. Meine Mutter aß seelenruhig weiter.

»Mama«, sagte ich möglichst ruhig, »der Brief ist schon ganz alt. Warum hast du mir nicht Bescheid gesagt?«

Reptilienartig drehte sie den Kopf in meine Richtung, kniff die Augen zusammen und keifte: »ICH SCHREIB

DEM DOCH, HAB ICH GESAGT!« Sie stieß mit dem ausgefahrenen Ellenbogen an ihre Bierflasche, die umfiel und einen sprudelnden, stinkenden See auf den Tisch ergoss. Jetzt fluchte sie und versenkte hektisch die dünnen, weißen Gratisservietten darin. Aber ich hörte schon nichts mehr. Mein Gedankenpegel sank, als hätte mir jemand den Stöpsel gezogen, mein komisches mittiges Herz schlug mit einem Mal viel zu schnell, und so blieb mir nichts anderes übrig, als meinem Fluchtinstinkt nachzugeben, der mich mit einer solchen Kraft aus dieser Wohnung herauszog, als gäbe es dort draußen einen riesigen Magneten, auf den nur ich reagierte. Mit mechanischen Bewegungen hob ich meine Tasche vom Boden auf, nahm meine Jacke von einem der Stapel und setzte die Kapuze auf. Im Türrahmen machte ich noch einmal halt und warf meiner Mutter einen letzten Blick zu, eine Angewohnheit aus der Zeit, als ich sie noch in der Klapsmühle besuchen musste. Sie hatte sich schon wieder beruhigt, beachtete mich gar nicht mehr und nahm einen langen, gluckernden Schluck Bier. Sie summte leise vor sich hin, irgendeine missmutige kleine Melodie, tunkte selbstversunken eine Frühlingsrolle in die rote Soße und biss zu. Wenn sie eins in ihrem Leben gelernt hatte, war es das: Verdrängen. Immer verdrängen. Sie würde noch dort sitzen und ihre Nudeln essen, wenn die Wände schon auf sie zugerückt kämen. Mein ganzer Körper krampfte sich zusammen, als hätte ihn irgendjemand fest im Griff.

Ich liebte meine Mutter so sehr, dass ich sie wie eine Braut aus dieser Wohnung tragen wollte, aus diesem

Haus und diesem tristen Stadtteil, aus diesem Leben, dass ich sie auf ein weiches, helles Sofa mit flauschigen Kissen betten wollte, wo es keine Sorgen gab und sie den ganzen Tag Soap-Operas schauen und Bratnudeln essen konnte.

Und gleichzeitig hasste ich sie in diesem Moment so sehr, dass ich den Klappstuhl bei der Lehne packen wollte, um meine Mutter samt Stuhl gegen die Wand mit der hässlichen alten Tapete zu schleudern.

3.
Das mit Leo

Am nächsten Morgen rührte ich in meinem weicher und weicher werdenden Müsli herum, bis mir schlecht war, schob die Schale schließlich möglichst weit weg von mir und machte mich fertig.

Ich musste zum Amt.

So was macht niemand gerne, zum Amt gehen. Das Warten nervt, und die Komplikationen nerven, die Formulare, die man nicht ausfüllen kann, sodass man sich vorkommt wie der allerletzte Vollidiot, die ellenlangen Bürokratenwörter nerven, und die ewigen Kopien und Nachweise, die einem fehlen, die man verloren hat, obwohl es einfach nicht sein kann, dass man genau diesen einen wichtigen Wisch jetzt ernsthaft verloren hat. Doch für mich war das Schlimmste an diesen Behördengängen das Schrumpfen. Mit jedem Schritt im üblichen Ablauf auf dem Amt wurde ich kleiner. Wenn mich der Mann am Empfang geringschätzig ansah. Wenn ich merkte, wie lange alles dauern würde, und die Blicke der anderen Wartenden nicht ertrug. Es war ein Jammer, dass die geteilte Erniedrigung nicht dazu führte, einander komplizenhaft Mut zuzulächeln, sich wortlos gegen den gemeinsamen Feind in Büro Nr. 2B bis 5F zu verschwören. Auf den Fluren herrschte ein Gefühl von jeder gegen jeden.

Wenn die Sachbearbeiterin, die mich natürlich nicht leiden konnte, dann seufzte, oder, schlimmer noch, so etwas wie *ts ts* machte oder wegen irgendeiner Fristüberschreitung tadelnd mit der Zunge schnalzte und jede ihrer Fragen mit *Aber wieso haben Sie denn nicht* oder *Ist Ihnen denn nicht klar, dass* anfing, dann konnte man mir förmlich beim Wenigerwerden zusehen. Wie Alice im Wunderland schrumpfte ich auf die Größe eines schuldbewussten Däumlings zusammen, der auf dem Bürostuhl stand und Entschuldigungen fiepte. Dass ich den Kopf für meine Mutter hinhalten musste, die sich natürlich nicht rechtzeitig um Dinge kümmerte und ständig irgendwelche bürokratischen Karren vor die Wand fuhr, war der Sachbearbeiterin völlig egal. Ich war die Tochter der Übeltäterin, ihre Gene waren auch meine Gene, und so bekam ich eben die Standpauken ab.

In der Straßenbahn roch es nach feuchten Pommes. An die Scheibe, hinter der die Stadt vorüberglitt, hatte jemand einen knallbunten Aufkleber geklebt, er zeigte so ein hässliches Mandalamuster, und in der Mitte stand: *LIFE IS BEAUTIFUL.* Um nicht von der Angst derart gelähmt zu werden, dass ich nicht würde aussteigen können, stellte ich mir vor, dass es heute eine neue Sachbearbeiterin gäbe, eine junge, nette, die mich pädagogisch wertvoll anlächelte und der ich mein Problem ungewohnt kohärent würde schildern können. Vielleicht war die alte Sachbearbeiterin ja vom Pferd gefallen oder machte gerade Urlaub auf Norderney, und die Vertretung würde sagen, *Ach herrje, Sie Arme, da haben Sie ja ein ganz schönes Päckchen zu tragen*, und anschließend würden wir gemeinsam eine Lösung finden und alles wäre – den Umständen entsprechend – in Ordnung. Prall gefüllt mit Erleichterung und Dankbarkeit würde ich mich dann auf den Rückweg machen, um die zehn Stunden Schlaf nachzuholen, die mir von letzter Nacht fehlten.

The End.

Kurz bevor ich aussteigen musste, zog ich einen großen schwarzen Aufkleber von Kackschlacht aus der Tasche und überklebte damit das Mandala.

Das Amt lag etwas außerhalb der Stadt an einer vierspurigen Straße, über die den ganzen Tag Autos und LKWs und Straßenbahnen brausten. Wenn man sich dann durch die komische Drehtür manövriert hatte, bei der man weder zu schnell noch zu langsam gehen durfte, um den Mechanismus nicht abrupt anzuhalten und wie jemand dazustehen, der sogar zu blöd war, um durch eine Drehtür zu gehen, dann war die Stille im Innern des Gebäudes plötzlich so total, dass sie einem nahezu gewaltsam entgegenschlug. Falls Stille das kann.

Dann musste man eine Nummer ziehen.

Im Amt war alles grau. Graue Gänge, graue Stühle, graue Sachbearbeiter. Die wartenden Menschen sahen aus wie platte Reifen oder eingeknickte Regenschirme, und das penetrante Surren der Lüftungsanlage legte sich wie unheilvoll monotone Hintergrundmusik über die langen Gänge. Sofort stellte ich mir vor, Jack Nicholson käme mit seinem irren Grinsen und einer Kettensäge um die Ecke. Wenn man hier saß, und saß, und saß, konnte man meinen, an diesem Ort sei noch nie etwas Gutes passiert. Geschweige denn gelacht worden. Allen Wartenden war anzusehen, dass sie sich innerlich darauf vorbereiteten, ihr Sprüchlein aufzusagen, sobald ihre Nummer angezeigt wurde: *Mir ist während der Probezeit gekündigt worden ich kann meine Miete nicht mehr bezahlen mein Partner hat mich rausgeschmissen meine Schwester hat mich rausgeschmissen mein Vater hat mich rausgeschmissen ich hab das Formular verloren ich weiß nicht was ich da reinschreiben soll ich weiß nicht was das heißen soll ich brauche einen Wohnberechtigungsschein was ist ein Wohnberechtigungsschein meiner Mutter ist die Wohnung gekündigt worden und sie ist ein Messie und ich weiß nicht wie ich das hinkriegen soll tut mir leid tut mir leid tut mir leid tut mir leid bitte helfen Sie mir.*

Die Sachbearbeiterin war heute ein Vertretungsmann mit Glatze und schlecht sitzendem Anzug, der so aussah wie jemand, der nur lächelt, wenn ihn die Sonne blendet. Gelangweilt musterte er mich, als ich (Nr. 84739) ihm gegenüber Platz nahm, die Beine krampfig übereinanderschlug und die Handflächen noch tiefer als sonst dazwischenschob. Gemustert zu werden, ist für mich das Schlimmste. Als würden Eiswürfel nasskalt über mich gleiten. Mein Herz hämmerte so stark, dass ich Angst bekam, er könne es durch meinen dünnen Pullover sehen, und für einen kurzen Augenblick drehte sich das

Büro einmal im Kreis um mich herum. Ich fragte mich, ob er es auch bemerkt hatte.

Der Mann klickte mit seinem roten Kugelschreiber.

»Ja? Ich habe nicht den ganzen Tag Zeit.«

Ich schrumpfte. Er merkte es nicht, aber ich merkte es. Meine Schuhe berührten plötzlich nicht mehr den Boden. Ich saß auf dem Stuhl wie ein Kind auf einer Mauer, das mit den Beinen baumelt und sich plötzlich nicht mehr traut, so tief hinunterzuspringen.

Da ich so unmöglich sprechen konnte, griff ich schnell in meine Tasche, holte das Schreiben des Vermieters hervor und hielt es dem Sachbearbeiter hin, wie man einen Hund mit einem Knochen beruhigt. Er seufzte, musterte mich noch einmal und fing an zu lesen. Mein Blick blieb an dem letzten, gekräuselten Haar hängen, das noch auf seiner ansonsten spiegelglatten Stirn ausharrte. Als er fertig war, wedelte er mit dem Brief.

»Ja, und?«

Ich schrumpfte. Gleich würde ich mich auf das Polster stellen müssen.

»Meine Mutter muss in drei Wochen aus ihrer Wohnung. Sie braucht eine neue.«

Er zog die Augenbrauen zusammen und schaute wieder auf den Brief.

»Der ist doch schon uralt. Warum haben Sie sich nicht früher mit uns in Verbindung gesetzt?«

»Sie hat es mir nicht gesagt.«

»Und warum kommt ihre Mutter nicht selber?«

Ich versuchte zu atmen, aber es ging nicht. Ohne Luft keine Worte. Ich zuckte mit den Schultern.

Er atmete einmal kurz genervt durch die Nase aus.

»Na Sie sind ja lustig.«

Kaum merklich schüttelte er den Kopf und fing an, auf seine Tastatur einzuhacken, als hätten sich seine Hände urplötzlich in zwei ärgerlich steppende Spinnen verwandelt. Er ließ mich jetzt zappeln, das kannte ich schon, die ellenlangen Sekunden, bevor die Daumenschrauben enger geschraubt wurden. Wie beim Zahnarzt, wenn er einem in den weit aufgerissenen Mund sieht und nichts tut, außer sorgenvoll irgendwelche Zahlen und Buchstabenkombinationen zu diktieren. Damit man die Lektion auch lernt, morgens Elmex, abends Aronal.

Der Drucker sprang an. Der Sachbearbeiter hackte und hackte, räusperte sich, schüttelte den Kopf, sah noch einmal auf das Schreiben, hackte, hackte. Irgendwann war er fertig.

»Eine neue Wohnung müssen Sie selber suchen, und die Kostenübernahme müssen Sie dann eigentlich rechtzeitig bei uns beantragen. Dem sind Sie ja nun nicht nachgekommen. Ich muss Ihnen wohl nicht sagen, dass so etwas für gewöhnlich ein paar Monate dauert.«

Der Sachbearbeiter rollte mit seinem Stuhl zum Drucker und wieder zurück und hielt mir ein Formular hin. »Das füllen Sie aus, wenn Sie eine Wohnung gefunden haben. Unten sind die notwendigen Bescheinigungen aufgelistet, die Sie für einen vollständigen Antrag mit einreichen müssen.«

Das Formular war mittlerweile größer als ich. Ich wusste nicht, wie ich es nach Hause tragen sollte.

»Und was mache ich so lange mit meiner Mutter?«

Er lehnte sich zurück, blinzelte gelangweilt und klickte noch einmal mit seinem Kugelschreiber, während er mich ansah wie ein extrem seltenes, furchtbar hässliches exotisches Jungtier im Zoo, von dem man nicht so richtig glauben konnte, dass die Evolution so etwas hervorgebracht hatte und dass es nun obendrein auch noch eigenständig am Leben blieb.

»Das hätten Sie sich früher überlegen sollen«, sagte er schließlich. »Eine Liste mit Notschlafstellen finden Sie im Internet.«

Dann deutete er mit dem Kopf in Richtung Tür. Ich dachte darüber nach, ob es vielleicht Menschen gab, denen die Sorgen anderer Vergnügen bereiteten, weil es nicht die eigenen waren, und ob sich diese Art Mensch vielleicht mit Vorliebe hier auf dem Amt bündelte, auf der anderen Seite des Schreibtischs. Dann rutschte ich wie ein winziger Feuerwehrmann am Stuhlbein hinunter und tippelte mit dem Formular im Schlepptau über die Auslegeware. Ich passte unter der Tür durch.

Zu Hause saßen Leo und ein Typ, den ich nicht kannte, in der Küche und kifften. Als sie mich sahen, sagten sie, *Hey*, und Leo streckte mir mit fragendem Gesicht die Tüte entgegen, doch ich lehnte dankend ab und verschwand in meinem Zimmer.

Ich brauchte etwas Stärkeres.

Auch nach all den Jahren hatte ich manchmal noch

Angst vor dem, was die Tabletten mit mir machten, vor der Entfernung, die zwischen mich und alles andere geriet, ich hatte Angst, dass es mir irgendwann egal wäre, ob ich noch atmete oder nicht, dass ich die Hand ausstreckte, die Welt vor Augen, und ins Nichts griff, oder dass sie mein Gehirn endgültig in ein Sieb verwandeln könnten, durch das die Worte hindurchfielen wie pudrige Hieroglyphen. Doch in diesem Moment, nach diesem Morgen, ließ ich mich in unendlicher Dankbarkeit in die allumfassende Weichheit fallen, ich fühlte, wie die Gleichgültigkeit meine Speiseröhre sachte hinunterglitt und sich in meinem Körper ausbreitete, wie wir gemeinsam in die Kissen sanken, in die Matratze sickerten, wie alles stillstand und Ruhe einkehrte, endlich.

Ich träumte, dass ich Brot backen sollte und es mir nicht gelang. Es fing damit an, dass ich mit Doktor Mabuse in dunggrünen Gummistiefeln auf einem Acker stand und er mir erklärte, wie ich den Weizen säen sollte. Ich stand da, versuchte verzweifelt, mich auf seine Worte zu konzentrieren, doch in Gedanken war ich schon bei dem Brot an sich: Selbst wenn ich den Weizen hätte und ihn zu Mehl verarbeiten könnte, was mir schon utopisch erschien, wusste ich trotzdem nicht, was in einen Brotteig gehörte. Mehl, Salz – und dann? Eier? Milch? Und schon stand ich an der Mahlmaschine, und das weiße Mehl wurde in unbarmherzigen weißen Strömen herausgepustet, und ich dachte, *Hilfe*, und mir fiel plötzlich ein: *HEFE!* In Brotteig kommt Hefe! Wo sollte ich denn jetzt Hefe herbekommen, und was war Hefe überhaupt, ich hatte mal gehört, Hefe sei lebendig, was mir aus irgendeinem Grund eine Heidenangst machte. Da knallte plötzlich eine Tür auf, und der Sachbearbeiter brachte mir eine Palette Eier vorbei. Diesmal machte er keine ernste Miene, im Gegenteil, er lachte und lachte, aber ich dachte nur an mein armes Brot und dass man aus Mehl und Eiern doch bestimmt kein Brot backen konnte, höchstens vielleicht Pfannkuchen, aber auch da war ich mir nicht sicher. Auf einmal war Doktor Mabuse hinter mir, stimmte in das diabolische Gelächter mit ein, und dann war da plötzlich ein Teig, und ich war mittendrin, ich war der Teig, und die beiden waren die Quirle, mir wurde schwindelig, und ich wachte auf.

Leo rüttelte an meiner Schulter. Benommen blinzelte ich ihm entgegen.

»Hey«, sagte er ruhig. »Nicht erschrecken.«

Er befreite mich aus dem Kabel meiner Kopfhörer, die noch im Bett gelegen hatten.

»Du hast mal wieder Kung-Fu gemacht.«

»–«

»Alles okay?«

Ich atmete einmal schlaftrunken ein und aus und horchte in mich hinein. Mir war kotzübel. Mein Kiefer tat weh.

»Ja«, murmelte ich und setzte mich aufrecht hin. »Alles gut.«

»Du hättest an der Tüte ziehen sollen. Traumloser Schlaf«, sagte er und machte mit der Hand dieses komische Alles-paletti-Zeichen, das eigentlich aussah wie der

Kopf von einem Hahn. Dann stand er auf, wandte sich jedoch im Türrahmen noch einmal um.

»Du sag mal, ich wollte dich was fragen. Ich will doch morgen anfangen, mein Zimmer zu streichen. Kann ich vielleicht hier bei dir pennen, bis alles fertig ist? Moritz hat Besuch von seiner Perle, und Sophie ist die nächsten Tage bei Stella ... Und Axel brauch ich wohl gar nicht erst fragen.«

Ich ließ mir zwar nichts anmerken und sagte mit einem leichten Schulterzucken möglichst beiläufig »Klar, kein Problem«, als hätte er mich gebeten, seine Pflanzen zu gießen oder ihm fünf Euro zu leihen, aber nachdem er die Tür hinter sich zugemacht hatte, war ich hellwach und starrte mit untertellergroßen Augen an die Wand, als hätte ich gerade den fatalsten Fehler meines Lebens begangen. Wie die Leute in diesen selbst gedrehten Videos, wenn die Motorsäge noch läuft und der angesägte Baumstamm knackt und der Baum dann in Zeitlupe genau in die falsche Richtung aufs Haus kracht.

Leo war mein platonischer siamesischer Zwilling, er hatte schwarzes Stroh auf dem Kopf und war hübsch-hässlich, und ich liebte ihn. Das machte mich manchmal so traurig, dass ich mich übergeben musste, ich konnte das geräuschlos, ließ schnell ein Dutzend Blatt Toilettenpapier in die Kloschüssel fallen, und dann war der Vorgang fast zärtlich.

Hingabe.

Ich liebte Leo, weil er auf Fotos nicht lächelte. Weil seine Stimme etwas mit meinem Rumpf machte, das ich nicht beschreiben konnte. Und weil ich den Leo hinter seiner abgebrühten, ruppigen Fassade sehen konnte, den traurigen, abgefuckten Leo, der den Kopf hängen ließ, wenn gerade niemand hinsah, der die Welt zertrümmern und neu aufbauen wollte. Der nicht wusste, was das alles hier sollte, was es zu bedeuten hatte, genau wie ich. Dem es vor der Zukunft graute, wenn Zukunft bedeutete, aufzugeben und sich wie ein abgebrochener Ast vom Lebensfluss fortspülen zu lassen, zu arbeiten, zu kaufen und zu sterben. In alledem waren wir uns sehr ähnlich, und natürlich liebte ich ihn, weil ich etwas von mir selbst in ihm wiedererkannt hatte – von außen wirkten wir wie Tag und Nacht, aber innerlich waren wir ein und dasselbe Morgengrauen.

Leo war für mich so außergewöhnlich, weil er im Gegensatz zu mir Dinge aussprechen konnte, bei ihm schwirrte nicht alles in heillosem Durcheinander im Kopf herum wie ungelotster Flugverkehr. Die meiste Zeit war es sogar so (vor allem, wenn er ein paar Bier getrunken hatte), dass er schon losredete, bevor er nachgedacht hatte, deshalb war seine Nase auch so krumm. Der Gedanke, dass Leo sich tatsächlich schon geprügelt hatte, dass er vor so etwas keine Angst hatte, dass ihm egal war, was passierte, übte auf mich eine völlig unangebrachte – und daher umso stärkere – Anziehung aus. Ich wusste natürlich ganz genau, dass sich zu prügeln nicht sehr rühmlich war, egal mit wem oder warum, aber wenigstens hatte Leo es getan und tat nicht nur so als ob. Er tat bei nichts so als ob, und das gefiel mir über alle Maßen. Die Worte, die Leo aussprach, gehörten ihm, wurden von ihm gemacht, so ein Gefühl kannte ich nicht. Er gehörte zu der seltenen Sorte Mensch, denen der passende Spruch im passenden Moment einfiel, nicht erst drei Tage später unter der Dusche. Deshalb war es immer sehr unterhaltsam, mit ihm unterwegs zu sein. Wenn wir uns zum Beispiel im Kino gerade hinsetzen wollten und jemand von einem anderen Platz aus anmerkte, die Plätze seien leider frei gehalten, sagte Leo: »Oh sorry, wir haben eure Handtücher nicht gesehen.« Leo hatte Worte für alles und jeden, er warf damit um sich, als würde er Hühner füttern.

Da war zum Beispiel Leo zum Thema ›die Reichen‹:

»Die Reichen, das sind die mit den teuren Jeans und den guten Zähnen. Man kann sie schon von Weitem erkennen, weil sie auf eine ganz bestimmte Art gelangweilt-unzufrieden aussehen. Und: Ihnen fehlt der Unterschichtenreflex, anderen Menschen auszuweichen. Haben sie einfach nicht, machen sie nicht. Die Reichen gehen dir nicht aus dem Weg. Die erwarten, dass *du* ihnen Platz machst. Probier's aus. Is so.«

Leo hieß eigentlich Leonhard und dann noch ein paar andere Vornamen, die alle nach Kaiserzeit klangen, und er hatte mit Abstand die reichsten Eltern von uns allen. Nur redete er kaum mehr mit ihnen. Die einzige Verbindung zwischen Eltern und Sohn war ein gelber Briefumschlag, in dem ihm seine Mutter jeden Montag ein paar Stellenanzeigen schickte, sozusagen als Wink mit dem gesamten Palisadenzaun. Manchmal konnte man meinen, sie seien für einen anderen Sohn bestimmt und nur versehentlich an Leo adressiert worden. Er guckte sich die Anzeigen nicht an, aber ich warf manchmal einen Blick darauf, vielleicht weil ich es mochte, das Messer unter die Lasche des Umschlags zu schieben und das feste Papier zu durchtrennen, *ritsch, ratsch*, oder weil ich selbst nie Briefe bekam. Die Berufsbezeichnungen sagten mir nichts, aber um sie ging es auch gar nicht, es ging nicht mehr um den Inhalt des Briefes: Der Brief selbst war die Nachricht. Dabei arbeitete Leo. Zwei Nächte pro Woche war er Wachmann an der Pforte einer LKW-Firma, und am Samstagmorgen verkaufte er Gemüse auf dem Markt. Das Gute daran war, dass er kistenweise übrig gebliebene Sachen mitbrachte und uns bekochte. Das Schlechte war, dass er am Samstagnachmittag erst mal müde und griesgrämig war und in Ruhe gelassen werden musste. Aber wenn es jemanden gab, der Verständnis für In-Ruhe-gelassen-Werden hatte, dann war das ich.

Leo studierte seit geraumer Zeit eine Fächerkombination, die schon relativ häufig gewechselt hatte und die sich daher keiner von uns mehr merken konnte. Wie so viele hing er an der letzten Hausarbeit fest, die nun schon seit Monaten bei einem gleichgültigen Dozenten überfällig war und sich beliebig nach hinten verschieben ließ. Deshalb hatte er sogar schon einmal seinen Monitor gegen die Wand geworfen, weil sich die ersten Seiten einfach nicht füllen ließen. In der Wand war dann wochenlang ein Krater gewesen, bis Moritz ihn wieder zugespachtelt hatte.

Leo verlangte nichts von mir. Keine Worte, keine Berührungen. Er merkte, wenn es mir schlecht ging, und dann erzählte er mir etwas von der Welt, von spiegelnden Salzwüsten und schlängelndem Nordlicht und Baumtomaten.

Er nahm mich bedingungslos ernst, das war vermutlich seine größte Leistung, wenn man bedachte, was für ein abstruser Mensch ich war. Aber Leo hatte auch Angst vor mir, ich sah es an einem Flackern in seinen Augen, einer gewissen Art, die Kiefer aufeinanderzupressen, wenn ich mit meinem Rezept in der Hand von Doktor Mabuse zurückkam. Ein misstrauisches, furchtsames Lauern. Er hasste meine Tabletten auf eine Art, die eigentlich Menschen vorbehalten war.

Mir war klar, dass Leo und ich uns unverhältnismäßig viel und lange ansahen, als würden wir uns mit Blicken nicht ausziehen, sondern anziehen, und manchmal, wenn aus dem gesamten verschwommenen Raum nur noch unsere vier Knopfaugen herausstachen und alles stillstand, dann stellte ich mir vor, dass Leo vielleicht auch das Ungesagte in sich haben könnte, genau wie ich.

Das Ungesagte brachte mich in Leos Nähe, aber nicht zu nah. Es war ein Schauspieler, der mich hinter seinem breiten Kreuz verschwinden ließ. Es hielt mich davon ab, aufzuspringen und meine Hände in Leos Haaren zu vergraben und immer tiefer zu greifen, bis unter seine Schädeldecke, und meine Zähne in seine glatte Schulterhaut zu verkeilen und zuzubeißen bis in sein Schlüsselbein und dann auch meine Beine um seinen Oberkörper zu schlingen, bis es nicht mehr fester ging, wie ein Schraubstock aus Knochen, Muskeln und Haut. Das Ungesagte hing wie ein Kühlaggregat in meinem Magen, und deshalb saß ich weiterhin friedlich und gefasst auf dem Sofa neben Leo und rührte mich nicht. Das Ungesagte fand immer einen winzigen Kanal, durch den ich trotz meiner zugeschnürten Kehle in Leos Anwesenheit noch atmen konnte. Es rettete mich. Es hielt mich in der Schwebe. Es brachte mich in Leos Nähe, aber nicht nahe genug.

Es war im Übrigen nicht schwer, Leo zu lieben. Viele Frauen taten das. Meine Mitbewohner schlossen auf Partys immer Wetten darüber ab, welcher unbeholfene, großäugige Dorftrampel mit Strähnchen in den Haaren und langweiligem Lehrberuf sich Leo an dem Abend mal wieder an den Hals schmeißen würde. Und es war wirklich so, wie dicke, ungeschickte Fliegen brummten sie in freudigem Kamikaze in sein Netz hinein. Das hatte etwas damit zu tun, wie Leo Frauen ansah, ansehen konnte, wenn er wollte. Dass die Wahl allein bei ihm lag, war der entscheidende Botenstoff, der sie anlockte, der sie besoffen machte, sobald Leo ihren Blick erwiderte. Ich weiß nicht, warum, aber scheinbar sehnten sich all diese Frauen danach, willenlos zu sein, in jemandes Hand weich zu werden, zu zerfließen, sogar danach, verletzt zu werden, solange es nur Leo war, der sie verletzte. Als wäre ihr Leid dann eine Art Auszeichnung, die sie sich an die Brust pinnen konnten. Als würden sie die Nadel einfach direkt durch die obersten Hautschichten hindurchstechen und sagen: *Seht her! Es hat wehgetan, aber es war jede Sekunde wert, und ich würde es wieder tun. Wenn er mich nur zurückrufen würde.*

Objektiv betrachtet war das alles sehr dumm, man konnte fast sagen, Frauen wurden dumm in Leos Gegenwart, und ich konnte ihm noch nicht einmal einen Vorwurf daraus machen, dass diese Willenlosigkeit sie in Eintagsfliegen verwandelte. Mein Mitleid für sie hielt sich, wie Mitleid für tote Motten unter der Glühbirne, in Grenzen. Aber ab und an war eben auch mal eine tolle Frau dabei, eine, die Leo die Stirn bot und interessant war, und in den Monaten, in denen sie dann bei uns auf dem Sofa saß und redete und schön aussah, ließ ich mir zwar nichts anmerken, aber innerlich wurde ich dann zu einem harten, schwarzen, knorrigen Stück Holz, ich wand mich und meine Gefühle korkenzieherhaft um meine eigene Achse, ich schnürte sie ab, bis die andere Frau nach viel Geschrei und Herzblut wieder verschwunden war und ich mich wieder aus meiner starren Verrenkung lösen konnte.

Um das Schicksal dieser Frauen nicht zu teilen, hatte ich mit der Zeit gewisse Taktiken und Ablenkungsmanöver entwickelt, um Leo von mir, oder mich von ihm, fernzuhalten. Ich bin ein sehr vorsichtiger Mensch. Unsere beiden Zimmer lagen sich gegenüber wie zwei paar Lippen, die sich immer nur fast berührten, der Schritt über den Flur war der immerwährende Abstand, der zwischen uns lag. Ein Sicherheitsabstand. Weil ich all das wusste und Leo trotzdem liebte. Und weil es bei mir nicht bloß eine Nadel durch die Haut wäre, sondern ein Fleischerhaken mitten durch den Rippenkasten, an dem ich hängen und langsam – ganz langsam – an dem Gedanken ausbluten würde, dass nichts, und ganz besonders nicht Liebe, von Dauer ist. Dass es idiotisch war, für einen kurzen Rausch zu riskieren, einen besten Freund zu verlieren, auf dessen Schultern das eigene Leben sicher ruhte wie ein Erdball aus Tagen, Monaten und Jahren. Als wäre er mein Atlas.

Und nun saß ich mit meinen Telleraugen auf dem Bett, meinem Bett, in dem ab morgen Leo mit drinliegen würde, und hatte mit einem winzigen, unbedachten *Klar, kein Problem* alles über den Haufen geworfen. Leos Geruch war noch geblieben, nachdem er gegangen war, ein dumpfer, würziger Männergeruch, den man einsog und danach ganz unwillkürlich vor Wehmut die Augen schloss und sich wünschte, er möge einem für immer in der Nase bleiben. Obwohl man natürlich genau wusste, dass das, was einen guten Geruch so kostbar machte, eben sein Verschwinden war.

4. Das mit den Tulpen

Zum Glück saßen kaum Menschen im Bus, und ich dachte nicht allzu viel darüber nach, wer mich wohl gerade ansah und was derjenige dann über mich dachte und ob ich gerade komisch wirkte oder halbwegs normal. Zischend öffnete sich wieder und wieder die Bustür und schloss sich, ohne dass jemand eingestiegen war, und während die Anzahl der Haltestellen schwand, die noch wie eine Galgenfrist zwischen mir und der Wohnung meiner Mutter lagen, rutschte ich tiefer und tiefer in den Sitz, knibbelte an dem ausgeblichenen Polster herum und versuchte, nicht darüber nachzudenken, was gleich passieren würde. Ich stellte mir vor, wie der Bus plötzlich harrypotterartig abhob und mich auf nimmer Wiedersehen durch die Wolken gen Himmel trug. Im Himmel hätte ich dann nie wieder irgendeine Art von Verantwortung auf den Schultern und logischerweise auch keine Angst mehr zu versagen oder zu sterben und könnte mich bis in alle Ewigkeit ganz ungehemmt mit den ganzen interessanten Leuten unterhalten, die in der Geschichte der Menschheit viel zu früh wegen Drogen oder Unfällen oder Naturkatastrophen – oder einfach irgendwie aus Pech – abgekratzt waren.

The End.

Eine leere Bierflasche rollte von vorne nach hinten durch den Mittelgang.

Heute war Hilmar da. Hilmar tauchte alle paar Tage in der Küche auf und erzählte und erzählte, bis meine Mutter ihn mitten im Satz zur Tür hinausschob. Er hatte nämlich einen noch größeren Dachschaden als meine Mutter. So einen richtigen. Trotzdem, oder gerade deshalb, war Hilmar total nett. Er hatte immer eine Notration Dosenbier dabei, irgendein ganz billiges So-und-so-Export, das er bereitwillig mit jedem teilte, der auch nur annähernd so aussah, als hätte er jetzt ein Bier nötig – Hilmar war sozusagen die Mutter Theresa der alkoholischen Problembewältigung. Jedes Mal, wenn er kam und ich auch da war, bot er meiner Mutter eine Dose an, und dann sagte sie jedes Mal: »Nee, lass mal, Hilmar.« Weil sie glaubte, ich würde dann glauben, dass sie sich nicht alle paar Tage mit Hilmar die Kante gab. Ich lehnte ebenfalls dankend ab. Dann zuckte er mit den Schultern, grinste mich mit seinem Steinbeißergebiss an, das so aussah, als hätte er einen Wachturm mit Zinnen im Mund, und drückte die Dose auf, die jedes Mal überschäumte, weil er sie schon Gott weiß wie lange mit sich herumgeschleppt hatte.

Wenn Hilmar weg war, regte sich meine Mutter immer furchtbar über ihn auf, dass er ein Säufer sei und sie andauernd mit seinen Geschichten nerve und dass sie froh wäre, wenn er sie endlich in Ruhe ließe. Aber eigentlich war Hilmar der einzige Mensch auf dieser Welt, der ihr überhaupt irgendetwas erzählte, und ich wusste: Eigentlich wäre sie todtraurig, wenn er nie wiederkäme.

Einmal hatte ich meiner Mutter zum Geburtstag einen Strauß Plastiktulpen mitgebracht. Richtige Blumen gingen nicht, weil sie die stehen ließ, bis das Wasser modrig stank und alle Blütenblätter auf der Tischplatte vertrockneten, und dann noch länger, bis die Stiele unten gelblich-grün schimmelten, und dann noch länger... Jedenfalls hatte Hilmar damals kaum einen Blick auf meine lila Plastiktulpen geworfen, da rief er schon angewidert und ganz laut: »TULPEN!« Er spuckte das Wort aus, als wäre es wie eine ungebetene Fruchtfliege in seinen Mund geflogen. Ich sah ihn etwas ratlos an, denn natürlich hatte ich lange vor den Plastikblumen gestanden, weil die meisten furchtbar hässlich ausgesehen hatten, und die Tulpen waren mir schließlich wie die unverfänglichste Wahl vorgekommen. Damit konnte man doch quasi nichts falsch machen, hatte ich gedacht: Tulpen schienen mir die Beatles unter den günstigen Plastikblumengeschenken zu sein.

»Hab ich mal gegessen!«, sagte Hilmar schließlich ganz aufgebracht. »Also, echte. Bei einem Rendezvous.« Ärgerlich rührte er in seiner Kaffeetasse mit dem ausgeblichenen Goldrand herum. »SO WÜTEND WAR ICH!« Er blickte auf und nickte bekräftigend, und sein feuriger Blick sagte: *Was die Welt angeht, macht mir keiner was vor!!* Ich konnte mir problemlos vorstellen, wie er beim Rendezvous auf die Toilette gegangen war und seine Auserkorene die Beine in die Hand genommen hatte und er sich, als er sich ihrer Flucht bewusst wurde, aus lauter Frust mit vollem Karacho über die Tulpen hermachte.

»Tulpen!«, spuckte er noch einmal aus. »Kriegt man furchtbare Bauchschmerzen von.«

Das Schöne war, dass meine Mutter in Hilmars Gegenwart recht normal wirkte. So wie ich wiederum in Gegenwart meiner Mutter normal wirkte. Und ich stellte mir vor, wie sich diese Normalitätskette endlos fortsetzte, wie jeder einzelne unnormale Mensch auf diesem Planeten neben einem anderen noch bekloppteren Zeitgenossen völlig normal wirkte, sogar Hilmar, sogar meine Mutter, auch wenn sie sich vermutlich schon im hinteren Drittel der Kette befänden. Irgendwen gäbe es sicherlich, mit dem verglichen sie beide wirken würden wie zwei ganz normale, wenn auch etwas laut geratene Durchschnittsmenschen.

Doch ausgerechnet heute wollte Hilmar gerade von selbst gehen. Normalerweise machte er, wenn ich kam, in jedem Fall noch ein neues Fass auf, fing an zu erzählen, in Nordrhein-Westfalen seien endlich wieder Wölfe gesichtet worden, oder rechnete vor, wie lange es uns noch gäbe, wenn eine Atombombe erst einmal Nordkorea vernichtet hätte, und heute wünschte ich mir nichts sehnlicher als eine seiner langen, inbrünstig vorgetragenen Verschwörungstheorien – aber nein, Hilmar ging. Ich stand noch im Flur, zusammen mit einem Aquarium, das gestern noch nicht da gewesen war und an dem noch ein Schild hing, ›Pumpe defekt‹. Er kam mir entgegen, setzte sich seine abgegriffene Mütze auf, kniff mir einmal mit schwieligen Fingern in die Backe und verabschiedete sich mit den Worten: »Lass dich nicht von einem ausgebufften Karmateufel aufs Glatteis führen!«

Ich schüttelte brav den Kopf, und er lächelte zufrieden. Dann verbeugte er sich würdevoll und schob sich aus dem Türspalt.

Meine Mutter saß am Küchentisch und schnitt einen Zeitungsartikel über Schadstoffbelastung in Großstädten aus. »Dieser Schwätzer«, grummelte sie, während sie sorgfältig wie ein Grundschulkind die Schere durch das Papier manövrierte. »Der saß hier drei Stunden lang rum, ist das zu fassen? Kopfschmerzen hab ich bekommen von seinen ganzen Geschichten ...«

Ich roch den Bierdunst, der über der Wohnung hing, schal und trist, und bemerkte ihre leicht unregelmäßigen Bewegungen, ihre Selbstversunkenheit, als hake irgendetwas bei ihr, oder als hinge sie sich selbst hinterher. Ausgerechnet heute.

Ich ging zur Spüle, wo sich wieder mal Geschirr türmte, stapelte es höher, um an den Hahn zu kommen, und während ich ein Glas darunterhielt, schloss ich die Augen und stellte mir vor, irgendwo anders zu sein. An irgendeinem Ort, der nicht so vollgestopft war, dass man nicht denken konnte. Dann warf ich eine orangefarbene Multivitamintablette ins Wasser und setzte mich meiner Mutter gegenüber auf den zweiten Plastikstuhl, der immer ein bisschen quietschte, wenn man sich anlehnte. Der

Gedanke, dass diese ganzen Sachen hier rausmussten, dieser riesige Berg aus Kram, und das möglichst schnell, fühlte sich so an, als würde ich in klebrigem Baumharz feststecken, das nach und nach aushärtete.

»Was machst du schon wieder hier?«, fragte meine Mutter ohne aufzusehen. Sie trug ihren grünen Lieblingspullover mit einer bläulich schimmernden Brosche dran, die aussah wie das Innere einer Muschel.

»Ich war beim Amt.«

Für eine Sekunde hing ihre Schere reglos in der Luft, und nur die Vitamintablette auf dem Grund meines Glases prickelte leise in die Stille der Wohnung. Dann schnitt meine Mutter das letzte Stück zurecht, legte den Artikel sorgfältig beiseite, strich einmal darüber und blätterte um. Ich bemühte mich, möglichst sanft zu sprechen, denn wenn sie getrunken hatte, wusste man nie.

»Du brauchst eine neue Wohnung, Mama. Du musst umziehen.«

Sie blätterte weiter. Überflog die Sparangebote für Klopapier und Wein im Sechserpack.

»Da ist das letzte Wort noch nicht gesprochen«, sagte sie dann recht beiläufig, so als wäre sie eigentlich gerade bei Penny, und das, was wirklich zählte, war die Frage, was als Nächstes in den Einkaufswagen käme, und mit wie viel Rabatt.

»Doch. Das letzte Wort ist Eigenbedarf, und der Vermieter hat rechtzeitig geschrieben. Gegen so was kann man nichts machen. Du musst hier definitiv ausziehen.« Ich wollte noch hinzufügen: *Und wir hätten so viel Zeit gehabt, das zu regeln, so viel Zeit, das wäre alles so mach-*

bar gewesen, wenn. Wenn nicht. Sie blätterte um und fuhr mit dem Finger über die Seiten, als sei sie dringend auf der Suche nach irgendetwas.

»Ich ruf da morgen an. Du lässt dir ja immer alles gefallen, hast du schon immer, aber ich mach da nicht mit. Der spinnt doch. Hat Hilmar auch gesagt.«

Ich sah die vertraute Druckerschwärze an ihren Händen, die ich eigentlich so mochte, aber in diesem Moment mochte ich gar nichts mehr an ihr. Ich hielt das Glas fest umklammert, so fest, dass die Sehnen in meinem Handrücken weiß hervortraten und ich plötzlich Angst bekam, es aus Versehen zu zerdrücken. Meine Geduld löste sich auf wie die Brausetablette.

Ich wollte sagen: *Wir wissen beide, dass du da morgen nicht anrufst, morgen nicht und übermorgen auch nicht, du wirst morgen aufwachen, und tausend andere Dinge werden wieder wichtiger sein, als den Hörer in die Hand zu nehmen und die Nummer zu wählen und dir noch einmal von jemand anderem als deiner willenlosen, sich alles gefallen lassenden Tochter verklickern zu lassen, dass du tatsächlich umziehen musst.* Ich gab mir alle Mühe, tiefe Atemzüge zu nehmen, aber es war, als wäre einer meiner Lungenflügel lautlos davongeflogen. Meine Stimme wurde monoton und leblos, wie immer, wenn ich eigentlich andere Dinge sagen wollte als die, die schließlich aus meinem Mund herauskamen.

»Wenn ich dir morgen Kartons bringe, versprichst du mir dann zu packen?«

Sie war am Ende der Zeitung angekommen, klappte sie zusammen und nahm die nächste vom Stapel.

»Bevor ich da nicht angerufen habe, mache ich gar nichts.«

Ich stellte das Glas vorsichtshalber auf den Tisch. Wenn ich so auf sie einredete, ohne dass meine Worte auch nur die geringste Wirkung zeigten, wie jemand, der wild gegen eine Scheibe hämmerte, aber die Menschen dahinter merkten es nicht, dann fingen meine Arme an zu kribbeln und zu brennen, als staute sich all die heißkalte Ohnmacht der letzten Jahre in ihnen an, und anstatt zuschlagen zu können und irgendwas zu Kleinholz verarbeiten zu dürfen, musste ich das Brennen ertragen, es gab dafür keine Löschdecke und keinen Wassereimer. Was Probleme anging, lebte meine Mutter hinter Panzerglas.

»Wenn wir jetzt anfangen zu packen, dann kannst du bestimmt das meiste mitnehmen, verstehst du, wir könnten ein bisschen Papier und Glas wegbringen, und vielleicht die Sachen, die kaputt sind, und das war's schon.«

Für einen kurzen Moment fragte ich mich, woher ich das konnte, ein gigantisches Riesenproblem winzig klein und machbar erscheinen lassen, denn beigebracht hatte mir das sicher niemand. Trotzdem hatte ich scheinbar irgendetwas völlig Falsches gesagt, denn was jetzt mit meiner Mutter passierte, kannte ich schon, und ich musste dabei immer an Pfeil und Bogen denken: Ihr ganzer Körper spannte sich an wie eine Sehne, und da ich ihr gegenübersaß, schoss der Pfeil in meine Richtung. Zeit mich zu ducken hatte ich nie.

»Du tickst doch nicht mehr ganz richtig«, keifte sie, warf die Schere auf den Tisch und blickte hektisch um sich. »Die kaputten Sachen mache ich wieder heile, wie oft soll ich das noch sagen, die sind doch das Wertvollste. Die Zeitungen habe ich alle noch nicht gelesen, die können nicht weg. Und auf den Flaschen ist Pfand drauf, die muss ich nur noch zurückbringen. Das hier ist meine Wohnung, und es sind meine Sachen, und die rührt gefälligst niemand an!«

Die Tablette hatte sich inzwischen aufgelöst, ich nahm einen Schluck, und das angebliche Vitaminzeug schmeckte künstlich und wässrig und überhaupt nicht gesund. Wie sie so dasaß, kam mir meine Mutter vor wie ein Hinkelstein, und ich war der denkbar schlechteste Sisyphos der Welt, da ich sie gar nicht erst zu dem Berg *hin* bekam, den ich sie hochrollen sollte. Nun ging ihre Tirade fließend in Weinen über, ihr Gesicht kräuselte sich zusammen, ihre Mundwinkel fielen nach unten, als gäben sie der Schwerkraft nach, ihr ganzer Körper fing an zu beben, und da sie betrunken war, wirkte das Ganze theatralisch, war aber echt.

»Ich wohne schon so lange hier, und jetzt will der mich einfach vor die Tür setzen. Wer macht denn so was? Der spinnt doch.« Sie bekam Schluckauf. »Der spinnt doch. Der spinnt. Hat der Hilmar auch gesagt.«

Trotzig griff sie wieder nach der Schere, nahm sich die nächste Zeitung, schlug sie auf und wollte schneiden, doch ihre Hand zitterte zu sehr. Für einige Augenblicke starrte sie konzentriert wie eine Schlangenbeschwörerin auf ihre Finger, doch das Zittern blieb.

»SIEHST DU, WAS DU MIT MIR MACHST?!«, schrie sie schließlich, sodass ihr ein paar Haarsträhnen ins

Gesicht fielen. »Lass mich doch in Ruhe!« Meine Mutter vergrub ihr Gesicht in den Händen. »Ich weiß nicht, womit ich das nun wieder verdient habe. Lasst mich einfach alle in Ruhe.«

Dann fing sie an zu heulen, mit einem Geräusch, das einem bis in die Knochen fuhr und da nie wieder rauskam. Heiser, verzweifelt und schräg, und so laut, dass ich das Gefühl hatte, man müsste sie im ganzen Land hören. Auch mir kamen jetzt die Tränen, also wurde es Zeit zu gehen.

Als ich einen letzten Blick zurückwarf, saß meine Mutter mit hängendem Kopf am Tisch, zwischen ihren Stapeln, die ihr teilweise über den Kopf ragten, und schluchzte. Ich setzte die Kapuze auf. Meine Stimme klang fremd und gedämpft, als hätte mir jemand Wachs in den Hals gegossen, aber immerhin klang sie überhaupt einmal.

»Hast du dir mal überlegt, was du mit *mir* machst?«

Meine Mutter sah nicht auf. Sie sah mich einfach nicht an. Als gäbe es mich gar nicht. Ich machte kehrt, und da stand eben dieses blöde Aquarium mit seiner scheiß defekten Pumpe. Ich trat mit voller Kraft dagegen, es schepperte ordentlich, und die Glassplitter der Scheiben flogen überallhin. Vielleicht merkte sie so, dass es mich gab. Vielleicht war das der einzige Weg – etwas von ihr kaputt machen, so wie sie meine Nerven kaputt machte. Die Scherben knirschten jedenfalls unüberhörbar unter meinen Schuhen, als ich zur Wohnungstür hinausging.

5.
Unser Haus

Zu Hause stand der Briefträger an der Tür, er funkelte mich böse an und drückte mir mit einem derart finsteren Gesicht unsere Post in die Hand, als hoffte er, heute wäre endlich die lang ersehnte Briefbombe dabei. Der Briefträger war immer wütend, weil er fand, unser Flur würde stinken und sei eine Zumutung. Wortlos setzte er sich auf sein gelbes Postfahrrad und trampelte von dannen.

Das Haus, in dem ich mit vier Freunden wohnte, war alt und verkommen. Genauso verkommen wie wir. Genau wie meine Mutter lebten auch wir im Chaos, nur lag es bei ihr daran, dass sie zu viel hatte, um ordentlich zu leben, und bei uns daran, dass uns Ordnung zu wenig interessierte, um sie aufrechtzuerhalten. Da man unserem Haus seinen Verfall durchaus ansah, klingelten alle paar Monate auftragshungrige Dachdecker in schwarzen Cordhosen bei uns, um zu fragen, ob wir an einem neuen Dach interessiert seien. Einmal hatte es Leo gereicht, und er hatte vorgegaukelt, dass das tatsächlich für uns infrage käme. Nach einer geschlagenen Stunde

Beratungsgespräch über Schindelfarben, Lattenknecht und die Vorteile von Rauhspundbrettern hatte er den armen Mann gefragt, ob er beim Reinkommen denn nicht gesehen habe, dass wir uns noch nicht einmal einen vernünftigen *Schuhschrank* leisten konnten. Der Dachdecker fand das natürlich gar nicht lustig und wollte Leo spontan eins auf die Zwölf hauen, aber wir waren in der Überzahl, und der Lehrling sah so aus, als sei ihm mittlerweile alles egal, und nach einem kurzen Gerangel sah der Meister ein, dass man von unserer Inneneinrichtung durchaus auf mangelnde Zahlungsfähigkeit hätte schließen können. Dann tranken wir zusammen Schnaps und unterhielten uns lange über KISS und Black Sabbath.

In einer Art Osmose färbten wir Bewohner auf das Haus ab und das Haus auf uns, es war unser lebendiger Körperteil. Wie Schuppen rieselte Putz von der Decke, wie Sorgenfalten zogen sich Risse durch die Wände, wie Gelenke knackten nachts die dicken Holzbalken. Man musste sich bei uns gut auskennen, sonst konnte es passieren, dass man den Wasserhahn an der falschen Seite aufdrehte und plötzlich den Regler in der Hand hielt, oder man zog ein Buch an einer ungünstigen Stelle heraus, und die Regalwand kam einem entgegen. Wenn sich das Haus im Sommer aufheizte, waren wir die Moleküle, die sich immer schneller im Raum umherbewegten. Wir tauten auf. Im Winter hingegen humpelten wir oft tagelang nur mit einer Umhängedecke vom Bett zum Klo und wieder zurück, weil unsere Heizung nicht sonderlich effizient arbeitete. Wenn man beim Duschen das Wasser nicht sofort volle Pulle aufdrehte, ging der Boiler aus, und es kam nur noch kaltes Wasser, deshalb brüllte alle paar Tage jemand »BOILER!!!« quer durchs ganze Haus, damit jemand anders die entsprechenden Rädchen drehte und die Flamme am Gerät wieder mit diesem leisen Fauchgeräusch ansprang.

Da das Haus wie gesagt sehr alt war, war es sehr klein und schmal, zwischen den beiden angrenzenden Häusern sah es beinahe eingelaufen aus oder als wäre es mit einem Zauberstab angetippt worden und – Abra Kadabra – um die Hälfte geschrumpft. Es gab eine Küche, bei Leo, Axel und mir im Erdgeschoss, und ein Badezimmer, oben bei Stella, wo auch das Wohnzimmer war. Ganz oben unterm Dach wohnte Motze in seinem allsommerlichen Brutkasten. Manchmal lag ich nachts wach und stellte mir vor, dass sich weiß-madige Holzwürmer wie lebendige, biegsame Bohrer ihren Weg durch die nackten, schwarzen Balken dort oben bahnten, und nur eine feine Staubspur rieselte hinter ihnen aus den Löchern, aus ihren Fressnischen. Deshalb guckte ich oben bei Motze immer ganz genau auf den Boden – feiner Holzstaub wäre ein erstes Anzeichen dafür gewesen, dass unser Balkenwerk zerfressen wurde und es insofern nicht mehr lange dauern würde, bis dieses Haus einstürzte und mit einem Schlag alles, was ich hatte, was mir Halt gab, unter sich begrub.

Sich mit drei halbwegs normalen Menschen und einem Neurotiker ein Bad zu teilen, war übrigens viel leichter, als man meinen würde. Wie Leute auf die Idee kamen, jeden Tag zu duschen, war uns sowieso ein völliges Rätsel. Neben der Klotür baumelte eine Eieruhr, wer wartete, konnte sie stellen, und nach vier Minuten machte es *ping*, dann durfte reingekommen und rausgeschmissen werden. Das Haus war ein offenes System, die Türen hatten keine Schlösser.

Wir waren wie betreutes Wohnen, nur ohne Betreuung.

Wir hatten auch keinen Putzplan. Unser Plan beim Putzen war: wegmachen, was klebt oder schon lebt. Zumindest in der Tendenz, es gab natürlich immer genug Spielraum. Wir sparten seit Jahren auf eine Spülmaschine, aber immer dann, wenn wir das Geld so halbwegs zusammenhatten, flatterte irgendwas ins Haus, was dringender bezahlt werden musste, irgendeine finanzielle Katastrophe musste immer abgewendet werden, irgendwas war immer kurz vor knapp, und im Grunde wussten wir sowieso, dass in unserer Küche für ein weiteres Gerät überhaupt kein Platz war. Trotzdem träumten wir von der magischen Geschirrsaubermachmaschine und stellten uns vor, wie unser Leben wäre, wenn wir eine hätten, was bei Motze so weit ging, dass er uns vorschwärmte, mit einer Spülmaschine bekäme man sogar die Klobürste sauber.

Unser Haus war das Gegenteil von ›da draußen‹, von der Welt, in der es keinen Platz für uns gab. Für keinen von uns. Wir waren die ewigen Pleitegeier, die Kalteravioliesser und Billigbiertrinker. Die Messerablecker und Schwarzfahrer. Unser Terminkalender war der Handrücken, wir klauten wie die Raben, unser bester Freund hieß Dispo Kredit, und unsere Altersvorsorge war ein mittelgroßes Einmachglas mit Cent-Stücken auf dem Wohnzimmerschrank. Mit glänzenden Schaufensterauslagen und Flügen nach Dubai, mit Treuepunkten und Bausparverträgen hatten wir nichts zu tun. Um zu überleben, mussten wir uns zusammenrotten, wir mussten Abstand halten von Menschen mit teuren Taschen und Rasierwasser, Zweitwagen und elektrischer Pfeffermühle – um mehr zu sein als nur eine Dunkelziffer. Unsere Wünsche wurden von der grauen Schlammlawine der Anderen weggespült und schrappten über den Asphalt. In unserem Haus waren wir wenigstens unter uns, alles lief in geregelten Bahnen. Also, in unserer Art von geregelten Bahnen: Der Zug entgleiste, wir flickten ihn und hievten ihn dann wieder zurück auf die Schienen.

Der Briefträger irrte sich im Übrigen: Es war nicht unser Flur, der so stank. Das war die Welt, die manchmal notgedrungen hereinwehte.

In der Küche kochte ich Tee, und während er zog, fing ich an, den Spülberg ein wenig zu verkleinern, der sich in den letzten Tagen mal wieder gebildet hatte. Ich ließ heißes Wasser in unsere ›Spüle‹ laufen, eigentlich war es ein Waschbecken, was zwar etwas merkwürdig aussah, aber keinen Unterschied machte – die Fehlkonstruktion stammte noch aus einer Zeit, als wir hier nicht gewohnt hatten. Das Spüli war alle. Ich warf hauptsächlich Gläser und Tassen ins Becken, die waren ja immer nur mäßig dreckig und wurden am meisten gebraucht, außerdem hatte der Schwamm seine besten Zeiten schon lange hinter sich, und die schwarze Kratzseite löste sich ab – ein guter Grund, die Töpfe nicht anzurühren. Ich hasste Spülen. Das einzig Gute daran war, dass man warme Hände bekam.

Wie Zinnsoldaten schob ich im Kopf Ideen vor und zurück.

Das erste Problem war meine Mutter an sich. Die einzige Möglichkeit, sie zu einem Umzug zu bewegen, wäre sicherlich gewesen, ihr zu versprechen, dass ihre Sachen einfach komplett von der alten Wohnung in eine neue verfrachtet würden – nur dass es eben keine neue Wohnung gab. Das war das Erste, worum ich mich kümmern musste. Hinzu kam, dass sie niemals zulassen würde, dass irgendjemand außer ihr selbst ihren Wohnungsinhalt anrührte, vermutlich noch nicht einmal ich, und wenn ich sie allein packen ließ, würde sie noch Dinge in Kartons stopfen, wenn die neuen Mieter schon vor der Tür ständen. Sie hätte schon nach fünf Minuten Packen so viele interessante Gegenstände entdeckt, dass sie sich für den Rest des Tages erst einmal ausgiebig mit ihnen beschäftigen müsste. Ich ließ eine neue Fuhre Tassen ins heiße Wasser klatschen und scheuerte Kaffeereste vom Boden ab. Mit Grausen stellte ich mir vor, meine Mutter samt Wohnungsinhalt übergangsweise für ein paar Monate bei uns im Haus einzuquartieren, ich sah die endlosen Mauern aus Kisten vor mir, die unsere Küche und unser Wohnzimmer und auch alle anderen Zimmer in ein Pappkarton-Fort-Knox verwandeln würden. Meine Mitbewohner würden sich ständig an ihnen stoßen und mir einen Vogel zeigen, und dann würde meine Mutter obendrein auch noch jeden Tag neuen Krempel ins Haus bringen, sie würde es sicherlich fertigbringen, auch unser Haus binnen drei Monaten mit Haufen und Stapeln vollzurümpeln, sodass wir alle nicht mehr hineinpassten, und ich wäre dann nicht nur selber obdachlos, sondern auch noch Schuld an der Obdachlosigkeit meiner Freunde.

Das zweite Problem war der Umzug, denn Umzüge kosten Geld. Um einen Umzugswagen mieten zu können, würde ich einen Kredit aufnehmen müssen, und dann müsste ich noch zweihundert Bananenkisten organisieren, und dass es auf dieser Welt keine Bank gab, die jemandem wie mir einen Kredit gewährte – geschweige denn meiner Mutter –, stand außer Frage, und das zu Recht. Ich hätte mir selbst auch kein Geld geliehen. Bananenkisten konnte ich auch nicht besorgen, das hätte bedeutet, unzählige Supermarktmanager anzusprechen, und überstieg insofern bei Weitem meine Fähigkeiten. Leider kannte ich auch niemanden, der vielleicht irgendeinen zwielichtigen Kredithai kannte, um irgendwie an Geld zu kommen. Ich stellte mir vor, wie man mir in einem dunklen Hinterzimmer zur Begleichung meiner Schulden den kleinen Finger abhackte und mir mein eigenes Blut ins Gesicht spritzte, und ich muss gestehen, dass diese Vorstellung erträglicher war als der Gedanke an meine Mutter bei uns im Haus. Ich stellte auch fest, dass ich meinen kleinen Finger durchaus hergegeben hätte, um dieses Umzugsproblem zu lösen, und dass es sicherlich ein wenig Spaß gemacht hätte, die Gangster damit zu beeindrucken, dass ich beim Abhacken keine Miene verzog.

Ich stopfte den Schwamm so fest in eines der Gläser, dass das mittlerweile milchig-braune Spülwasser bis auf mein T-Shirt spritzte. Alles Nachdenken nützte nichts –

meine Soldaten waren vom Feind eingekesselt und verloren.

Axel, unser Zwangsneurotiker aus dem Erdgeschoss, kam rein, um Blumen zu gießen, die vielen Ableger in ihren dreckigen Tontöpfen auf der Fensterbank und den mittlerweile etwas gammeligen Avocadokern, der seit geraumer Zeit aufgespießt auf einer komischen Dreieckskonstruktion hing, halb im Wasser, halb draußen, und aus dem nie etwas wurde. In der einen Hand trug Axel die Gießkanne, in der anderen hatte er ein Blatt Küchenrolle, das er beim Absetzen sofort an den Gießkannenhals hielt, damit kein Tropfen danebenging. Obwohl Axel von anderen Leuten als sehr anstrengender Mensch empfunden wurde, übte er, genau wie dieses Haus, eine ungeheuer beruhigende Wirkung auf mich aus. Für mich hatte unsere Freundschaft den Idealzustand erreicht: Er war mir so vertraut, dass wir uns die meiste Zeit nur noch über Blicke und Gesten verständigten. Er lächelte mir zu, ich lächelte zurück, dann ging er zur Fensterbank.

Axel wirkte auf den ersten Blick wie der Seriöseste von uns, er war immer sauber und gepflegt und hatte einen guten Händedruck, aber in Wahrheit war er der Lebensuntauglichste von uns allen. Ein Omega-Tier. Der erste Stolperstein war, dass Axel stotterte. Ein Gespräch mit ihm dauerte seine Zeit, je nachdem mit wem er sprach und wie viele Menschen noch dabei waren. Wenn wir zwei allein waren, klappte es ganz gut. Vielleicht weil er wusste, dass wir diese absolute Weltverlorenheit teilten, dass er mich nicht beeindrucken musste, dass ich keine Eile hatte, weil nichts auf mich wartete.

Axel war immer adrett gekleidet, so als wäre er gerade auf dem Weg zu seiner zukünftigen Schwiegerfamilie aus den Fünfzigerjahren. Bestimmt hatte er irgendwo in seinem Zimmer Bügelutensilien versteckt, die die anderen nicht sehen sollten, damit sie sich nicht noch mehr über ihn lustig machten. Er hatte sogar einen ordentlichen Scheitel, der sich von seinen schwarzen Haaren absetzte wie eine ganz frische Narbe.

Axel war auch Weinconnaisseur. War er wirklich. Er ging in Weinfachgeschäfte und hatte Weinbücher und Kundenkarten und spezielle Gläser in speziellen Formen und Größen (ganz, ganz selten ließ er sie uns mitbenutzen, wenn es etwas zu feiern gab – also ungefähr nie). Seine Weinsucht war, neben seinem kostspieligen Architekturstudium, ein zweiter Grund, weshalb er hier mit uns hausen musste. Wir anderen profitierten insofern davon, als dass der Weinhändler *unseres* Vertrauens seit jeher Mustafa vom Büdchen war, aber wenn Axel mal wieder hellauf begeistert von irgendeinem Pinot so-und-so aus Chile oder Neukaledonien war, dann verteilte er seine edlen Tropfen fingerhutweise an uns, und wir machten vor seinen Augen *Mmmmmmh!* und hinter seinem Rücken *Hmmmmm?* und Achselzucken, weil wir nach einem Jahrzehnt Tetrapakwein keine Geschmacksknospen mehr für so was übrig hatten.

Als Axel erst wenige Wochen in unserem Haus wohnte, hatte ich ihn einmal nachts in der Küche getroffen, er saß am Tisch und spitzte Stifte an. Das leise, schabende Geräusch hatte mir gefallen, ich dachte an die ersten Arbeitsblätter in der Grundschule, auf denen sich geheimnisvolle Punkte wie durch ein Wunder zu Zahlen und Buchstaben verbinden ließen. Ich stand eine Weile im Türrahmen und sah ihm zu, wie er die Stifte gewissenhaft auf die gleiche Länge spitzte.

»Es ist fast unmöglich, sie alle auf die gleiche Länge zu bekommen«, sagte er leise. »Manchmal schaffe ich es nicht und spitze die Stifte so lange an, bis sie nur noch Stummel sind, und dann muss ich sie wegschmeißen.«

Ich zog meinen Pullover enger um mich, es war kalt.

»Und sie müssen unbedingt alle gleich lang sein?«

Er nickte geistesabwesend.

»Sonst kann ich nicht schlafen. Mein Kopf schaltet dann nicht ab. Ich bekomme Angst, dass ich nicht mehr aufwache.« *Knurz, knurz*, machte der Anspitzer. Axel tippte seine Brille auf der Nasenwurzel an, um sie hochzuschieben.

»So bin ich. Bei fast allem.«

Ich setzte mich neben ihn, aber er sah mich nicht an, und mein Brustkorb krampfte sich zusammen, als würde der Pullover plötzlich direkt an meinem Körper einlaufen.

»Mein ganzer Tag ist darauf ausgerichtet zu verhindern, dass ich abends von diesem *Gefühl* übermannt werde, verstehst du?«

Ich nickte, obwohl ich wusste, dass ich es natürlich niemals *wirklich* verstehen würde. Mit seiner größten Furcht ist jeder Mensch allein.

»Hast du einen Tick?«, fragte er dann in die Stille hinein.

Es war immer merkwürdig, über mich selbst und meine Eigenschaften nachzudenken. Alles, was mit mir als Person zu tun hatte, lag irgendwo auf einem Meeresgrund unter zehn Schichten Sand und Schlacke vergraben, und ich tat mein Möglichstes, damit es in Vergessenheit geriet. Vielleicht war das mein Tick.

»Ich weiß nicht«, murmelte ich und hätte so gern ein Fünkchen seines Problems auch bei mir festgestellt, um zu sagen: *Du bist nicht der einzige Apfel, der Angst vor seinem Wurm hat.* Aber mein Wurm war anders.

»Ich glaube, ich bin genau das Gegenteil. Ich denke nie über das nach, was ich gerade tue. Meine Gedanken sind immer woanders.«

Ich fuhr mir mit der Hand in die Haare und fing an, vor meinen Augen eine verfilzte Strähne aufzudröseln, das tat ich häufig, eine Angewohnheit, die mir dabei half, nicht mit den Gedanken abzuschweifen und in dem Moment zu bleiben.

»Die meiste Zeit weiß ich zum Beispiel nicht, ob ich etwas laut gesagt oder nur gedacht habe. Oder ich bin mir nicht sicher, ob ich schon etwas gegessen habe oder ob das am Tag davor war. Ich habe irgendwie keinen Hunger, nach dem ich mich richten kann. Was mein Körper macht und was in meinem Kopf ist, hat irgendwie gar keine Verbindung. Wie bei einem ferngesteuerten Auto. Ich habe die Fernbedienung in der Hand, aber ich sitze nicht drin.«

Die Küchenuhr tickte. Axel spitzte den roten Stift an und seufzte.

»Du Glückliche. Ich komm mir manchmal vor wie in einem extrem fordernden Computerspiel«, sagte er. »Sobald ich morgens die Augen aufmache, fängt es an.

Ich muss bei gerader Minutenzahl auf dem Wecker mit dem linken Bein zuerst auf den blauen Teil vom Teppich treten, die Klamotten, die ich am Vorabend in Anziehreihenfolge hingelegt habe, anziehen, immer erst links, dann rechts – das gilt bei mir für alles, immer erst links, dann rechts. Und danach packe ich meine Tasche, die ich abends nach einem bestimmten Ordnungssystem gepackt habe, wieder aus und packe sie noch einmal.«

Mein Hals kratzte. Mir fiel wieder ein, warum ich überhaupt in die Küche gegangen war, eigentlich hatte ich in den Kühlschrank sehen wollen, obwohl natürlich nichts darin war, was ich hätte essen wollen, kaltes Essen kann ich kaum in den Mund nehmen. Ich stand auf, guckte in den Kühlschrank, machte ihn wieder zu und goss mir den Rest Traubensaft ein, der etwas verloren wie ein Plastikmonolith auf der Anrichte stand. Axel atmete kurz durch die Nase aus, um ein Lachen anzudeuten.

»Wusstest du, dass ich manchmal die Maisdose ordne?«

Ich hob das Glas zum Mund, und der stechende Geruch gegorener Trauben erreichte gerade noch rechtzeitig meine Nasenschleimhaut.

»Wie meinst du das?«, fragte ich schnell und schüttete die widerliche rote Flüssigkeit in den Ausguss.

»Na ja, wenn eine angefangene Maisdose im Kühlschrank steht, kippe ich den restlichen Mais auf einen Teller und ordne ihn dann spiralförmig in der Dose an. Sonst werde ich beim Gedanken an die Dose wahnsinnig. Die kaputten Körner sortiere ich aus.«

Ich stand da und wusste nicht, was ich sagen sollte. Axel

räusperte sich und packte seine inzwischen gleichlangen Stifte zurück in die Packung. Von links nach rechts.

Es war verrückt, wozu unsere jugendliche Angst uns trieb. Die Angst um unser kleines Leben. Wie Fliegen auf Glas krabbelten wir an ihr entlang und kamen doch nicht dahinter. Aus Axel machte sie ein wandelndes Regelwerk. Bei mir knipste sie nach Belieben die Worte an und aus. Und dass die Angst irgendwann aufhören würde, war unwahrscheinlich: Meiner Mutter rümpelte sie beständig das Leben voll.

Es musste für Axel eine Tortur sein, in unserem Siff zu leben, aber er studierte eben Architektur und brauchte Unmengen Geld für Material, und da er hier keine Miete zahlen musste, nahm er das alles in Kauf. Er verschanzte sich die meiste Zeit in seinem keimfreien Sagrotan-Zimmer.

Das mit der Miete war eine lustige Geschichte.

Vor Axel wohnte unten im Zimmer eine Junkyfrau, Rosa, mit ihrem Hund Fasso. Sie hat sich ausschließlich von Mon Chéri ernährt, vielleicht hieß sie deshalb Rosa, und Fasso hat sie auch manchmal damit gefüttert, wenn sie gut drauf war. Dann war er irgendwann betrunken und ist gegen die Wand gelaufen und umgefallen. Jedenfalls war es ganz schön teuer, immer nur Mon Chéri zu essen, aber was die Nahrungsmittelbeschaffung anging, haben Rosa und Fasso als Team gearbeitet, die waren zusammen eine Ich-AG: Rosa ist in einen Supermarkt rein, hat eine Tasche mit Mon Chéri vollgepackt, und nach zwei Minuten hat Fasso draußen angefangen, zu heulen und zu bellen, als ob es kein Morgen gäbe, sodass man es auf fünfzig Kilometer gehört hat. Nahezu kollabiert ist er, stocksteif mit einem stumpfen *puff!* und aus dem Mundwinkel hängender Zunge ist er flach auf die Seite gekippt, und die besorgte Rosa ist natürlich sofort rausgestürzt und hat ihn beruhigt, mit Mon Chéri in der Tasche, ohne zu bezahlen.

Später hat sie dann jedenfalls im Entzug wen kennengelernt, und die beiden, also Rosa und der Typ, haben sich zusammen den goldenen Schuss gesetzt. Fasso hat aufgehört zu fressen und ist nach einer Woche gestorben. Leo hat unten das Zimmer ausgeräumt, und als ich gekommen bin, um ihm zu helfen, da saß er auf Rosas Matratze in einem riesigen Berg Mon-Chéri-Papierchen und weinte und weinte und konnte sich gar nicht beruhigen. Er hat nicht geweint wie ein Erwachsener, sondern eher wie ein wütendes Kind, selbstversunken und unvernünftig, ohne die Möglichkeit von so etwas wie Trost. Später sagte mir Stella, Rosa sei Leos erste Freundin gewesen, vor langer Zeit.

Als dann jedenfalls Leute kamen, um sich das Zimmer unten anzusehen, und die ganzen Normalen sofort wieder gegangen sind, als sie unseren Flur gesehen haben, oder vielleicht auch nur gerochen, da kam auf einmal Axel, guckte sich um, kam zu uns in die Küche, putzte seine Hornbrille am Hemdzipfel und brauchte vor Aufregung ungefähr zwei Minuten für die Frage, wie hoch die Miete sei.

Stella zog skeptisch eine Augenbraue hoch. Bei mir war es Zuneigung auf den ersten Blick.

»Nix, *niente*, keine Miete«, hat Motze gesagt (der von unterm Dach), und Stella und Leo drehten mit einem *wusch!* die Köpfe in seine Richtung und riefen wie aus einem Mund:

»Hääääa?!«

Motze guckte sie verständnislos an.

»Also ich hab in den letzten Monaten nichts überwiesen, das scheint niemanden zu interessieren.«

Motze hieß eigentlich Moritz, aber sein überempfindlicher Magen und seine dadurch bedingte Eigenart, von einem einzigen Glas Schnaps zu kotzen, hatten dazu geführt, dass wir ihn Motze nannten. Einer unserer Running Gags war es, ihm unter einem Vorwand Schnaps unterzujubeln, *Hier Motze, trink erst mal 'nen Schluck Cola* (Jägermeister), *Bier* (Apfelkorn) oder, am fiesesten, sein Lieblingsgetränk, *Bionade Holunder* (Genever). Motze war so geistesabwesend, dass er immer wieder darauf reinfiel, wenn man zwischen den Versuchen genug Zeit verstreichen ließ. Einmal hatte Leo sogar Wodka in eine Wasserflasche gefüllt und sie neben Motze gestellt, als er gerade eine Tüte weitergereicht hatte. Derjenige, der ihn zum Kotzen brachte, war der Gewinner und durfte entscheiden, wer von den anderen die Kotze wegmachen musste.

Motze war immer pleite, obwohl er mit seinem Ausbildungsgeld und seinen Nachhilfestunden mit Abstand der Wohlhabendste von uns war. Ich glaube, mit Geld verhält es sich genau wie mit den Leuten, die in unmittelbarer Nähe zum Arbeitsplatz oder zur Schule wohnen: Das sind immer die, die zu spät kommen. Und die, die eigentlich Geld haben, sind immer am pleitesten.

Axel war jedenfalls unten eingezogen, und seither betrachteten wir unser Haus (seit dem Tag hieß es auch aus voller Überzeugung *unser* Haus) als mietfrei.

Das Ganze war natürlich ein zweischneidiges Schwert, denn selbstverständlich hatte ich wahnsinnige Angst, dass hier eines Tages der Hausbesitzer vor der Tür stehen und uns rausschmeißen würde. Und uns Haftbefehle und eine gigantische Rechnung über zigtausend Euro ausstehender Miete unter die Nase halten würde. Wenn ich daran dachte, flatterten meine Herzklappen wie Kolibriflügel, und ich hatte das Gefühl, dass sich die Holzdielen unter meinen Füßen in braune Schlacke verwandelten, die mich Zentimeter um Zentimeter verschluckte. Während *ich* mir zu hundert Prozent sicher war, dass die Wahrscheinlichkeit, dass der Vermieter hier aufkreuzte, jeden Tag weiter und weiter mit unerträglicher Stetigkeit stieg, hatten die anderen da ganz andere Logiken:

Stella dachte, dass es tendenziell immer *un*wahrscheinlicher wurde, dass es noch dazu käme, weil er in den letzten fünf Jahren auch nicht aufgetaucht war.

Leo dachte, dass es keinen Unterschied machte, ob man tausend Euro oder zwanzigtausend Euro Schulden hatte, wenn man sie sowieso nie zurückzahlen konnte.

Sophie, Stellas Freundin, dachte, dass dann eben irgendwer von uns mit dem Hausbesitzer würde schlafen müssen – sie glaubte an das Gute im Menschen. (Da sie nicht mit Männern schlief, war sie bei dieser Variante natürlich fein raus).

Motze lachte nur. »Der kann doch froh sein, dass wir seine Bruchbude in Schuss halten.«

Ich hätte auch gerne mit den Schultern gezuckt. Abgewunken. Aber ich brauchte dieses Haus und diese Menschen. Sie waren meine Krücken und mein Rollator und mein Korsett. Sie hielten mich aufrecht. Für die anderen war das Leben wie Knete, es ging so oder so oder so, aber bei mir war das anders. Mein Leben war aus Glas. Und plötzlich dachte ich an meine Mutter und dass es ihr genauso ging und sie *natürlich* nicht aus ihrer Wohnung konnte, ihre Wohnung war mehr als nur der Ort, an dem sie wohnte, sie war *sie selbst*. Man zwang sie sozusagen, sich selbst zu verlassen, und wie sollte das gehen?

Traurig trocknete ich mir die Hände ab. Setzte mich auf die Küchenbank, zog die Knie an die Brust und dachte an das kaputte Aquarium. Ich stellte mir meine arme Mutter vor, die auf Knien die Scherben auffegte, obwohl ihr Hinknien immer wehtat, weil ihr rechter Meniskus nicht mehr viel taugte. Die Scherben würden ihren Müllsack zerschneiden, und ich wusste, dass sie sich dabei untröstlich fragen würde, ob sie jemals wieder ein Aquarium finden würde, denn wie viel besser wäre das Leben mit Aquarium gewesen, egal ob die Pumpe nun funktionierte oder nicht.

Ich fühlte mich wie der schäbigste Mensch der Welt.

Nach einer Weile kam Leo rein und wusch Malerrollen und Pinsel aus, er hatte Farbe an der Hose und an den Händen und in den Haaren und pfiff irgendetwas von The Cure. Ich bekam wieder Telleraugen.

Leo. Das hatte ich völlig vergessen.

6.
Die Wege der Tauben

Den Tag verbrachte ich wie gewöhnlich mit Beobachten. Mit dem Beobachten von Welt, genauer gesagt. Das Kindergeld reichte für die wenigen unklaubaren Dinge (moralisch oder logistisch), die ich zum Leben brauchte, und somit blieben mir noch zwei Jahre, in denen ich die Konfrontation mit der Außenwelt in Form einer irgendwie gearteten Arbeit auf ein Minimum reduzieren konnte – und Gedanken an ein Danach gab es in meinem Kopf nicht, da war ich ausnahmsweise konsequent. Außerdem hatte ich von Oma Latschenkiefer einen alten Ring geerbt, der angeblich wertvoll war und von dem ich mir immer einbildete, dass er vielleicht von unschätzbarem Wert sein könnte und mir eines Tages mal finanziell das Leben retten und mich insofern nachträglich mit der Erzfeindin meiner Jugend versöhnen würde.

The End.

Wenn einem die Welt wie weißes Rauschen vorkommt, muss man nur Zeit für intensives Beobachten finden und wird feststellen, dass das Leben eben nicht so willkürlich und chaotisch ist, wie es auf den ersten Blick scheint, sondern dass es auf eine wohltuende Art mit Konstanten durchzogen ist, die es aufzuspüren und an denen es sich um jeden Preis festzuhalten gilt. Ohne diesen Grundgedanken würde ich vermutlich auseinanderbrechen.

Es gab diese Szene in *A Beautiful Mind*, in der Russell Crowe als verrückter Professor die Tauben auf dem Campus beobachtete, um ihr Bewegungsschema auf dem Boden zu knacken und die Wege der Tauben vorhersagen zu können. Im Film waren seine Beobachtungen nur ein Zeichen für seinen fortschreitenden Wahnsinn, aber wer das Leben lange genug beobachtet, findet die Wege der Tauben überall.

Da war zum Beispiel der Altbier-Opa.

Der Altbier-Opa hinkte jeden Morgen um Punkt zehn Uhr zum Kiosk und kaufte sich seine erste Flasche Gatz. In grauen Sandalen und bis kurz unter die Knie reichenden Gesundheitsstrümpfen (Frühling/Sommer) hinkte er dann weiter zum Rondell, öffnete das Bier und nahm den ersten Schluck, stellte die Flasche aufs Mäuerchen und begann, zu gucken. Sein Mund war immer leicht geöffnet, so als würde sein Unterkiefer von der vielen, faltigen Halshaut nach unten gezogen. Ein bisschen wie ein Leguan, der gerade einen Opa verschluckt hatte. Er nahm die Flasche, schluckte, guckte, stellte sie zurück aufs Mäuerchen, verschränkte die Arme hinterm Rücken, hustete und guckte. Wenn die Flasche nach etwa einer Dreiviertelstunde leer war, hinkte er damit zum Kiosk und kaufte sich das zweite Gatz. Die Entfernung zwischen dem Kiosk und dem Rondell betrug in etwa fünfundsiebzig Meter, eine Distanz, die der Altbier-Opa in einer Viertelstunde überwand. Hin und zurück. So ging es bis drei Uhr. Er humpelte mit seiner leeren fünften Flasche und seiner bis in die Hüfte gegürteten, beigefarbenen kurzen Hose, die ihn genau in der Körpermitte teilte, ein letztes Mal zum Kiosk, dann verschwand er um die Ecke und tauchte erst am nächsten Tag wieder auf. Sein gemächlicher, bedachter Gang war jeden Tag auch nach zweieinhalb Litern Bier derselbe. Und ich wusste: Er hatte für sein flüssiges Frühstück 5,68 Euro ausgegeben. Der Gedanke daran, dass seit über fünf Jahren jeder Tag seines Lebens so verlief und er noch immer am Leben war, nahm mir ein wenig die Angst vor einem plötzlichen Tod.

Die anderen fanden den Altbier-Opa traurig, sie schüttelten mitleidig den Kopf, wenn sie ihn in seinem blauen, etwas soldatisch aussehenden Filzmantel und der hochstehenden Wollmütze auf seinem Kopf (Herbst/Winter) mit der Bierflasche herumhumpeln sahen. Wir fragten uns, ob es vielleicht auch eine Altbier-Oma gab, die lieber Diebels trank und deshalb in ihrer gemeinsamen Wohnung blieb, während er draußen mit seinem Gatz stand. Ich aber war ihm ehrlich gesagt sehr dankbar, denn er gab mir ein unerschütterliches Gefühl von Kontinuität. Wenn ich in meinem Zimmer saß und es mir schlecht ging, und es war ein Uhr, dann wusste ich mit hundertprozentiger Sicherheit: Der Altbier-Opa trank gerade sein drittes Bier. Er trank es heute, morgen und bis in alle Ewigkeit, und dann fühlte ich mich zumindest so in der Welt verankert, dass ich aufstehen und einen

Fuß vor den anderen setzen konnte. Und: Ich war mir sicher, dass der Altbier-Opa und ich nur winzige Teilchen in einer Kontinuitätenkette waren, und das wussten wir beide. Der Altbier-Opa beobachtete ja auch. Er wusste auch, dass der blaue VW Polo um elf Uhr fünfunddreißig nach rechts abbog und der Edeka um kurz nach zwölf die riesige Lieferung bekam. Freitags waren es immer zwölf Paletten.

Der Altbier-Opa tat mir nicht leid. Er tat seinen Teil, und ich tat meinen.

Ich lief also stundenlang durch unser Viertel und hielt mich innerlich an den vielen winzigen Fixpunkten fest, die meine ganze Welt bildeten: die Frau, die vor dem Edeka saß und strickte. Das Roma-Mädchen, das am Eingang die Obdachlosenzeitung verkaufte und das so schön war, dass ich nicht hinsehen konnte. Die siebzehn Bäume unserer Straße, von denen ich nicht wusste, ob es Buchen oder Platanen oder Ahorne waren, weil ich solche Dinge eben nicht weiß. Der alte rote Golf, der schon so lange am Ende der Straße parkte, dass man vor lauter Feinstaub und Pollenflug nicht mehr durch die Scheiben gucken konnte. Die Pflastersteine, an deren Rändern das Unkraut nagte, die überfüllten Mülleimer, die Papiercontainer mit den abgerissenen Plakaten für längst vergangene Partys, die Hundehaufen und die Fahrradspuren durch die Hundehaufen und das kreuz und quer bemalte Wahlplakat einer jung-dynamischen SPD-Politikerin, die aussah wie ein Avatar. Ab und zu Menschen, die vor dem Briefkasten noch eine Sekunde verharrten und großen braunen Umschlägen ein Stoßgebet hinterherschickten, das sachte mit durch den Schlitz fiel. Innerlich betete ich dann immer mit.

Und natürlich unser Haus. Es stand fest und vertraut und geduldig da, spuckte uns aus, sammelte uns wieder ein, und sofort, wenn es in Sichtweite war, beschleunigten sich meine Schritte ganz automatisch ein bisschen, weil ich in seinen vier Wänden in Sicherheit war, wie die Maus, die mit einem quadratischen Stückchen Käse in ihrem Loch verschwand.

Nur dass es jetzt mit der Sicherheit nicht mehr weit her war. Jetzt schlief ja Leo bei mir.

Mit ekelhaft hohem Adrenalinpegel setzte ich mich abends auf meine Matratze. Abblasen konnte ich diese ganze Bettgeschichte nicht mehr, das wäre auffällig gewesen. Leo hätte es mir übel genommen, es war ja wirklich nirgendwo anders mehr ein Schlafplatz frei, außer bei Axel, aber Axel konnte Leo ja schlecht desinfizieren, bevor er ihn sein Zimmer betreten ließ. Da war ich der Weg des deutlich geringeren Widerstandes, und in der Küche oder unserem Wohnzimmer auf dem Boden zu schlafen, war auch keine reizvolle Option, da sich unsere jeweiligen Schlafrhythmen sehr unterschieden und auch noch andauernd andere Leute bei uns rumhingen und eigentlich zu jeder Tages- und Nachtzeit irgendwer irgendwo mit irgendwem saß.

Mein Zimmer war das kleinste im ganzen Haus und machte dem Prädikat ›spartanisch‹ alle Ehre. Mein Bett war eine Matratze auf dem Boden, meine Lampe war eine baumelnde Glühbirne an der Zimmerdecke, und statt eines Regals hatte ich einfach an der Wand eine Reihe Türme aus meinen Büchern gebaut. Die obersten Bücher fungierten als Ablagefläche. Mein Kleiderschrank war eine Pyramide aus fünf Pappkartons, meine Klamotten trug ich so lange, bis sie mir quasi nach und nach in Fetzen vom Körper fielen. Am schlimmsten war es mit Hosen, der Stoff zwischen den Beinen wurde immer dünner und dünner und riss irgendwann. Mit meiner Lieblingshose war ich einmal in eine Änderungsschneiderei gegangen und hatte gefragt, ob man da noch was machen könne, und der Mann hatte einen Blick darauf geworfen und gesagt: »Ja. Wegwerfen.«

In der obersten Kiste (Unterwäsche/Socken/Schlafsachen) wühlte ich nun herum.

Ich wusste nicht, was ich anziehen sollte. Ein Nachthemd? Das rutschte dann hoch, und dann sah Leo meine mageren weißen Beine mit dem dicken blauen Fleck am Knie, der nicht blau, sondern gelb war. Normalerweise trug ich zum Schlafen Unterhose und T-Shirt, aber das ging ja nun überhaupt nicht, hinterher dachte er noch, ich würde es darauf anlegen, dass hier gleich sonst was passierte, und genau das war ja das Letzte, was ich wollte. Ich wollte, wie bei allem im Leben, dass hier überhaupt gar nichts passierte, ganz im Gegenteil.

Was war das Gegenteil von passieren?

Vielleicht stagnieren. Bleiben. Stehen bleiben. Leo

würde kommen, hoffentlich würde er nicht die ganze Nacht mit mir reden wollen, als wäre das hier eine Art Pyjama-Party mit nur zwei geladenen Gästen, hoffentlich wäre er todmüde und würde sofort einschlafen, und dann würden wir einfach beide auf unserer jeweiligen Betthälfte herumstagnieren und uns in Ruhe lassen. Und in ein paar Tagen wäre sein Zimmer fertig und alles beim Alten.

Ich beschloss, zum Schlafen einfach Jogginghose und T-Shirt anzulassen. Jogginghosen waren lässig und unauffällig, sie waren ein zentraler Bestandteil unserer Garderobe, und ich würde ebenso lässig und unauffällig sein, heute Abend, wenn Leo käme, um mit mir in diesem Bett zu schlafen, ich würde höchstens noch kurz plaudern, das war das richtige Wort, wir würden allenfalls noch kurz plaudern, und dann würde ich gähnen und sagen, *Mann, bin ich müde, gute Nacht, Leo*, und fertig, Rollo runter, *schnarch schnarch*. Und sollte mein Bauch unbedingt darauf bestehen, dieses Fahrstuhlgefühl zu machen, das dann bis runter zwischen meine Beine wanderte, dass es fast nicht zum Aushalten war, dann würde ich einfach die Zähne zusammenbeißen und die Augenlider aufeinanderpressen und abwarten, bis es verschwand.

So würde ich es machen, ich –

Tock tock.

Leise öffnete sich die Tür, und Leos Kopf erschien im Spalt.

»Hey. Kann ich reinkommen?«

Ich nickte. Über seiner Schulter hing eine Decke, unter

dem Arm hatte er ein Kissen und eine braune, selbst aufblasende Isomatte. Er seufzte und kam rein.

»Alter, ich bin megafertig.«

Er rollte die Matte auf dem Boden aus, öffnete ihr Ventil, sodass sie sich unter einem leise säuselnden Sauggeräusch mit Luft füllte, streifte sich den Pulli über den Kopf und die Hose von den Beinen – für einen Moment sah ich seinen Bauchnabel, von dem aus eine kleine Straße aus gekräuselten Haaren nach oben und nach unten führte, die ich gerne einmal mit dem Finger nachgezeichnet hätte –, dann pustete er noch ein wenig ins Ventil, drehte es zu, streckte sich und fiel auf sein Nachtlager.

»Nacht, schlaf gut. Und danke noch mal.«

»Gute … Nacht.«

Licht aus.

Na also. Ich klopfte mein Kissen zurecht. Na also. Alles kein Problem. Überhaupt kein Problem. Er schlief gar nicht neben mir, im gleichen Bett, mit Wärme und Atem und allem, er schlief auf dem Boden. Er würde keine unerwünschten Körperteile zu Gesicht bekommen. Und reden wollte er auch nicht. Ich schüttelte energisch die Decke aus. Eigentlich hätte er schon kurz sagen können, wie es mit dem Streichen geklappt hatte. Oder er hätte noch mal fragen können, ob das hier wirklich okay für mich war. Es hätte durchaus Gesprächsstoff gegeben, von seiner Seite aus. Ich hatte gar nicht so tun können, als sei ich lässig und unauffällig. Da konnte ich mir die Jogginghose ja auch sparen. Wunderbar. Genauso sollte es laufen. Genauso wollte ich es haben.

Stagnation.

Keine Gefühle und kein Herzklopfen, stattdessen Leo weit weg auf dem Boden auf einer hässlichen schlammbraunen Luftmatratze, die bei jeder Bewegung dieses scheußliche Reibegeräusch machte.

7. Time Is Brain

Am nächsten Morgen, und mit Morgen meine ich Mittag, war Leo schon weg, als ich wach wurde, was wenig verwunderlich war – er hatte ja auch im Gegensatz zu mir nicht wach gelegen, bis es hell wurde, und sich auf der Matratze hin und her gewälzt wie ein selbstzerstörerischer Fisch in der Panade. Ich ging in die Küche, um Kaffee zu machen, es war kalt, und die Filter waren alle, also schüttelte ich vorsichtig den alten Filter aus, damit er nicht riss. Als ich ihn neu befüllen wollte – aber der Kaffee war auch alle –, klingelte das Telefon.

Eine Stimme fragte nach meinem Namen und sagte meinem Ohr, meine Mutter sei nach einem Schlaganfall ins Krankenhaus eingeliefert worden. Dann schaltete sich für ein paar Minuten mein Kopf aus, die Stimme verschwand einfach in der Ferne, als führe sie mit dem Zug davon, und als ich wieder zu mir kam, lag der Hörer auf dem Telefon, als wäre nichts gewesen. Ich hätte einfach einen Tee kochen und so tun können, als wäre nichts geschehen, doch in der Hand hielt ich einen

Zettel mit einer Adresse von einem Krankenhaus und einer Zimmernummer: 204.

Der Mann an der Rezeption war dick und griesgrämig und hatte sich seine öligen Seitenhaare über die Glatze gekämmt, sodass man, wenn man ihn ansah, an nichts anderes mehr denken konnte als an seine Glatze und wie er morgens wohl aussah, wenn er sich noch nicht gekämmt hatte und ihm die dünnen langen Strähnen noch übers Ohr bis zur Schulter hingen. Er schickte mich in die *Stroke Unit*, in die meine Mutter vor ein paar Stunden gebracht worden war. Ich konnte mir nicht vorstellen, dass meine Mutter in einem Krankenwagen gelegen hatte, mit Blaulicht und quietschenden Reifen, dass ihr Körper auf der Bahre hin- und hergeruckelt hatte. Der Gedanke war wie ein Holzklotz außerhalb meines Kopfes, den ich mir zwar gegen die Stirn hauen konnte, aber das war es dann auch schon, außer einer dumpfen Erschütterung tat sich nichts.

An der eierschalengelben Wand vor der dicken Sicherheitstür hing eine Anleitung mit allen nötigen Schritten, die es zu befolgen galt, bevor man die Station betreten durfte, die ich überaus dankbar befolgte und die mir das Gefühl gab, zumindest jetzt gerade, in diesen paar Minuten meines Lebens, alles genau richtig zu machen: Ich schaltete mein Handy aus, desinfizierte mir sorgfältig Hände und Unterarme, merkte mir, dass Schnittblumen und Pflanzengeschenke auf der Station verboten waren, dass pro Angehörigenkreis immer nur eine Kontaktperson mit den Ärzten kommunizieren sollte und dass es nur kurze Besuchszeiten gab, da es sich um eine Intensivstation handelte: 16.00–18.00 Uhr. Dann drückte ich den Klingelknopf.

Es dauerte eine Weile, bis eine Pflegerin kam und die Tür öffnete. Sie trug ihr blondes Haar kurz, hatte tätowierte Arme und wirkte gestresst. Trotzdem klang ihre Stimme freundlich und irgendwie kompetenter als die vieler anderer Menschen – wie die Stimme von jemandem, der genau weiß, wie der Hase läuft.

»Ja?«

»Guten Tag«, hörte ich mich sagen. »Meine Mutter ist heute Morgen eingeliefert worden.«

»Ah, hallo«, sagte sie und schaute auf die Uhr. Der Glatzenmann hatte mich vermutlich angekündigt. »Ich bin Schwester Sonja. Kommen Sie mit. Ihre Mutter schläft gerade, aber Sie wollen sie vermutlich erst einmal sehen.«

Sie machte kehrt und ging so schnell den Flur hinunter, dass ich kaum Schritt halten konnte. Ihre Bewegungen waren genau das Gegenteil von meinen: bestimmt, effizient, zielstrebig. Ich beneidete sie und wünschte mir, auch eine Krankenpflegerin zu sein, die wusste, was sie tat.

Dann standen wir vor Zimmer 204.

»Nicht erschrecken«, sagte sie, bevor sie die Tür öffnete. »Wir müssen die Körperfunktionen ihrer Mutter sehr genau beobachten, daher die vielen Maschinen.«

Sie hielt mir die Tür auf. Mir war klar, dass sie mich beruhigen wollte, doch leider bewirkten ihre Worte genau das Gegenteil. Zögerlich betrat ich das Zimmer.

»Ich sehe mal, ob unsere Stationsleiterin Zeit für ein Gespräch hat.«

Dann war Schwester Sonja verschwunden, und die dicke Tür fiel hinter mir zu.

Meine Mutter lag bewusstlos im größten Bett, das ich je gesehen hatte. Umgeben von Monitoren und Schläuchen, als wäre sie das Bild und die Maschinen der Rahmen. Das größte Gerät piepste gleichmütig in die Stille hinein. Im Schlaf sah meine Mutter ganz anders aus, und auch der weiße Krankenhauskittel wirkte sehr befremdlich an ihr, die normalerweise nichts lieber trug als bunte Synthetikklamotten. Mit Mäuseschritten und ohne zu atmen näherte ich mich all dem, und als ich schon die Hand nach ihr hätte ausstrecken können, sah ich, dass etwas mit ihrem Gesicht nicht stimmte. Es sah irgendwie schief aus. Der eine Mundwinkel hing nach unten, der andere nicht, als wäre ihre eine Hälfte traurig, aber der anderen war es egal. Lautlos setzte ich mich an ihrer Bettkante auf einen Stuhl und starrte sie an, während das Gerät immer weiter piepste und grüne Wellenlinien über den Monitor flimmerten. Ich nahm ihre kalte linke Hand in meine kalten Hände, die noch frisch desinfiziert rochen, und sofort überkam mich der Impuls, zu den Pflegern zu rennen, zu sagen, *Hilfe, ihre Hand ist so kalt, ihr ist bestimmt kalt, ist das normal, muss man da nicht was gegen machen?*

Irgendwann fingen meine Augen an zu jucken, weil ich vermutlich viel zu lange nicht mehr geblinzelt hatte.

Schließlich klopfte es leise, und eine dunkelhaarige Ärztin in weißen Holzclogs kam herein. Sie klackerte über das blaue Linoleum und streckte mir die Hand entgegen.

»Hallo, ich bin Doktor Akgün, ich leite die Schlaganfallstation. Sie sind die Tochter?«

Ich nickte.

»Sie haben sicher jede Menge Fragen«, sagte sie, auch mit so einer Kompetenzstimme, und ich fragte mich, ob das hier eine Einstellungsvoraussetzung war. »Ich habe leider nicht viel Zeit, aber kommen Sie doch mit in mein Büro, dann können wir kurz sprechen.«

Im Grunde hatte ich nur eine Frage, nämlich wie es meiner Mutter ging, und mit jedem Schritt, den ich hinter Doktor Akgün in dem ellenlangen Flur machte, auf dem es nach Blumenkohl und dicker Soße roch, wuchs meine Angst davor, mich irgendwie hirnrissig zu benehmen und so zu wirken, als ließe mich das alles hier kalt oder als wüsste ich nicht, wie sich normale Menschen in einem Fall wie diesem zu verhalten hatten. Dann dachte ich über das Wort ›hirnrissig‹ nach, und mir wurde schlecht.

In ihrem Büro setzte sich Doktor Akgün auf den modernen, ergonomischen Bürostuhl, der hinter ihrem wohlgeordneten Schreibtisch stand, und bedeutete mir mit einer Handbewegung, ihr gegenüber Platz zu nehmen. Dann stand sie noch einmal auf, um energisch die Jalousien hochzuziehen. Draußen regnete es. An der Wand sah ich ein paar Zeugnisse und Urkunden, in einem Regal standen Infobroschüren zum Thema Schlaganfall. *Time Is Brain*, stand dort in Rot auf einem der Faltblätter, darunter eine Stoppuhr, in die ein Blitz einschlug.

»Also«, sagte Doktor Akgün und lehnte sich ein wenig vor, sie stützte sich auf die Ellenbogen, und mein Blick fiel auf die feinen schwarzen Härchen an ihren Unterarmen. Dann brachte ich meine Augen wieder dazu, der Ärztin ins Gesicht zu sehen. »Ihre Mutter hatte einen ischämischen Infarkt der mittleren Hirnarterie. Das bedeutet, dass ein Blutgerinnsel die Arterie verstopft und dadurch die Durchblutung bestimmter Gehirnregionen unterbricht. Wenn Gehirnzellen zu lange nicht richtig durchblutet werden, dann sterben sie ab.«

Ich nickte langsam. Mit jeder Faser meines Körpers zwang ich mich dazu, dieser Frau mit den goldenen Ohrringen und dem dunklen Lippenstift ganz genau zuzuhören und mir alles zu merken.

»Leider hat Ihre Mutter erst etwa zwei bis drei Stunden nach Auftreten der typischen Lähmungserscheinungen den Notruf getätigt. Wir haben dann als Erstes ein CT durchgeführt, um festzustellen, ob es sich um ein Blutgerinnsel oder um eine Hirnblutung handelt, denn dies entscheidet über die Therapieform.«

Sie reckte sich zum Regal und drückte mir diverse Broschüren in die Hand.

»Die können Sie sich in Ruhe durchlesen, wenn Sie das alles verdaut haben. Ist immer ein ziemlicher Schock für die Angehörigen.«

Ich nickte. Die Angehörigen. Die gab es ja gar nicht. Es gab nur mich.

»Das CT war zum Glück sehr eindeutig. Ihre Mutter bekommt jetzt erst einmal ein blutverdünnendes Medikament, durch das sich das Gerinnsel hoffentlich in den nächsten Stunden auflösen wird. Das nennt sich Lyse-Therapie und ist die gängigste Behandlungsmethode in einem solchen Fall. Löst sich das Gerinnsel nicht auf, müssen wir weitersehen.«

Sie sah mir in die Augen, und in meinem Kopf bildete sich ein Vakuum. Ich schwitzte, und gleichzeitig fror ich, ich stellte mir vor, wie ich Doktor Akgün bat, die Heizung gleichzeitig höher und niedriger zu stellen. Die Stille war mir peinlich, ich wollte souverän und verlässlich wirken, aber in Wahrheit sah ich wahrscheinlich einfach nur grenzdebil aus.

»Morgen machen wir ein MRT, um zu sehen, ob die Lyse erfolgreich war. In den nächsten Tagen wird Ihre Mutter außerdem eine ganze Reihe weiterer Tests über sich ergehen lassen müssen, damit wir herausfinden können, wie und wo das Gerinnsel entstanden ist. Wir müssen uns ihre Arterien ansehen, ihr Herz und so weiter, um einem weiteren Schlaganfall vorzubeugen. Sie ist mit Sprachschwierigkeiten und Lähmungserscheinungen auf der linken Körperseite eingeliefert worden, sodass sie in der nächsten Zeit auf Hilfe angewiesen sein wird. Wir müssen abwarten, ob und wie schnell sich diese Schäden zurückbilden. Zusätzlich werden wir durchgehend ihre Vitalfunktionen überwachen.«

Doktor Akgün neigte leicht den Kopf, und mir war sofort klar, dass jetzt nichts Gutes kam. Ärzte, die den Kopf neigen, bedeuten immer schlechte Nachrichten, zumindest in diesen schrecklichen Krankenhausserien im Fernsehen: Tumore, unentdeckte Gendefekte oder irgendetwas anderes auf Dauer Tödliches. Langsame, mit Bedacht gewählte Worte kamen aus dem Lippenstiftmund.

»Ich muss Ihnen leider sagen, dass mir das Blutbild

Ihrer Mutter Sorgen macht.« Sie griff nach einer Akte und legte sie offen vor sich hin, ein wenig wie eine Weissagerin, die drauf und dran war, mir die finstere Zukunft meiner Mutter zu orakeln.

»Einige Werte liegen in einem kritischen Bereich, Leber, Blutzucker, das sieht alles nicht sehr rosig aus.«

Ich nickte langsam, und Doktor Akgün nickte auch langsam. Plötzlich legte sich ein Gedanke wie ein schwarzes Tuch um meinen Schädel.

»Stirbt sie?«

Die Ärztin seufzte gedehnt und lehnte sich zurück.

»Ich will ehrlich mit Ihnen sein, denn ich halte nichts von Augenwischerei. Ein Schlaganfall ist eine riesige Belastung für den Körper, ein absoluter Ausnahmezustand, und auch danach kann es noch zu Komplikationen kommen. Schon bei gesunden Patienten ist ein ischämischer Infarkt eine schwere Krankheit, von der sich das Gehirn nur langsam erholt – dass die Werte Ihrer Mutter besorgniserregend sind, ist insofern wirklich keine gute Grundvoraussetzung. Das heißt aber noch lange nicht, dass sie nicht überleben wird. Erst einmal sind die nächsten Stunden entscheidend. Wenn sich das Gerinnsel auflöst, ist ein entscheidender Schritt getan. Aber versprechen kann ich Ihnen nichts, nur dass wir Ihre Mutter bestmöglich versorgen werden.«

Ich nickte.

»Auch was bleibende Schäden betrifft, kann ich Ihnen wie gesagt zu diesem frühen Zeitpunkt keine Prognose geben. Das Gute ist, dass durch die sogenannte Plastizität des Gehirns die Möglichkeit besteht, dass andere Gehirnregionen die Aufgaben der geschädigten Regionen erlernen. Aber ob und inwieweit sich die Lähmungen und Sprachstörungen zurückbilden, lässt sich schwer einschätzen. Da müssen wir abwarten. Ihre Mutter wird einige Zeit im Krankenhaus verbringen, und dann erst mal in eine Reha-Klinik kommen. Sich von einem Schlaganfall zu erholen, wie ihre Mutter ihn erlitten hat, dauert Wochen oder Monate, manchmal sogar Jahre.«

Ich schlug fest die Beine übereinander und kämpfte gegen den Drang, nach einer Haarsträhne zu greifen und sie aufzudröseln. Meine Hände fühlten sich mittlerweile so an, als hätten sie minus zehn Grad. Doktor Akgün räusperte sich.

»Ihre Mutter wird in den nächsten Tagen sehr erschöpft sein. Sie wird viel schlafen, sie wird verwirrt sein, Angst haben, wütend sein. Wenn Sie sie besuchen, sollten Sie sich bemühen, Ruhe auszustrahlen, und ihr gut zureden. Sie sollten positiv denken. Sie können Musik mitbringen, die sie mag. Bitte halten Sie sich ab jetzt auch an die Besuchszeiten. Sie können sich morgens einmal telefonisch nach ihr erkundigen, und wir informieren Sie umgehend, falls sich etwas am Zustand Ihrer Mutter ändert.«

Ich hörte, wie hinter mir die Tür aufging und jemand Doktor Akgüns Namen sagte. Sie blickte auf und nickte.

»Ich komme.«

Noch einmal wandte sie sich an mich.

»Wenn Sie Fragen haben, zögern Sie nicht, das Pflegeteam jederzeit anzusprechen.«

Ich nickte und bedankte mich. Sie lächelte und streckte mir wieder die Hand entgegen.

»Kann ich noch einmal kurz zu ihr, um Tschüss zu sagen?«

Sie blinzelte ermutigend mit den Augen und lächelte noch einmal.

»Natürlich.«

Ich huschte zurück ins Krankenzimmer und saß lange Zeit lautlos wie ein winziger Wachhund an der Bettkante. Ich strich die Decke glatt. Hielt Händchen. Atmete ein und aus. Die Maschine piepste so unendlich monoton, dass ich es kaum ertrug, sie füllte meinen ganzen Kopf aus, doch als ich begriff, dass das der *Herzschlag* meiner Mutter war, nervte sie mich plötzlich nicht mehr, im Gegenteil. Plötzlich wollte ich den Apparat gut behandeln wie einen alten Freund, dem man Unrecht getan hatte.

Ich starrte auf das Gesicht meiner Mutter und prägte mir alles ein. Wie die Linien in ihrem runden Gesicht verliefen. Welche Farbe ihre etwas rissigen Lippen hatten. Wo die zwei Muttermale an ihrem Hals saßen, von denen ich auch eins hatte. Ich merkte mir die vielen Grautöne in ihren Haaren und wie lang ihr Pony war. Sogar ihre Nasenhaare sah ich mir genau an, das ließ sich aus dieser Perspektive gar nicht verhindern – die einzige Stelle, die mein Blick mied, war ihre Hand, in der die dicke Kanüle steckte.

Und dann dachte ich plötzlich wieder an ihre Wohnung. An die Frist. An die riesigen Stapel. Die Maschine piepste, der Tropf tropfte, und man hätte es mir wohl nicht angesehen, aber meine Gedanken verknoteten sich zusehends wie schwarzer Kabelsalat, ein Problem führte zum nächsten, und je mehr ich über all das nachdachte, was nun auf mich zugewalzt kam, desto fester zogen sich die Knoten zusammen.

Zu Hause lief ich in warme Spaghettiluft hinein, sie füllte unsere gesamte Küche, als wäre der Raum eine Mischung aus Sauna und Imbiss. Die Scheiben waren komplett beschlagen. Leo stand an der Anrichte und schnippelte Champignons, während Stella, Motze und Sophie am Tisch saßen und Scrabble spielten. Ungefähr die Hälfte der Steine war im Laufe der Zeit verloren gegangen, hauptsächlich Vokale, deshalb waren die Worte auf dem Brett bei uns eher kurz, und es gewann meist derjenige, der das Ü, das X oder das Ä gut ablegen konnte. Ich nahm mir eine Möhre, die auf der Anrichte herumlag, und setzte mich zu meinen Mitbewohnern an den Tisch. Gerade jubelte Stella, weil sie FÜXE über einen dreifachen Wortwert gelegt hatte, und Sophie verdrehte die Augen und griff nach ihrem Handy, um Stella auf den Boden der Tatsachen zurückzuholen. Erschöpft lehnte ich mich zurück und sah ihnen zu, meinen Freunden, meinen laufenden und sprechenden Rettungsringen, und ich war so dankbar dafür, dass sie nicht an irgendwelchen Schläuchen in großen weißen Betten lagen, dass ich garantiert losgeheult hätte, wäre ich ein Mensch gewesen, der einfach so losheulen konnte.

Stella und Sophie waren Amazonen. Sie schossen mit Worten auf alles, was die eigene Deckung vernachlässigte, und sie waren treffsicher. Stella war außerdem Kick-Boxerin und hatte kein Problem damit, einem Kerl, der ihr ungebeten an den Hintern fasste, die Schneidezähne rauszuschlagen und ihn mit runtergezogener Hose auf dem Kneipenboden liegen zu lassen. Vielleicht, wenn ich genauer darüber nachdachte, gab es also doch eine Art, sich rühmlich zu prügeln.

»Man muss den frontalen Schlag üben, wenn Zähne fliegen sollen«, hatte sie mal mit ihrer herrlich verruchten, tiefen Stimme gesagt. »Seitlich auf die Backe hätte man natürlich mehr Schwung, aber Backenzähne kriegt man nicht raus. Da bricht höchstens mal 'ne Ecke ab ...«

Wenn Cowboys bei einer Schlägerei im Western riesenhafte quadratische Zähne aus blutenden Mündern spuckten, schnaubte Stella verächtlich.

»Völlig unrealistisch ...«

Motze guckte sie dann immer böse an und machte »Schhh!«.

Einmal waren Motze und Stella alleine im Haus gewesen. Sie hatte angefangen, ihm die Haare zu schneiden, er war schon mit einem Fuß im Nirwana und sie war auf Speed, und dann hat sie ihm im Eifer des Gefechts einen Zentimeter tief ins Ohrläppchen geschnitten. *Schnipp, schnapp.* Mitten ins weiche Fleisch rein. Motze hat geschrien wie am Spieß und sich vor Schmerzen in die Hose gepinkelt, Stella hat ihn angeschrien, er solle still sitzen und sich nicht so anstellen (die beiden hatten die Szene am nächsten Tag für uns nachgestellt), und dann hat Motze ihr die Schere aus der Hand gerissen und in ihren Oberschenkel gerammt. Also, zumindest in dem Maße, wie ein bis über beide Ohren bekiffter Mensch noch rammen kann.

Später im Krankenhaus haben sie sich darauf geeinigt, ihre Narben mit Stolz zu tragen.

Stella hatte gar keinen Kontakt mehr zu ihren Eltern. Ihr Vater war irgendein halbwegs bekannter Kommunalpolitiker in ihrem Kaff und dachte, es würde ihm das Wahlergebnis versauen, wenn seine Tochter plötzlich Hand in Hand mit ihrer ersten Freundin durchs Dorf spazierte, und als Stella sich nicht davon abbringen ließ, hatte er versucht, sie christdemokratisch zu verprügeln. Sie hatte sich gewehrt, ihm das Jochbein gebrochen und war abgehauen. Ihr Vater hat sie dann sogar angezeigt, ich glaube, da war sie erst sechzehn. Seitdem hatte sie, bis sie hier einzog, immer bei Bekannten gewohnt, hatte die Schule geschmissen und war jetzt Friseurin in einem der unzähligen Salons in unserem Viertel.

Die Wahl hat ihr Vater damals wohl trotzdem verloren.

Sophie, Stellas Freundin, war mal Französin gewesen. Sie war mit zwölf nach Deutschland gekommen, aber einen leichten Akzent hörte man nur, wenn sie getrunken hatte. Sie war eine abgebrühte Schwindlerin, auf jeder Party war sie eine Andere. Manchmal erzählte sie, sie sei Pyrotechnikerin, oder Chirurgin, oder Dozentin für Kunstgeschichte. Manchmal hatte sie schon zwei

Kinder oder einen Bruder mit ADHS. Einmal hatte sie nur noch ein halbes Jahr zu leben. Oder sie kam gerade aus dem Gefängnis. Sie sagte, dass es erstens Spaß machte, zweitens niemandem schadete und sie drittens dadurch wesentlich mehr über ihr Gegenüber erfuhr, als wenn sie immer die Gleiche war. Axel sagte, dass es unfair sei, nur scheinbar etwas von sich preiszugeben, um andere dazu anzustiften, etwas gleichsam Persönliches von sich zu erzählen, doch Sophie wiegelte ab:

»Ich zwinge ja niemanden dazu, mir was von sich zu erzählen. Die Leute *sehnen* sich danach. Eigentlich hat doch niemand Bock auf das Vorgeplänkel. *Und, was machst du so?* Bla bla bla. Da hat in Wahrheit keiner Bock drüber zu reden. Eigentlich wollen die Leute sagen: *Mein Vater ist letztes Jahr gestorben. Ich saß an seinem Krankenbett, als es passiert ist, er hat noch ein letztes Mal meine Hand gedrückt, und ich hatte das Gefühl, in mir drin wäre nur noch eiskalte Luft und sonst nichts.* Die Leute wollen sagen, dass sie manchmal wochenlang nur heulend auf dem Sofa liegen können oder dass sie davon träumen, ihren Onkel zu ficken. Sie sagen mir nur, was sie wirklich sagen wollen. Es passiert ganz von selbst.«

Außer bei mir, hatte ich heimlich gedacht. Aber es gefiel mir, dass sie Verwirrung stiftete, dass sie erst Staub aufwirbelte und dann ihre Spuren verwischte. Sophie flog jedenfalls nie auf: Schönen Menschen wird einfach alles geglaubt. Wir hängen wie hypnotisiert und willenlos an ihren Lippen, wir trauen Schönheit keine Lügen zu, eher belügen wir uns selbst. Nur ein einziges Mal, auf einer Party morgens um halb fünf, ist sie mit einer Frau ins Gespräch gekommen, die plötzlich die Augen zusammenkniff und sagte: »Bullshit.«

Das war Stella.

Seither führten die beiden eine nahezu vollkommene Beziehung miteinander. Wenn Stella kurz davor war, etwas zu tun, wofür sie vermutlich verhaftet worden wäre, war Sophie zur Stelle, um ihr den berühmten Ruck an der Schulter zu geben und zu sagen: »HEY! Wir gehen jetzt!« Wenn Sophie wiederum Probleme mit einem zudringlichen Typen bekam, weil sie mit ihren roten Haaren und ihren hellgrünen Augen wie gesagt so unfassbar schön war – immerzu wollte man sie ansehen –, brauchte sie sozusagen nur auf zwei Fingern zu pfeifen, und Stella kümmerte sich darum, dass er so etwas für alle Zeit sein ließ.

Sophie stand ausschließlich auf Frauen, während Stella vor ihrer Beziehung auch ab und an was mit Männern gehabt hatte.

»Männer sind so herrlich primitiv«, schwärmte Stella manchmal. »Man sucht sich einen aus, fertig. Ich verstehe gar nicht, wieso es immer heißt, Männer würden Frauen flachlegen und Frauen würden sich flachlegen *lassen*. Wenn ich morgens neben einem Kerl aufgewacht bin und mich dann vom Acker gemacht habe, dann hatte ich *ihn* gefickt und nicht umgekehrt.«

An diesem Punkt verließen Motze, Leo und Sophie meist den Tisch.

»Was denn?«, rief Stella ihnen hinterher. »Is so!«

Manchmal nannte sie Männer auch einfach nur Betthäschen, und wenn Motze dabei war, kam es jedes Mal zu wortwörtlich ein und demselben Dialog:

Stella: »*(Bla bla bla)*... Betthäschen.«

Motze: »Sexistin.«

Stella *(mit zusammengekniffenen Augen)*: »Immerhin bin *ich* nicht in 'ne Huka verknallt...«

Motze: »Arsch.«

Stella: »Freak.«

Motze und seine Huka. Das war auch so eine Geschichte.

Weil er nicht trinken konnte, hatte Motze sich aufs Rauchen spezialisiert (wir alle hatten unsere ganz eigene Art der Betäubung). Und mit seiner Bong führte er tatsächlich eine Art Beziehung. Er redete mit ihr, putzte sie, streichelte sie liebevoll, es fehlte nicht viel, und er hätte sie abends auf das Kissen neben sich gebettet. Sie hieß Mimi3, weil seine erste große Liebe Mimi hieß, danach kam Mimi2, seine erste Bong, auf die sich Gerüchten zufolge wohl jemand draufgesetzt hatte, und jetzt drehte sich alles um Mimi3. Motze und Mimi.

Einmal war ich zu ihm auf den Dachboden gekommen, als er gerade ein Köpfchen rauchen wollte. Er saß nackt auf dem Boden und bemerkte mich nicht, weil er mit dem Rücken zu mir saß. Er hielt Mimi3 zwischen den Beinen und flüsterte irgendetwas. Es brodelte leise, Qualm stieg um seinen Kopf auf, und dann sackte er nach vorn und blieb so. Die Intensität seiner Einsamkeit lief mir den Rücken hinunter wie eine Ameisenprozession. Seither fühlte ich mich mit Motze verbunden.

Ironischerweise machte Motze eine Ausbildung zum Erzieher in einem Kindergarten hier um die Ecke. Ironischerweise deshalb, weil er sagte, er würde die Kinder gar nicht erziehen, er würde sie einfach machen lassen. Und ab und zu sagen: *Haut euch nicht!* Er wollte sich aber auch nicht Kindergärtner nennen, er sagte immer, das sei ein absurdes Wort, als würde man die Kinder einpflanzen und ab und zu mit der Gießkanne kommen. Motze war in ein paar Monaten fertig mit der Ausbildung, und die wollten ihn unbedingt übernehmen, weil er den Ruf hatte, Nerven aus Stahl und eine Engelsgeduld mit den Kindern zu haben. Die Kollegen kannten ja nicht sein grünes Geheimnis.

»So, Essen ist fertig«, sagte Leo und stellte einen riesigen dampfenden Nudelberg vor jedem von uns hin. Dem Gespräch konnte ich nicht folgen, in meinem Kopf war nur das Piepsen dieser Herzmaschine, die die Körperfunktionen meiner Mutter überwachte, und ich drehte die Gabel im Takt. Kaute im Takt. Schluckte im Takt. Die anderen lachten über irgendetwas, ich versuchte ein Lächeln, damit sie sich nicht wunderten und mich fragten, was mit mir los sei. Über schwierige Dinge zu sprechen, wenn sie gerade passiert waren, war für mich wie Jonglieren oder über eine Slackline laufen: Es ging einfach nicht. Unmöglich. Mir war unerklärlich, wie andere Leute das schafften. In den Zeiten, in denen mir das Leben wie eine viel zu große Portion Essen vorkam – ich hatte noch nicht vernünftig gekaut, geschweige denn runtergeschluckt, da kam schon wie aus dem Nichts der nächste riesige Löffel mit halb kalter Pampe und schob sich mir zwischen die Lippen –, also in solchen Zeiten kam fast gar nichts mehr aus mir heraus. Die Worte schafften es nicht am Löffel vorbei, und das ging schon so lange so, dass ich es mir gar nicht mehr anders vorstellen konnte. Auch nicht, als es endlich Menschen gab, die mir liebend gerne zugehört hätten. In dieser Hinsicht hatte ich einen Systemfehler, an dem sich auch dann nichts änderte, nachdem man den Laptop woanders hingestellt hatte, an einen Ort mit mehr Licht und weniger Straßenlärm. Lustlos drehte ich eine Spaghetti auf meine Gabel.

Ich erinnerte mich an einen Tag, an dem ich meiner Mutter beim Kochen hatte helfen dürfen. Sie hatte mich die Tomatensoße rühren lassen, während sie energisch die Spaghetti für den Auflauf kleinschnitt. Ich war zunächst traurig darüber gewesen – was für einen Sinn hatte es, Spaghetti zu essen, wenn man sie kleinschnitt, warum waren Erwachsene ständig so versessen darauf, das bisschen Spaß, was man im Leben hätte haben können, auch noch zu verderben –, doch am Ende hatte sie mich auf einen Hocker gehoben und meine Hand beim Käsereiben geführt. Rauf und runter. Runter und rauf. Ihr Körper hinter mir war warm gewesen und hatte sich angefühlt wie ein menschliches Cape, ich hätte ewig so mit meiner Mutter im Rücken weiterreiben können. Wenn es an dem Abend nach mir gegangen wäre, hätten wir zusammen ein Matterhorn aus Reibekäse produziert. Als der Auflauf im Ofen war, hatte ich mich wie ein hungriger Frosch davorgehockt und zugesehen, wie der Käse schmolz und die Ränder zu blubbern anfingen, und meine Mutter hatte am Tisch gesessen, geraucht und gelächelt, wenn ich zu ihr rübersah. Ich hatte mich genauso gefühlt wie der Auflauf, ich schmolz und blubberte, wenn sie mich so ansah, mit Liebe in den Augen und allem.

Motze stieß mich an, guckte erwartungsvoll und sagte, »Oder?«, und ich nickte. Stella sagte auch irgendwas, und ich nickte. Aber eigentlich dachte ich nur an meine schiefe Mutter in dem weißen Bettungetüm, und das Piepsen ging und ging nicht raus aus meinem Kopf.

8.
Das mit den Stapeln

Ich kam aus bleischwerem Schlaf zu mir, und noch bevor ich die Augen geöffnet hatte, setzte sich im Dunkel meines Kopfes ein Gedankenkreislauf in Gang, der sich ab jetzt jeden Morgen in Gang setzte, wenn ich mir der Realität der Dinge wieder aufs Neue bewusst wurde, unerträglich bewusst. Jeden Morgen erinnerte ich mich wieder neu an meine Mutter im Krankenhaus und ihre Wohnung und mein Leben und was mir bevorstand, dass das alles tatsächlich passiert war und weiterhin passierte, und das Gewicht der Zukunft war so erdrückend, dass es mir so vorkam, als hätte man mich über Nacht bei lebendigem Leibe begraben. Statt einer Tablette nahm ich von nun an vorsichtshalber zwei, eine für jedes Bein, das über die Bettkante rutschen und durch diesen Tag laufen musste.

Leos Matte war leer, er war vermutlich nach mir schlafen gegangen und vor mir aufgestanden. Kurz saß ich da und starrte sie an und stellte mir vor, wie ich mit rot glühenden Laseraugen Löcher in das braune Material brannte, sodass er heute Abend eine platte Matte vorfinden würde. Dann würde er notgedrungen zu mir ins

Bett kommen, und ich würde ihm erzählen, wie schlimm gerade alles war, dass es mir so vorkam, als wäre meine Mutter samt Riesenbett aus drei Kilometern Höhe auf mich draufgedonnert, ich würde erzählen, wie viel Angst ich um sie hatte, und um mich selbst, wenn sie vielleicht nicht mehr da wäre, und während ich spräche, würde er unmerklich immer näher rücken und irgendwann ganz sachte meine Lippen mit seinen Lippen streifen. Ich würde seine Hand meinen Rücken hinaufwandern spüren und noch näher zu ihm rutschen und meine Hüfte fordernd gegen seine pressen, wir würden die Nacht als stöhnendes, schwitzendes Knäuel verbringen, und dann wäre wenigstens irgendwas irgendwie für einige Momente gut.

The End.

Herzklopfend stand ich in der Küche und wählte die Krankenhausnummer, um mich nach meiner Mutter zu erkundigen, es tutete und tutete, ohne dass jemand ranging. Ich stählte mich innerlich für die schlimmsten Nachrichten, die ich mir vorstellen konnte, ich spannte all meine spärlichen Muskeln an, bis meine Beine zitterten und es plötzlich in der Leitung knackte. Ich hielt die Luft an. Ihr Zustand sei stabil, sagte die Pflegerin, von der ich nun wusste, dass sie Sonja hieß, doch heute würde noch eine so-und-so, Dies-und-das-Untersuchung an ihr durchgeführt und ich sollte sie besser erst morgen wieder besuchen. Ich legte auf und sah meine feuchten Fingerabdrücke auf dem schwarzen Hörer. Dann lehnte ich mich mit der Stirn gegen die Wand, um zu atmen.

Am Nachbarhaus wurde an der Fassade ein Gerüst montiert, und die Bauarbeiter guckten mich komisch an, als ich an ihnen vorbeiging. Gehässig. Als wäre ich das Letzte vom Letzten, weil es schon nach zwölf war und ich verschlafen mit zerzausten, angefetteten Haaren aus dem baufälligen Haus kam, dessen Flur angeblich stank, und das an einem Werktag. Normalerweise hätte ich sofort den Kopf eingezogen und meine Schritte beschleunigt, doch heute dachte ich, *Guck nicht so doof, du Blödmann, du weißt gar nichts über mich, deine Mutter hatte kein Blutgerinnsel, dein Bruder ist nicht aus dem Fenster gesprungen, und dein Herz sitzt ganz normal da, wo es hingehört.*

Vor der Tür zur Wohnung meiner Mutter passierte etwas Eigenartiges. Normalerweise ging ich kurz in mich, klopfte, und wenn meine Mutter dann öffnete und ich die Türschwelle überquerte, war ich mit einem Mal erwachsen und stark, so als wäre ich als unfähiges Wrack in irgendeinen Zauberspiegel gestiegen, der mich auf der anderen Seite als nicht im Geringsten geistig umnebelte, ausreichend sozial kompetente Durchschnittstochter ausspuckte. Beim Gehen war es dann genau umgekehrt: Ich zog die Tür als verantwortungsbewusste, aufrechte junge Frau hinter mir zu, und noch bevor ich die erste Treppe hinuntergegangen war, war mein Blick wieder unscharf, mein Rücken krumm und meine Füße schlurften die grauen Steinstufen hinunter. Doch heute stand ich vor der Tür und konnte mich gar nicht erst dazu bringen, sie zu öffnen. Ochs vorm Berg nennt man das, glaube ich. Minutenlang stand ich im Hausflur und rührte mich nicht, guckte auf meine verzerrte Spiegelung im Türspion, die Kopf stand, und obwohl mein Gehirn durchaus die Bewegungsabläufe durchging, die nötig gewesen wären, um die Tür zu öffnen, hingen meine Arme schlaff an mir herunter und gehorchten nicht. Es wäre das erste Mal, dass ich in der Wohnung allein war, und erste Male mochte ich nicht. Erst als unten der Buzzer ertönte, mit einem lauten Klacken die Haustür aufgedrückt wurde und ich hallende Schritte auf der Treppe hörte, die sich näherten, konnte ich mich aus meiner Starre lösen, griff panisch in meine Hosentasche, stocherte den Schlüssel ins Schloss und rettete mich hinein, damit niemand sah, dass ich hier wie ein seniler Ali Baba im Treppenhaus stand und die Tür anglotzte. Ich hörte die Schritte draußen vorbeigehen und dann die Fistelstimme der ätzenden Nachbarin, die ihren ätzenden Mann in Empfang nahm.

Die Wohnung meiner Mutter ohne meine Mutter war wie ein Puppenhaus, aus dem man alle Figuren entfernt hatte. Also … ein sehr vollgestopftes Puppenhaus. Oder wie eine Baustelle, bei der es nicht darum ging, Mauern aus Stein hochzuziehen, sondern aus jedem anderen erdenklichen Material, aus Wäschekörben, kaputten Möbeln, Klamottenstapeln und Pappkartons. Und alles sagte mir: Betreten verboten. Es dauerte eine Ewigkeit, bis ich endlich ein paar Schritte in den Flur machen konnte, doch weiter kam ich nicht, und das nicht nur, weil der Trampelpfad, der normalerweise da war und sich durch die gesamte Wohnung zog, in den letzten Wochen immer enger geworden war. Meine Beine gehorchten einfach nicht, wie zwei sture Esel, die sich nicht dazu bewegen ließen, auch nur einen Schritt weiter in Richtung Abgrund zu gehen. Und hätte ich an diesem ersten Tag auch nur im Entferntesten geahnt, was in der Wohnung meiner Mutter alles zutage treten würde, und was es mit mir machen würde, dann hätte ich mich nicht darüber gewundert, dass meine Beine sich sträubten – es gibt anscheinend Dinge, die weiß man nicht mit dem Kopf, sondern mit dem Körper.

Die Wohnung war nicht groß, Flur, Bad, eine Wohnküche und das ganz schlimme Zimmer. Nur war sie eben so unübersichtlich, alles drängte von überallher ins Sichtfeld, überall stand, lag, hing, ragte irgendetwas hervor, dass sie trotz des wenigen Platzes irgendwie massig wirkte – eine Wohnung wie ein Ausrufezeichen. Die Wände waren übersät mit Regalen, Bildern und hässlichen Sammlerkästen, mit etlichen kleinen Fächern, in denen etliche kleine Figürchen standen, um vom Moment des Ausgestelltwerdens an fleißig Staub zu sammeln. Die hatten bei uns schon früher gehangen, in anderen Wohnungen, als meine Mutter noch nicht so viel Kram gehortet und sich eben auf kleine Figuren beschränkt hatte, hauptsächlich die Sachen aus unseren Überraschungseiern und alle möglichen kleinen Porzellantiere mit Kulleraugen und Hundeblick. Happy Hippos. Peppy Pingos. In einer Zeit vor den Stapeln und Haufen.

Im Gegensatz zu dem, was über Messiewohnungen im Fernsehen gezeigt wurde, lebte meine Mutter nicht im Müll. Natürlich entsprach ihre Wohnung nicht der gängigen Vorstellung von repräsentativer Wohnkultur, die Luft war schlecht, und es war sicherlich dreckiger als bei

Leuten, die eigens für ihr Putzzeug eine Abstellkammer hatten, die Wohnung war natürlich nichts für Leute mit Hausstauballergie, aber sie war eben nicht eklig. Meine Mutter ließ sich nicht ›gehen‹, was auch immer das heißen sollte. Ich würde hier keine mumifizierten Katzenkadaver finden, und keine Farbeimer mit ihren Exkrementen drin. Sie wollte sich nicht selbst bestrafen, indem sie ihre Wohnung vermüllen ließ, im Gegenteil: Sie mochte ja alles, was sich darin befand. Sie fühlte sich zwischen ihren Haufen und Stapeln wohl und sicher. In ihren Augen bestand das einzige Problem darin, dass sie weder genug Platz hatte, um ihre Schätze gut aufzubewahren, noch genug Zeit, um ihre zigtausend Projekte auch wirklich in die Tat umzusetzen. Wenn sie zum Beispiel draußen einen Tisch fand, dem ein Bein fehlte, brachte sie es nicht fertig, den armen Tisch einfach so liegen zu lassen. Für sie glich er einem verwundeten Tier, das hilfsbedürftig am Gehweg lag und winselte, und sie stellte sich vor, wie fabelhaft man an diesem voll funktionsfähigen Tisch sitzen könnte, wenn ihm nur nicht dieses eine Bein fehlen würde. Dann erinnerte sie sich daran, dass sie doch neulich diese alte Regalstütze mitgenommen hatte, mit der sie die Weinkiste hatte reparieren wollen, bei der eine Latte durchgebrochen war, in der sie dann einen Teil ihrer Brockhäuser hatte aufbewahren wollen, und daraus, also aus der Regalstütze, ließ sich doch sicher auch noch ein neues Tischbein bauen. Diese Reparaturkette verknüpfte jedes einzelne Teil in ihrer Wohnung mit dem nächsten wie eine Reihe lädierter Dominosteine, die vor langer Zeit angetippt worden waren und nun fielen und fielen und fielen. Hinzu kam, dass es bei ihr keine Abstufungen in der Wichtigkeit der Dinge gab. Jeder Mensch konnte sich wohl in seinem Zimmer umsehen und die Handvoll Gegenstände benennen, die er nur schweren Herzens hergegeben hätte, an denen er hing, in denen er einen so großen Teil der eigenen Geschichte oder Identität verankert sah, dass sie zu bedeutungsschwanger waren, um ohne sie zu sein. Mit dem tatsächlichen wirtschaftlichen Wert hatte das meist überhaupt nichts zu tun, und hierin unterschied sich meine Mutter gar nicht so sehr von anderen Menschen. Der Unterschied lag darin, dass sie diese sentimentale Verbindung viel zu schnell zu viel zu vielen Dingen aufbaute. Sie konnte ein Feuerzeug nicht wegwerfen, es war doch ein *Feuerzeug*. Es hatte so treu und verlässlich so viele Zigaretten angezündet, und nun war es leer, ausgebrannt, sie war es ihm schuldig, es auf ewig zu bewahren und zu ehren. Die Zeitungen waren kostbar, wenn sie noch ungelesen waren, meine Mutter behandelte sie wie potenzielle neue Freunde, die sie kennenlernen konnte – doch sie wurden umso kostbarer, wenn sie sie erst einmal gelesen *hatte* – dann hatten sie schließlich Zeit miteinander verbracht. Wenn es nach meiner Mutter ging, hatte es jede Zeitung verdient, gelesen zu werden, daher blieben die Stapel in der Wohnung. Und wuchsen.

Die Aufgabe, die nun vor mir lag, war insofern in jeder Hinsicht scheußlich, und es bestand nicht die geringste Chance, sie richtig zu machen. Ohne dass meine Mutter wütend und panisch würde, sobald sie erführe, was hier vor sich ging. Für jedes Teil, das ich aus der Wohnung entsorgte, hätte ich ihr ebenso gut ein Haar, einen Zahn, einen Fingernagel ausreißen können, und sofort bekam ich Angst, sie könne davon einen zweiten Schlaganfall bekommen.

Ich stand also im Flur und fühlte, wie die Welt zu schwanken begann. Vielleicht war das mit den zwei Tabletten doch keine so gute Idee gewesen, und wann hatte ich überhaupt zum letzten Mal gegessen? Die Wände wölbten sich wie singende Sägen, und der Boden wurde langsam, aber sicher zu einer Hängebrücke. Ich hielt mich an der Türklinke zum Badezimmer fest, presste die Augenlider aufeinander und machte mich innerlich darauf gefasst, mitten ins Altglas hineinzufallen. Vielleicht käme ich ja ins gleiche Krankenhaus wie meine Mutter. Dann erinnerte ich mich an diese Anleitung an der Krankenhauswand, und binnen Sekunden ergriff der Gedanke von mir Besitz, dass ich auch so etwas brauchte. Hier, jetzt. Einen irgendwie gearteten Plan. Irgendetwas, an das ich mich halten konnte, ein erstens, zweitens, drittens. Wenn meine Beine sich weigerten, in die Küche zu gehen, würde ich eben hier anfangen, im Flur, mit Altpapier und Altglas, denn Altpapier und Altglas waren ersetzbar und ließen sich schnell wieder dort anhäufen, wo auch immer meine Mutter in den nächsten Monaten landen würde. Sie wäre mir böse dafür, für jedes einzelne Blatt und jede Flasche, die ich wegbrachte, aber Altpapier und Altglas in Kartons zu packen und mit umzuziehen war selbst mir eine Nummer zu verrückt. Ich atmete tief durch, ein und aus, immer wieder, und als ich die Augen öffnete, war der

Flur zum Glück wieder nur der Flur, die Wände standen kalt und unbeweglich an ihrem angestammten Platz. Und auch die muffigen alten Palmen waren wieder da.

Von diesem Moment an funktionierte ich auf Autopilot. Ich stopfte meinen Rucksack mit Zeitungen und Prospekten voll, bis ich ihn fast nicht mehr hochheben konnte, nahm in jede Hand eine Tüte Altglas und ging wie ein zu klein und dürr geratenes Maultier zu den Containern. Der Flur teilte sich in einen Flaschenbereich direkt hinter der Tür und einen Zeitungsbereich rechts daneben, als wäre das hier eine andere Welt, in der es eben ein Flaschenland und ein Zeitungsland gab. Im Flaschenland gab es Hügel und Berge, während es im Zeitungsland eher Hochhäuser waren.

Meine Mutter wohnte in einer hässlichen Siedlung in einem der äußersten Bezirke der Stadt, wo alle Häuserblöcke gleich aussahen und man sich leicht verlaufen konnte, wenn man sich nicht auskannte. Wenn die Stadt eine Pizza war, war das hier der Rand. Die Hochhäuser waren in abstoßendem Siebziger-Jahre-Tupperdosengrün gestrichen, es gab ein paar Büdchen, einen teuren Supermarkt, einen Discounter und eine Postfiliale, und für Menschen wie meine Mutter, die am liebsten ungesehen und ungehört vor sich hinlebten, war dies der ideale Ort. Richtig schön anonym, anonymer ging es kaum. Ich war mir sicher, dass hier in jedem Haus mindestens ein toter Rentner seit Wochen in seiner Wohnung lag und verweste, ohne dass es jemand mitbekam. Mit Rucksack und Tüten bepackt ging ich über das feuchte Pflaster, hielt den Kopf gesenkt und dachte darüber nach, auf welche Art *ich* mich umbringen würde, wenn ich hier wohnen müsste.

Und dann fiel mir ein, dass ich gleich an Oma Hass vorbeimusste. Oma Hass wohnte am Ende der Straße in einem dünnschissbraun verklinkerten Haus im Erdgeschoss. Den ganzen Tag lehnte sie mit ihren speckigen, kalkweißen Schwabbelarmen auf einem gelben Kissen auf dem Fensterrahmen und versprühte links und rechts ihren Hass in die Welt. Sie hasste Hunde und deren Besitzer, Paketboten, Fahrradfahrer, Kinderwagen und ihre jeweiligen Schieber, Nichtraucher und Zweite-Reihe-Parker, Ausländer und Arbeitslose, was für sie im Prinzip aufs Gleiche rauskam und jeden einschloss, der schwarze Haare hatte, und zu guter Letzt natürlich Kinder. Ganz besonders Kinder, die irgendetwas taten: Kind + Fahrrad = doppelter Hass. Mit ihrem ewigen Kippenstummel im Mundwinkel brüllte sie dann: »Runter vom Gehweg, ranziges *Paaaack*. Eure Eltern sollten sich was schääämen!« Und genauso eisern herrschte sie auch über den Altglascontainer, der ein paar Meter weiter stand, und wer sich nicht an die offiziell erlaubten Einwurfzeiten hielt, bekam irgendwas von ihr in den Rücken geworfen, Müll, Nippes oder, wenn sie schon richtig besoffen war, eben passenderweise auch mal eine Flasche. Und manchmal, wenn irgendein armer, unwissender Mensch aus einem anderen Viertel zufällig hier sein Altglas einwerfen wollte und einen Moment zögerte, weil eine Flasche irgendwie sowohl braun als auch grün aussah, dann brüllte sie, »BRAUN!«, und der ganze Block war wieder wach. Wenn derjenige sich Oma Hass zum Trotz für das ›falsche‹ Loch entschied, konnte es durchaus sein, dass sie rauskam und sich mit einer alten Krücke auf ihn stürzte. Eigentlich war es ein Wunder, dass noch kein RTL2-Kamerateam da gewesen war, um mit ihr eine Reality-Show zu drehen.

Als ich nun an ihrem Fenster vorbeikam und der säuerliche Geruch aus ihrer Wohnung zu mir herüberwehte, krächzte sie mit wippendem Stummel: »Keine Arbeit, wa, Püppi? Siehst auch nich so aus.«

Ich biss die Zähne zusammen, tat so, als hätte ich sie nicht bemerkt, und ging weiter an ihrem asphaltierten Vorgarten vorbei, der von der wohl deutschesten aller Mauern begrenzt wurde: Sie bestand aus mit Maschendraht umwickelten Steinen. Das einzig Gute war, dass man bei Oma Hass hörte, dass ihre Worte erst vor einem, dann neben und schließlich hinter einem waren, und dann hatte man es geschafft. Also, fast, einen letzten Stoß in den Rücken gab es immer: *»Versuch's mal am Bahnhof, Püppi!«*

Flasche um Flasche klirrte in den Container. *Mosel Saar Ruwer. Dornfelder. Dornfelder. Ungarische Mädchentraube.* Meine Mutter trank scheinbar, was wir auch tranken, was mich irgendwie freute. Ich fragte mich, ob sie auch Kopfschmerzen davon bekam und am Morgen danach mit dem Mund unter dem Wasserhahn hing, sodass ihre Haare an der runterhängenden Seite nass wurden und das Wasser so lecker schmeckte, als hätte es jemand über Nacht gezuckert. *Pinot Grigio. Portugiesischer Weißherbst. Dornfelder.* Ich bekam Lust, Wein zu trinken, obwohl es hier am Container ekelhaft gegoren roch. Axel hätte es wohl bei dieser jämmerlichen Qualitätsauswahl geschüttelt, seine Weine hießen auch wesentlich eleganter, irgendwas mit *Domaine* und *Château*, sie wurden mit der Zeit besser, was auf diese Fusel wohl kaum zutraf. Die wurden höchstens irgendwann schlecht, und man merkte es kaum, weil sich der Geschmack dadurch nicht so sehr veränderte. *Tafelwein. Spätburgunder. Tafelwein.* Einmal hatten meine Eltern Besuch von Freunden gehabt, Onkel Jörg und Tante Claudia, obwohl sie nicht wirklich unser Onkel oder unsere Tante waren, sie hießen einfach so, und eine Zeit lang kamen sie ziemlich oft zu Besuch. Jedenfalls hatten sie alle zusammen in der Küche gesessen und getrunken und rote Köpfe bekommen vom Trinken und vom Lachen, ich hatte mit meinem Bruder im Kinderzimmer gesessen, *Schnipp Schnapp* gespielt und mit halbem Ohr in die Küche gehorcht. Irgendwann war dann offenbar bei der neuen Weinflasche der Korken abgebrochen, oder vielleicht war es eine Sektflasche gewesen, mein Vater hatte jedenfalls geflucht, und dann hatten sie sich fast darüber in die Haare bekommen, wie man den Restkorken nun am besten aus der Flasche bekäme. Onkel Jörg meinte, unten mit dem Schuh draufhauen, das habe er mal im Fernsehen gesehen, mein Vater meinte, eine Schraube reindrehen, und irgendwann hatte es Tante Claudia dann gereicht und sie hatte den Pfropfen einfach mit dem Daumen reingedrückt. Die Flasche war geplatzt und Tante Claudia mit fünfzehn Stichen genäht worden.

Je öfter ich zum Container ging, desto jünger wurden die Jahrgänge auf dem Etikett.

Der Flur schien allerdings überhaupt nicht leerer zu werden. Am Abend war der Unterschied der Stapel und Tütenberge zu vorher minimal, obwohl ich todmüde war und mir Beine und Hände wehtaten, ich merkte sogar, dass mein T-Shirt unter der Jacke vom Schweiß klebte. Ich stellte mir vor, wie der Geist meiner Mutter hinter meinem Rücken alles, was ich zuvor entfernt hatte, wieder in die Wohnung trug wie ein trotziger Klabautermann, aber die Flaschen waren ja kaputt und das Papier im Containerschlitz verschwunden. Ausgelaugt schleppte ich mich treppab.

Auf dem Weg zur Bushaltestelle kam ich beim China-Mann vorbei und blieb mit einem Kloß im Hals stehen. Die mit roten Asia-Schnörkeln verzierten Scheiben waren beschlagen, und es roch nach Hühnchen. Meine Beine verselbstständigten sich schon wieder, nur dass sie diesmal liefen, statt stehen zu bleiben, und ehe ich mich's versah, stand ich vor dem Tresen und hatte Bratnudeln mit extra Sambal Oelek bestellt. Ich schüttelte innerlich über mich selbst den Kopf. Hähnchengeruch fand ich widerlich, und Bratnudeln mochte ich auch nicht.

Zu Hause fiel ich nur noch auf meine Matratze und war schon eingeschlafen, als Leo klopfte. Er sah müde und übellaunig aus, und als er merkte, dass ich schon im Bett war und nur kurz irritiert blinzelte, knipste er schnell wieder das Licht aus und flüsterte: »Sorry.« Ich hörte, wie er in der Dunkelheit seine Gürtelschnalle löste, Hose und Socken abstreifte und das Ventil der Isomatte öffnete. Dann hörte ich ihn pusten. Und dann einen kleinen Knall.

»Fuck.«

Er stöhnte und atmete genervt aus. Dann hörte ich erst mal nichts mehr, nur meinen eigenen Puls, der plötzlich in meinen Ohren wummerte. Ich hielt mich am Kissen fest. Leo warf die Matte auf den Boden, rieb sich vermutlich übers Gesicht und drehte sich um. Meine Klinke quietschte.

Dann hörte ich meine eigene Stimme.

»Du kannst auch mit hier schlafen.«

Der Satz hing in der Luft wie eine zaghafte Achtelnote, die sich nicht sicher war, ob sie richtig klang oder falsch.

»Sicher?«

Stille. Es dauerte einen Moment, bis ich merkte, dass Nicken als Antwort nicht ausreichte.

»Ja.«

Die Klinke quietschte noch einmal, als er sie losließ, ich rutschte etwas weiter an die Wand, und dann bebte die Matratze und ich spürte Leo neben mir, spürte ganz genau, dass er sich auf den Rücken legte, eine Hand auf seinem Bauch, die andere unter seinen Kopf geschoben, spürte ihn, obwohl sich unsere Körper nicht berührten. Ein Schauer wanderte von oben nach unten über meine Haut. Ich hörte ihn atmen und musste die Augenlider aufeinanderpressen, weil das Fahrstuhlgefühl natürlich kam, es war stärker denn je und verwandelte meinen Unterleib in einen unerträglich schwerelosen Raum, so einen, in dem Astronauten das Herumschweben üben.

Dann drehte sich sein Kopf in meine Richtung, ich merkte es daran, dass seine Stimme auf dem Weg zu mir keinen Umweg mehr machte, und ich war froh, dass er in der Dunkelheit nicht mein verkniffenes Gesicht sehen konnte.

»Ich dachte, du hättest eine zwei Meter dicke Sicherheitszone um dich herum, in die niemand rein darf. Mit Scharfschützen und allem Drum und Dran.«

Langsam, aber sicher drehte sich mein Kopf in seine Richtung. Ich öffnete die Augen und konnte in der Dunkelheit Leos Kontur ausmachen, seine zerzausten Haare, sein Ohr, seinen Hals.

»Hab ich auch«, sagte ich leise. »Aber die Scharfschützen schlafen nachts. Sie sind nicht sehr diszipliniert.«

Ich wollte Leo küssen, nur ein einziges, schuldbewusstes Mal, hier in der Dunkelheit, wo sich nichts veränderte, weil niemand uns sah. Als wäre das möglich. Er lächelte, gähnte und machte die Augen zu, seine Gesichtszüge waren gleichzeitig hart und weich, und sein Ellenbogen war nur wenige Zentimeter von meiner Hand entfernt.

9.
Kinder haften für ihre Eltern

Die darauffolgenden Stapeltage verschwammen in meinem tablettenvernebelten Kopf zu einem einzigen dickflüssigen Brei aus Anrufen im Krankenhaus, Maultierdasein, China-Imbiss-Essen und Wache halten am Krankenbett. Dazwischen Bus und Bahn, sie brachten mich in einem ewigen Dreieck von zu Hause zur Wohnung zum Krankenhaus und wieder nach Hause. Ich fragte mich, welcher Weg wohl die Hypotenuse war, aber ich hatte vergessen, wie man das feststellte. Das Gerinnsel im Kopf meiner Mutter hatte sich durch die Blutverdünnung erfolgreich aufgelöst, doch die Symptome waren nicht ganz weggegangen. Sie würde noch ein paar Tage im Krankenhaus bleiben und dann für eine ganze Weile in eine Reha-Klinik kommen, und obwohl das mit den vermutlich bleibenden Schäden eigentlich eine schlecht Nachricht war, ersparte mir dieser Zeitaufschub ein Gespräch mit Doktor Akgün darüber, dass meine Mutter bald auf der Straße sitzen würde.

Mal lag Leo abends neben mir, mal hatte er Nachtschicht, mal hatte ich Herzklopfen, mal war ich so taub, dass es mir vorkam, als würde ich nach und nach durchsichtig. Meine Tabletten gingen zu schnell alle, ich versuchte mich selbst zu betrügen, indem ich eine wieder durch Ibuprofen ersetzte, die zumindest von der Form her ähnlich aussahen. Beim Aufwachen fragte ich mich nicht, welcher Tag war oder welcher Monat, sondern welches Jahr. Ich brachte Kartons in die Wohnung. Meldete Sperrmüll an. Kündigte Strom und Wasser. Sprach mit den Ärzten. Lächelte am Küchentisch. Fuhr in die Wohnung. Der einzige Indikator dafür, dass stringent Zeit verging, dass regelmäßig Tag auf Nacht folgte, waren die zunehmenden Rückenschmerzen vom Altpapierschleppen, die ich jeden Abend etwas stärker merkte, wenn ich mich ins Bett legte, und noch mehr, wenn ich morgens wieder aufstand. Ich lebte jetzt in einer ständigen Sorgenblase, die sich luftdicht um mich gelegt hatte, an die ich permanent dachte und die es mir noch schwerer als sonst machte, durch die Welt zu gehen und so zu tun, als gehörte ich hierher.

Nach zwei Tagen war der Autopilot vorbei, und an seiner statt tauchte der Schlendrian auf. Das Schlimme waren die Zeitungen. Sie waren wie Sirenen, die mich riefen, obwohl ich sonst nie Zeitung las. Ständig fiel mein Blick auf irgendeine Schlagzeile, bei der ich dachte: *Hm.* Und dann las ich den ersten Satz und dann den ersten Absatz, und dann war es zehn Minuten später, und ich wusste, wie der Oberste Landesgerichtshof 2013 in Sachen Falschparken auf Friedhöfen entschieden hatte. Wenn ich erst einmal anfing umzublättern, war alles verloren. Selbst die Werbeprospekte wurden interessant, da sie so alt waren, dass es witzig war, sich die Logos der Marken anzusehen, die sich mit der Zeit verändert hatten. Und dann fingen die Spuren an.

Als mir einer der vielen Stapel umfiel, entdeckte ich die Löcher in den Zeitungen, wo meine Mutter irgendetwas ausgeschnitten hatte, mal waren sie groß, mal klein. Die Neugier darüber, was fehlte, was meine Mutter für so wichtig erachtet hatte, dass sie es entfernen und separat aufbewahren musste, quoll dick und fett wie Sauerteig in mir auf, machte sich überall unerträglich breit, ich starrte durch die Löcher wie durch grausame Fenster, die einem so oder so nur ein Dahinter zeigen, das man schon kennt. Das Wesentliche war weg. Mit den Packen und Stapeln, die ich nun nach und nach entsorgte, hätte man sicher problemlos zehn Jahre totschlagen können, und natürlich war es angenehmer, sich auf den Boden zu hocken und zu lesen, die Löcher zu suchen und über die Löcher nachzugrübeln, als x-mal mit dem schweren Rucksack und den schweren Tüten zum Container zu latschen und sich von Oma Hass beleidigen zu lassen. Auf meinen Handflächen bildeten sich schon rote Striemen.

Irgendwann fand ich einen ganzen Packen Reisekataloge von anno dazumal, die braun gebrannten Menschen auf der Titelseite stammten ganz offensichtlich aus einer anderen Modewelle als heute üblich. Sie winkten, lagen in Hängematten oder am Strand, stießen mit Cocktailgläsern an, und natürlich fing ich an, darin zu blättern, um zu sehen, welche Urlaubstrends es so gegeben hatte, als Frauen sich anscheinend noch schnell vor dem Badespaß die Haare toupierten. Als im Katalog die ersten Palmen auftauchten, schielte ich hoch zu den Schimmelpalmen, unter denen ich saß, und war mir der himmelschreienden Tristesse meiner Lage durchaus bewusst.

Und dann sah ich ihre Handschrift. Die runden Buchstaben mit den sorgfältig geformten Schlaufen von f und l, die winzigen Häkchen am Ende des Wortes, fast so, als wollte sie sich offenhalten, noch ein paar Buchstaben hinzuzufügen. Die Seite zeigte ein Kreuzfahrtschiff, Reisen von Hamburg nach Skandinavien oder an exotischere Orte, Karibik, Mauritius, Seychellen. *Ferienzeit teurer?*, hatte meine Mutter neben eine Reise in den westlichen Mittelmeerraum geschrieben. Einen Preis hatte sie fünfmal eingekringelt, *799 DM p. P.* Hamburg. Das Tor zur Welt. Ich schloss den Katalog und drückte ihn an mich, bis meine Finger daran festklebten. Ich stellte mir meine Mutter in Flip-Flops und einem riesigen Badeanzug an Deck eines Kreuzfahrtschiffes vor, mit einer kandierten Kirsche und einem Cocktailschirmchen im Getränk, und wenn es nicht so traurig gewesen wäre, dass sie sich *799 DM p. P.* niemals hätte leisten können, Ferienzeit hin oder her, hätte ich vermutlich ein bisschen gelacht.

Manchmal hatte meine Mutter ganze Pakete von ein und derselben Ausgabe mitgenommen, die noch mit diesem Plastikband zusammengeschnürt waren, das man ums Verrecken nicht abbekam, ohne sich die Finger aufzuschlitzen. *Was wollte sie mit fünfzig Ausgaben von ein und derselben Wochenzeitung? Wollte sie sie fünfzigmal lesen?* Überhaupt war es unfassbar, wie viele Prospekte und Zeitungen sich über die Jahre ansammelten, wenn man sie nicht wegwarf. Ich stellte mir vor, wie Milliarden und Abermilliarden ungelesener Sonderangebotshefte in tonnenschweren unangetasteten Packen ungelesen um den Erdball vagabundierten, und eigentlich grenzte es doch an ein Wunder, dass man draußen auf der Straße nicht fortwährend über alte Zeitungsstapel stolperte. Manchmal wurde ich vom Tragen so müde, dass ich mir einfach aus dem Papier ein Pennerbett bauen wollte, um mich zwischen den Stapeln zusammenzurollen und alles um mich herum zu vergessen.

Dass bei meinem Herumgelese Zeit verging, die ich nicht hatte, und ich den Flur mit etwas mehr Disziplin wesentlich schneller hätte leerräumen können, schob ich sehr weit weg, und mit meiner Verdrängungskunst machte ich meiner Mutter alle Ehre. Doch was man aus dem Kopf verbannt, setzt sich hinterrücks in den Gefühlen fest, und der Zeitdruck hatte sich schon längst wie eine hässliche Kette um meinen Hals gelegt. Die trug ich jetzt ständig, sie kratzte, und ab und an bemerkte ich, dass sie enger geworden war.

Was ich zwischen den Stapeln fand: eine gelbe Pudelmütze, eine Wegwerfkamera, fünf Kugelschreiber, eine CD von Howard Carpendale, Streichhölzer, einen Badewannenstöpsel, Kleingeld, einen dreckigen Plüschtierelefanten, einen Wunder-Baum (Geruch: *Ocean Paradise*), eine Steckdosenverkleidung und einen Kinderpullover mit einem Bären vorne drauf, der einen Luftballon fliegen ließ.

Die CD brachte ich meiner Mutter am nächsten Tag ins Krankenhaus. Den Rest packte ich in einen Karton.

10.
Das mit dem Glas

Irgendwann war der Flur endlich leer.

Eine ebenmäßige Fläche aus grauen Kacheln und Fugen lag nüchtern und angenehm charakterlos zu meinen Füßen, nur dass die Stapel ein Staubmuster hinterlassen hatten und die Flaschen und Tüten regelmäßige und unregelmäßige Kreise, über die gerade eine mittelgroße Spinne von hier nach da krabbelte. Einen Moment lang spielte ich mit dem Gedanken, ›kurz durchzusaugen‹, wie es so schön heißt, doch ich wusste ehrlich gesagt nicht, ob meine Mutter einen Staubsauger besaß, und wenn ja, wo. Bei der Vorstellung, wie sie mit dem rüsselhaften Rohr auf ihren Stapeln herumfuhrwerkte und das Gerät wie einen störrischen Plastikhund hinter sich herzerrte, der natürlich überall hängen blieb, musste ich lächeln. Doch das Lächeln hielt nur kurz.

In Gedanken an meine staubsaugende Mutter und mit dem Erfolg des leeren Flures im Rücken, hatte ich mich in die Küche vorgewagt. Auf dem Küchentisch stand das kaputte Aquarium. Daneben lag ein Haufen Scherben in einem blauen Kehrblech und daneben eine schon ziemlich zerknitterte Tube Alleskleber, deren Ende um einen Stift gerollt war, um noch mehr aus ihr herausgequetscht zu bekommen. Nun war sie leer. Ich sank auf den Stuhl, auf dem mir vor weniger als einer Woche meine Mutter gegenübergesessen hatte, und starrte auf dieses makabre Puzzle, das kümmerliche, unwürdige Überbleibsel unseres letzten Aufeinandertreffens, das sie zu flicken versucht hatte, bevor die Ader in ihrem Kopf verstopfte.

Ich wusste sofort, dass ich das Aquarium niemals würde wegwerfen können.

Und so saß ich in der Küche wie der Smutje in der Kombüse seines auf Grund gelaufenen Schiffes, in der es sich nicht mehr lohnte, die Kartoffeln zu schälen und den Herd anzuschalten. Nun würden die Probleme erst richtig anfangen, denn hier verbrachte meine Mutter einen Großteil ihrer Zeit, genau auf diesem Stuhl, auf dem ich nun saß, hier aß und trank sie, rauchte und las, und die Haufen und Stapel hier waren nichts, was man einfach in Containern entsorgte. Und es war so viel. So viel Zeug. Ab hier begann das Reich ihrer tatsächlichen Habseligkeiten, ihrer Schätze, ab jetzt war jedes Aussortieren Hochverrat, und wenn ich gekonnt hätte, hätte ich einfach alles in Kisten gepackt und für sie aufbewahrt.

Die Küche war in etwa fünfmal so groß wie der Flur, ein rechteckiger Raum, an dessen hintere Wand meine Mutter sozusagen eine zweite Wand aus Kram drangebaut hatte, ungefähr einen Meter hoch. Davor stand ihr Tisch, über dem eine verstaubte, blumenförmige Bastlampe hing, ein einfacher weißer Plastiktisch mit einem blauen Läufer drauf, den man vor lauter Zeitungen und anderem Plunder kaum noch sah. Ein Stövchen mit ihrer roten Teekanne. Zwei überquellende Aschenbecher. Die beiden Plastikstühle. Auf der Fensterbank stand die Außenwelt in Form eines kleinen grauen Fernsehers mit ausgefahrener Antenne. Links von der Tür lag die eigentliche Küchenzeile, gelbe Schränke mit silbernen Griffen, ein Herd, ein großer, magnetbehangener Kühlschrank, eine Mikrowelle, bei der ich nicht sicher war, ob ihre Scheibe getönt oder dreckig war. Oder beides. Ich ging hinüber zur Anrichte und tippte an die Essigflasche, um ein paar Fruchtfliegen aufzuscheuchen. Ich mochte Fruchtfliegen, weil niemand sie mochte.

Überall, auf jedem Fitzelchen Fläche, stand Geschirr herum, leere Dosen, leere Flaschen, Gewürzstreuer, dreckige Töpfe, Tassen, Brettchen, Einmachgläser, als wäre die Küche ein einstmals leeres Territorium gewesen, das schon vor langer Zeit einer Invasion anheimgefallen und nun okkupiert war. Sie ähnelte unserer Küche zu Hause, und ich beschloss, hier anzufangen, ich würde meiner Mutter eine einzige Küchengarnitur einpacken, den Rest würde ich an den Straßenrand stellen, denn irgendwer konnte sicher ein paar Töpfe und Teller gebrauchen. Und verschenken konnte meine Mutter, sie freute sich immer, wenn andere sich freuten, nur wegwerfen durfte man nicht. Außerdem konnte ich mir nicht vorstellen, dass sie emotional an ihren Küchensachen hing. Sie tat es bestimmt, aber ich konnte mir das nicht vorstellen, Gefühle für Geschirr zu haben – noch nicht, wie sich bald herausstellen sollte. Die Krempelwand verschob ich auf sehr viel später.

In jeder Küche gab es wohl ein bis zwei nervige Schränke, die übervoll waren, wo sich Tupperdosen stauten oder Kuchenformen, die man so lange oben drauf stopfte, bis man schnell die Tür zugeknallt bekam und das Problem auf ein andermal verschob. Beziehungsweise an jemand anderen weiterreichte. Es gab bestimmte Schubladen, bei denen man fluchte, weil dort alles reinkam, was sich nirgendwo sonst einsortieren ließ – Kartoffelstampfer, Salatschleuder, Käsereibe –, in denen man trotzdem nie fand, was man suchte, und die weder vernünftig auf noch vernünftig zu gingen. In der Küche meiner Mutter war jeder einzelne Schrank und jede einzelne Schublade so. Ausgereizt bis auf den letzten Kubikzentimeter. Man machte sie auf, und die Hälfte fiel heraus wie eine Küchenkrammoräne. Beinahe erschlug mich eine Dose Sauerkraut, die zu Boden krachte und eine dicke Macke auf dem hässlichen alten Laminat hinterließ. Zur Übersicht öffnete ich alle Schränke und alle Schubladen, trat drei Schritte zurück und betrachtete das Ganze.

Meine Mutter hatte genug Zeug, um damit fünf Küchen auszustatten. Mindestens.

Die Lebensmittel packte ich in meinen Rucksack, um sie mit nach Hause zu nehmen, endlose Päckchen passierte Tomaten, Nudeln, H-Milch, Buchstabensuppe. Da meine Mutter leidenschaftlich gerne Sonderangebote aufspürte, kaufte sie häufig palettenweise ein und aß dann wochenlang dasselbe. Ich machte drei Küchenkartons fertig, in die ich ein Topf- und Pfannenset packte (klein, mittel, groß), ihre Lieblingsteller mit den Hähnen drauf, ein paar Tassen, die ich sie am häufigsten hatte benutzen sehen, ihre Teekanne, ordentlich Besteck, Kochlöffel und alles, was man sonst noch so braucht. In einem der Schränke bewahrte sie ausschließlich leere Senfgläser und Einmachgläser auf, drei Ebenen Gläser hatte sie aufeinandergestapelt, als wäre das hier die Küche einer Einmachkönigin, nur dass sie so etwas meines Wissens noch nie gemacht hatte, Marmelade oder Gelee. Die Gläser konnte ich leichten Herzens aussortieren, da es sich im Prinzip um Altglas handelte. Gedankenversunken packte ich Senfglas um Senfglas in Tüten, glücklich darüber, wieder zum Container gehen zu können, die Wohnung leerer zu machen, etwas wegzuschaffen. Ich kam mir nur ein wenig vor wie ein Entrümpelungs-Judas, ich pendelte ständig hin und her zwischen dem schlechten Gewissen meiner Mutter gegenüber und der unfreiwilligen Erleichterung bei dem Gedanken, diesen Krempel endlich loszuwerden.

Und dann war mir ganz plötzlich, als hätte jemand unter mir diesen Tischdeckentrick gemacht, bei dem man die blütenweiße Decke ruckartig wegzieht, und alles bleibt stehen, nur dass der Trick eben misslang und es keine Tischdecke war, die weggezogen wurde, sondern der Boden unter meinen Füßen. Ich war das Rotweinglas, das umkippte und zersprang. Binnen Sekunden verzehnfachte sich mein Puls, mein Herz machte viel zu schnell *wuppa-wuppa-wuppa*, und mein Mund füllte sich mit säuerlichem Speichel. Bilder schossen in meinen Kopf, sie tauchten auf wie bei einer überhasteten Diashow, für die ich keinen Eintritt bezahlt hatte, weil ich sie gar nicht hatte sehen wollen: Mein Vater auf dem Sofa, er wischte sich den Bierschaumschnurrbart ab. Mein Vater im Supermarkt, er brüllte die Kassiererin an. Mein Vater in unserem Zimmer, er jagte meinem Bruder hinterher. Mein Vater im Flur, er war umgefallen. Und dann hörte ich ein unheimlich vertrautes Geräusch, das mir Mark und Bein mit eiskaltem Stacheldraht umwickelte und ihn zusammenzog. *Klonk, klonk.* Glas auf Glas. *Mein Vater auf dem Sofa, er hält dieses Glas in der Hand, das mit dem Monster drauf. Er wedelt damit. Er will mehr.*

Reglos stand ich da und versuchte, meinen Herzschlag wieder unter Kontrolle zu bekommen, doch mir war schwindelig, und die Küche verschwamm vor meinen Augen wie ein Gemälde, das im Ozean versinkt. Ich hatte mal gelesen, dass man bei einem Panikanfall Dinge aufzählen soll, die man hört, sieht, spürt und so weiter. Ich hörte das Blut in panischen Wellen durch meinen Körper rauschen. Ich spürte unter meinen Fingern den kalten, rauen Kunststoff der Anrichte, an der ich mich festhielt. Ich hörte die Küchenuhren (meine Mutter hatte drei). Ich roch die Aschenbecher.

Und ich sah das Glas im Schrank.

Das letzte Glas im Schrank hatte meinem Vater gehört. Es war ein Bierglas mit dem Logo des VfB Stuttgart drauf, schlank, aber mit dickem Boden und einer Markierung für 0,3 Liter. Damit hatte er gewedelt, wenn er wollte, dass ihm jemand die Schnapsflasche aus dem Eisfach holte, meine Mutter, mein Bruder oder ich, und wenn er schon richtig besoffen war und wir nicht schnell genug reagierten, wenn wir nicht auf Anhieb in die Küche spurteten, war es seine Angewohnheit gewesen, ungeduldig mit dem Glas auf den Couchtisch zu klopfen. *Klonk, klonk.* Als kleines Kind hatte ich das Wappen natürlich nicht erkannt und ein Monster darin gesehen, eine hässliche Fratze mit lodernden roten Augen, einer blutenden schmalen Nase und drei Mündern, die alle nach unten zeigten, während die Zähne nach oben wuchsen. Trotz der vielen Jahre, die vergangen waren, hatte ich das harte, bedrohliche Geräusch nun im Ohr, und sämtliche Haare an meinem Körper stellten sich auf, als liefe ein automatisches Fluchtbereitschaftsprogramm in mir ab. Für gewöhnlich dachte ich erfolgreich nicht über meinen Vater nach, doch nun heulte ein Vergangenheitsorkan über mich hinweg, der mir nichts anderes übrig ließ, als mich ihm zu ergeben, meine inneren Bäume knickten um und meine Dachpfannen flogen weg, alles, was nicht niet- und nagelfest war, wurde mitgerissen und durcheinandergewirbelt. Die Erinnerungen kamen einfach, ich hatte ihnen nichts entgegenzusetzen, als wäre ich ein Unterschichten-Proust und das Bierglas meine Madeleine.

Seine Rasierklingen im Badezimmerschrank, die wir nicht anfassen durften. Sein Geruch nach billigstem Männerparfüm. Wie ich meine Hände in seine riesigen Stiefel gesteckt hatte, die meinen halben Arm verschluckten. Wie er meinen Bruder am Schlafittchen gepackt und krachend gegen die Wand geschleudert hatte, weil er zu spät nach Hause gekommen war und sich nicht entschuldigen wollte. Die braunen Stoppeln im Waschbecken, die meine Mutter unter leisen Flüchen wegwusch. Das nächtliche Scheppern in der dunklen Wohnung.

Solange ich denken konnte, hatte ich Angst vor meinem Vater gehabt. Er war gelernter Dachdecker gewesen, sagte immer, die beste Zeit seines Lebens habe er ganz oben verbracht, wobei er nie genauer darauf einging, was für eine Zeit das gewesen sein sollte und was an ihr so toll verlaufen war. Als die Firma, für die er arbeitete, immer erfolgreicher wurde, hatte er so schlimme Angstattacken bekommen, dass er den Job nicht mehr machen konnte. Er konnte einfach das Gerüst nicht mehr hochsteigen, bekam Herzrasen und Puddingbeine und wurde irgendwann nach Hause geschickt. Meine Mutter sagte immer, das sei so gewesen, weil sein Vater, also mein Opa, ihm bei jeder Tracht Prügel eingetrichtert hatte, er sei ein Taugenichts, aus dem nie etwas werden würde, nie, nie, NIE! Und im Nachhinein konnte man natürlich nicht mehr wissen, ob er das Scheitern seines Sohnes prophezeit oder verschuldet hatte. Ich weiß nicht, ob mein Opa väterlicherseits Oma Latschenkiefer je kennengelernt hatte – er war gestorben, bevor meine Erinnerung einsetzte –, aber die beiden wären, was das Eindampfen junger Menschen anging, ein absolutes Dreamteam gewesen.

Mein Vater flog jedenfalls aus ein paar Umschulungsmaßnahmen und hielt uns schließlich mit gelegentlicher Schwarzarbeit über Wasser. An den ganz schlimmen Abenden, wenn er ausrastete und meine Mutter an den Haaren durch die Wohnung zerrte, hockte ich immer im Kinderzimmer und stellte mir vor, dass ich nur aufs Dach zu klettern brauchte, und dort wäre ich vor ihm in Sicherheit. Er war aufbrausend und unberechenbar, wie Alligatoren in diesen Tierdokumentationen, die gerade noch träge und unbeweglich am Mississippi-Ufer lagen und so aussahen, als hielten sie Siesta, doch kaum tauchte der Stock mit dem Fleischklumpen vor ihrem Maul auf, schnappten sie mit einer Schnelligkeit zu, die man ihnen gar nicht zugetraut hätte. Sie schlugen mit ihrem Schwanz aus und wanden ihren gesamten muskulösen Körper hin und her, bis vom Fleisch und vom Stock rein gar nichts mehr übrig war. Aber eben nicht immer. Manchmal hätte der Stock sie nicht weniger interessieren können, und genau so war es bei meinem Vater auch. Wenn mir beim Abtrocknen ein Teller runterfiel und ich dachte, nun würde ich den Anschiss meines Lebens bekommen, dass er mich am Arm packen und schütteln würde, bis sich mein Hirn in Wackelpeter verwandelte, konnte es sein, dass er nur gelangweilt zu mir rübersah und dann wieder auf den Fernseher. Und wenn ich mir nach der Schule ein halbes Würstchen aus dem Kühlschrank nehmen wollte, konnte er völlig ausflippen und mich anbrüllen, das sei hier kein Selbstbedienungsrestaurant. Er war ein Minenfeld, und ganz gleich, ob man auf Zehenspitzen um ihn herumtänzelte, so wie ich, oder es irgendwann drauf ankommen ließ, so wie mein Bruder – früher oder später erwischte es einen, und er explodierte. In unserer Wohnung war sein Platz auf dem Sofa wie der Sitz des verfeindeten Stammes, um den man den größtmöglichen Bogen machte. Sogar wenn er nicht da war. Eher wäre ich freiwillig in unseren Ofen geklettert, als mich auf den Platz meines Vaters zu setzen.

Nun hörte ich ihn wieder, seine Sägeblattstimme, sein Schnarchen, seinen rasselnden Husten und wie er nachts aufstand, um Schleim aus Hals und Nase zu krächzen und auszuspucken. Im Ohr meiner Erinnerung hatte mein Vater nur zwei Arten zu reden, die er mischte wie ein blaues und ein rotes Kartenspiel: Entweder mit ganz viel *hätte* und *wäre*, oder im Befehlston. *Wenn eure Mutter heute pünktlich gewesen wäre, hätte ich da noch vorbeifahren können. Zwanzig Mark die Stunde hätte es da gegeben. Lass das. Tu das weg jetzt. Bei meinem Alten hätte es dafür eins hinter die Löffel gegeben, das glaub mal. Seid still. Gib mir die Fernbedienung. Frag deine Mutter. Geh ins Bett. Wenn es euch nicht gäbe, wäre ich schon längst über alle Berge.*

Diesen letzten Satz sagte er andauernd, und mit *über alle Berge* meinte er Baden-Württemberg, denn dort stammte er her. Warum er uns wegwünschte, verstand ich nicht, ich fand meinen Bruder und mich in unserer Funktion als Kinder eigentlich ziemlich passabel, ich kannte jedenfalls welche, die wesentlich schlimmer waren, und meine Mutter schienen wir auch nicht zu stören.

Einmal hatte ich nach der Schule Besuch gehabt, das kam sehr selten vor, da ich immer Angst hatte, meine Eltern könnten einen Streit anfangen und der Besuch würde dann überall herumerzählen, was bei uns los war. Aber an diesem Tag wollte Caroline Küppers nach der Schule mit zu mir kommen. Sie war beinahe das beliebteste Mädchen unserer Klasse, hatte immer das beste Spielzeug aus der Fernsehwerbung und die schönsten Klamotten, und sie war nett zu mir. Meine Mutter hatte mir Geld versprochen, um mit meinem Besuch in die Eisdiele gehen zu können, sie hatte es morgens auf den

Küchentisch gelegt, damit ich es in der Schule nicht verlor. Als ich mit Caroline im Schlepptau nach Hause kam, saß mein Vater auf dem Sofa, und das Geld war weg. Natürlich hätte ich nie gewagt, ihn nach dem Geld zu fragen, ich war ja nicht lebensmüde, aber scheinbar hatte ich etwas zu lange etwas zu verzweifelt am Küchentisch gestanden, und vielleicht hatte ich auch etwas zu traurig einen Blick zu ihm auf dem Sofa geworfen, jedenfalls brüllte er plötzlich los, was mein Problem sei, was mit mir los sei und dass ich ihn nicht so anglotzen solle. Dann war er aufgesprungen, ich war einen Schritt zurückgewichen, über einen Hocker gestolpert und mit dem Hinterkopf auf die Fliesen geknallt. Ich lag da, spürte etwas Salziges im Mund und sah verschwommen unsere hässliche Küchenlampe mit dem gelben Stoffüberzug, nur dass es jetzt zwei Lampen waren, deren Umrisse sich mal überschnitten und dann wieder auseinanderdrifteten. Mein Handgelenk tat weh, es fing an zu pochen, und ich hatte das Gefühl, nie wieder aufstehen zu können.

Und dann hörte ich ihn lachen. Mein Vater stand wankend da und kriegte sich gar nicht mehr ein, er lachte und lachte, als sei ich der Witz des Jahrtausends, seine dumme Tochter auf dem Küchenboden, ha ha. Caroline Küppers stand wie versteinert im Türrahmen und sagte, sie wolle abgeholt werden.

Es war das letzte Mal gewesen, dass ich Besuch einlud.

Und genau wie Caroline stand auch ich heute im Hücheneingang, oder vielmehr hing ich plötzlich wie eine Fee in der Luft, wie ein Gespenst, meterweit entfernt, und sah mir selbst aus sicherem Abstand dabei zu, wie ich das Glas meines Vaters aus dem Schrank nahm, es einen Augenblick lang betrachtete und dann zu Boden warf. Ich sah, dass ich weinte, dass ich in die Tüte griff, um noch ein Glas hinterherzuschmeißen, und je heftiger dieses Mädchen dort drüben an der gelben Küchenzeile schluchzte, desto fester konnte sie offenbar werfen. Ich feuerte sie an. *Fester. Fester.* Sie schmiss und schmiss, bis die Tüte leer war und gewichtslos wie ein leerer Kokon an ihrem schlaffen Zeigefinger hing. Ich sah sie an, wie sie dort in den Scherben stand, mit ihren eingefallenen Schultern und dem leeren Blick, und dachte so bei mir, dass in eine Seele noch mehr Dreck reinpasst als in eine Wohnung.

11. Das mit der Quarkspeise

Meine Mutter war von der Intensivstation auf eine normale Station verlegt worden. Aus Zimmer 204 wurde Zimmer 410. Sie saß aufrecht im Bett und stocherte in ihrem Mittagessen herum, Erbsen und Möhren mit Kartoffelpüree, irgendein kleingehäckseltes Fleisch und eine mit Grütze überzogene Quarkspeise. Sie kaute sehr langsam, konnte nicht gut schlucken, und manchmal lief ihr etwas aus dem schiefen Mundwinkel heraus. Ich tat so, als würde ich es nicht bemerken. Sprechen konnte sie immer noch nicht richtig, sie gab ein paar merkwürdige Laute von sich, wenn sie zur Toilette musste oder wenn sie wollte, dass ich den Fernseher an- oder ausschaltete. Immerhin hatte ich ihr nun ein paar Blümchen mitbringen können, sogar echte, da die Pfleger sie entsorgen würden, und ich wusste nicht, was es für Blumen waren, ich hatte vergessen zu fragen, aber sie waren strahlend lila, ihre Lieblingsfarbe, und sie hatte sich darüber gefreut.

Im Bett neben meiner Mutter lag nun eine alte Oma, Frau Schielke, die den ganzen Tag mit einer dicken Lupe in der Hand Kreuzworträtsel löste und auf eine Gelegenheit wartete, ein Gespräch mit mir anzufangen. Die Art Mensch, bei der ich immer ein schlechtes Gewissen bekam, so ungerechtfertigt stark war meine Abneigung gegen sie, bei der ich immer dachte, *Ganz nett, aber scheußlich*, bevor ich mich schüttelte und das Weite suchte. Ich sollte also mit meiner Mutter reden, ihr beruhigende, schöne Sachen erzählen, und als ob das für mich nicht ohnehin schon Herkulesarbeit gewesen wäre – ganz abgesehen davon, dass es nichts Schönes zu erzählen gab –, wurde das Ganze durch die Anwesenheit dieser Oma zu einer Tortur. Sobald ich hereinkam, wurden ihre Ohren so groß wie Grammophontrichter, und sobald ich etwas sagte, hängte sie sich wie eine Trittbrettfahrerin an meinen unbeholfenen Beruhigungsmonolog. Und eigentlich hatte ich ganz andere Dinge im Kopf, die das genaue Gegenteil von geruhsamem Smalltalk waren. Ich wollte meine Mutter fragen, wie sie es mit unserem Vater ausgehalten hatte. Warum sie bei ihm geblieben war. Warum sie das blöde Glas aufgehoben hatte, das an so vielem schuld war. Was passiert war, dass er sich vom Stationsclown zum Sofatyrannen gewandelt hatte.

Meine Eltern hatten sich nämlich passenderweise in einem Krankenhaus kennengelernt. Meine Mutter war Krankenschwester gewesen, vor sehr langer Zeit, als sie noch nicht so depressiv war, dass auch sie ihre Arbeit verlor und niemals wiederbekam. Mein Vater hatte einen entzündeten Blinddarm gehabt, und der Gedanke, dass ich auf der Welt war, weil sich im Wurmfortsatz dieses Mannes Bakterien angesammelt hatten, war irgendwie deprimierend. Meine Mutter hatte uns jedenfalls erzählt, er sei der Stationsclown gewesen, hatte Rollstuhlwettrennen auf dem Flur veranstaltet und mit Ketchup so getan, als sei seine Naht wieder aufgegangen. Ich konnte mir das zwar nicht vorstellen, diesen Clownsvater, den es da gegeben haben sollte, aber da ich so gut wie alles, was ich über das frühere Leben meines Vaters wusste, aus den Geschichten meiner Mutter hatte, dachte ich, dass es eben Geschichten waren. Und Geschichten waren nur das – Geschichten –, sie waren nicht unbedingt wahr, genau wie es keine echte Bibi Blocksberg gab und kein noch so inbrünstiges *hex hex* irgendetwas an der Welt ändern konnte.

Frau Schielke fluchte leise und ließ theatralisch die Zeitschrift auf die Bettdecke sinken, ich spürte, wie mich ihr kurzsichtiger Altfrauenblick anvisierte.

»Kosakenvolk mit sechs Buchstaben«, sagte sie, als wäre es eine persönliche Beleidigung seitens der Kreuzworträtselmacher. Müde drehte sich mein pflichtbewusster Kopf in ihre Richtung.

»Der Letzte ist ein N!«

Ich hoffte, dass sie an meinen hängenden Mundwinkeln ablesen konnte, dass mir das auch nicht half, und zuckte mit den Schultern. Dann rückte ich den Stuhl zurecht, sodass ich ihr etwas mehr den Rücken zudrehte, und sah wieder meiner Mutter beim Essen zu. Ich stellte mir vor, wie sie als junge Frau von Bett zu Bett geeilt war, um Fieber zu messen, Blut abzunehmen und Medikamente auszuteilen. *Ob sie eine nette Krankenschwester gewesen ist? Ob sie die Arbeit gemocht hat?* Wie sie wohl ausgesehen hatte, in weißer Uniform, mit zurückgebundenem Haar. Ich redete mir ein, dass es sehr traurig war, ihr diese ganzen Fragen nicht stellen zu können, nun, da sie ihre Sprache verloren hatte, aber in Wahrheit brauchte ich mir nichts vorzumachen: Ich hätte sie ihr selbst dann nicht gestellt, wenn sie hier mit einem gebrochenen Bein gelegen hätte. Wir sprachen nicht über die Vergangenheit und hatten es nie getan, das Schweigen war unsere Kardinalregel, die sich bei mir nach und nach auch auf alle anderen Lebensbereiche ausgedehnt hatte. Nach der ›Todesnacht im Plattenbau‹ hatten wir nie wieder über meinen Bruder gesprochen. Über meinen Vater auch nicht. Meine Mutter hatte in der Irrenanstalt gesessen, und ich hatte bei Oma Latschenkiefer gesessen, und wenn wir uns trafen, sprachen wir, wenn überhaupt, über Unverfängliches im Hier und Jetzt. Vielleicht, überlegte ich, hatte sich ja alles, was wir nie gesagt hatten, irgendwo in ihrem Körper festgesetzt und war schließlich als Gerinnsel in ihren Kopf gewandert. Dann bekam ich ein schlechtes Gewissen, weil ich so etwas Scheußliches dachte. Gerade tauchte meine Mutter den kleinen Löffel in die Quarkspeise und fing an zu rühren, doch auf dem Weg zu ihrem Mund kleckerte die Hälfte auf ihr Nachthemd, und die andere Hälfte lief ihr danach aus dem Mundwinkel.

»Russen!«, rief Frau Schielke plötzlich hinter mir, ich zuckte zusammen, und mit einem Mal war mir so schlecht, dass ich Angst bekam, mich aufs Linoleum zu übergeben, obwohl ich noch nichts gegessen hatte. Ich schluckte und schluckte die aufsteigende Spucke runter und fing an, im Kopf bis tausend zu zählen, während ich meiner Mutter die Quarkspeiseflecken wegwischte. Dann klopfte es an der Tür, und ein junger Pfleger kam mit einem silbernen Schiebewagen rein.

»Kann ich abräumen, die Damen?«, sagte er irgendwie freundlich, aber auch ein bisschen so, als habe er es satt, diese Worte abzuspulen. Als er mich bemerkte, hörten seine Bewegungen für eine Sekunde auf und er musterte mich, bevor er weitermachte und zu Frau Schielkes Bett ging. Sie strahlte ihn an, als habe soeben Jesus höchstselbst das Zimmer betreten, um sie zu segnen.

»Herr Tobias, Sie können mir doch sicher sagen, wie die Hauptstadt von Uruguay heißt?«

Er nahm das Tablett von ihrem Klapptisch und lächelte eisern.

»Montevideo?«

Sie sah auf ihre Zeitschrift und quietschte entzückt. Dann kam er zu uns.

»Fertig?«, fragte er meine Mutter sanft, doch sie bewegte sich nicht, nur ihre Augen wanderten zu ihm hoch. Er guckte auf ihr Tablett hinunter, das so aussah, als sei es von einer Büffelherde überrannt worden, und räumte ab. Ich merkte, dass er mich wieder musterte, und starrte auf die Fingernägel meiner Mutter, die ich bald mal wieder würde schneiden müssen.

Eigentlich hatte ich nach dem Krankenhausbesuch zur Wohnung fahren wollen, doch als die Haltestelle kam und sich die Bustür öffnete, blieb mein Körper einfach sitzen. Genau wie an der Endhaltestelle. Und beim zweiten Mal, auf der entgegengesetzten Straßenseite. Ich nahm das als Zeichen, dass ich eine Pause brauchte, dass ich die Scherben in der Wohnung noch nicht auffegen und die Krempelmauer noch nicht angehen konnte. Stattdessen beschloss ich, ganz einfach spazieren zu gehen, einen Fuß vor den anderen zu setzen, ohne festes Ziel, als wäre heute ein ganz normaler Tag in meinem Leben. Ich stieg willkürlich irgendwann aus und lief durch die Straßen. Ich sah in die Schaufensterauslagen, die mit Herbstblättern oder LED-Stangen dekoriert waren. Die Dinge hinter den Scheiben waren so weit entfernt von meiner Lebensrealität, dass ich sie mit dem gleichen emotionalen Abstand betrachtete, wie man im Museum in die Vitrinen guckt. Sie waren interessant, aber abstrakt. Nun sah ich mich in einem der Schaufenster gespiegelt. Ich dachte an den Pfleger und wie er mich angesehen hatte.

Ich wusste nicht, warum Männer mich musterten. Meine Haare waren stumpf und formlos, straßenköterblond, sie hingen mir in die Augen, und oft war ich tagelang zu faul, mich zu kämmen. Oder ich vergaß es einfach. Meine Finger waren spindeldürr und beinahe durchscheinend, wenn ich mir die Nägel rot lackierte, damit man zur Abwechslung mal nicht den dunklen Dreckrand darunter sehen konnte, sahen sie aus wie Zündhölzer. Das bisschen schwarze Schminke, das ich mir talentlos um die Augen schmierte, um ein klein wenig wacher zu wirken, war immer verschmiert, und meine löcherigen Schuhe sahen so aus, als seien sie mehr Kruste als Schuh. Meine Brüste waren klein, auch wenn die linke etwas größer war als die rechte und Stella sagte, das sei doch super, so wäre für jeden Geschmack etwas dabei. Ich wusste ihre Aufmunterung zu schätzen, doch mir war natürlich klar, dass es bei Schönheit um Symmetrie ging und nicht darum, möglichst viele Optionen anzubieten. Für gewöhnlich erregte ich die Aufmerksamkeit von Typen, die sich selbst irgendwie für schräg oder mysteriös oder zumindest sehr ungewöhnlich hielten, sie beäugten mich auf Partys und kamen nach dem fünften Bier mit einer obskuren Bemerkung über irgendetwas Kulturelles um die Ecke. Sie taten so, als würden sie sich unfassbar gut mit Gin auskennen, und überhaupt wussten sie sehr viel, wenn es nach ihnen ging. Ich merkte sofort, dass das alles nur Fassade war, und die Fassade war eben schlecht verputzt und nicht tiefengrundiert, deshalb hielt die Farbe nicht, und sie merkten gar nicht, wie albern sie wirkten. Gestörtsein ist nichts, bei dem man so tun kann als ob.

In meinem Lieblingspark war etwas falsch. Ich ging ein paar Schritte den Hauptpfad entlang, vorbei an den Schachtischen und dem ersten verwitterten Männertorso, und ein Gefühl kam in mir hoch, das ich von früher kannte, wenn mein Vater unser Zimmer heimlich nach Geld abgesucht hatte: Das Gesamtbild stimmte nicht. Ein Buch lag falsch herum. Eine Lampe war bewegt worden. Etwas guckte aus einer Schublade heraus, die vorher geschlossen gewesen war. Aber heute hier im Park war dieses Gefühl noch stärker, irgendetwas Grundlegendes war nicht in Ordnung, und es war schwer, darauf zu kommen, weil es so gravierend war: Die Ecke im Park, in der normalerweise die Obdachlosen saßen und tranken und Feuer machten, war ganz leer. Nur Büsche und zwei Bänke, ein merkwürdiges Vakuum. Die Wiese kitzelte nass an meinen Knöcheln, als ich mich näherte. Jetzt fiel mir plötzlich auch das kleine Holzkreuz auf, und die Blumen und die roten Friedhofskerzen, die zwischen den beiden Bänken auf dem Boden verstreut standen. *Flo* stand auf dem Kreuz, und Jahreszahlen. Zweiundvierzig war er geworden. Genau wie Elvis.

Die Bank war kalt, nass und schief. Aus dieser Perspektive kannte ich den Park gar nicht, die Bänke waren ja sonst immer besetzt, man sah einen Teil des Spielplatzes, die linke Tischtennisplatte und die andere Seite der großen Trauerweide. Ich rieb mir die kalten Finger und beobachte die fallenden, grün-gelb-braunen Blätter.

Ich musste an Oma Latschenkiefers Beerdigung denken, an die dunkle, miefige Kirche und den uralten Pfarrer, der ihren Namen falsch gesagt hatte, und die schrecklichen Lieder, die gesungen wurden – und die zu singen auch von mir erwartet wurde, und das von Menschen, die ich noch nie zuvor im Leben gesehen hatte. Die mit ihren nassen Taschentüchern wedelten und mich vorwurfsvoll ansahen, weil ich nicht weinte, als wäre es eine heilige Pflicht, jemanden zu mögen, um jemanden zu weinen, nur weil er tot war. Wie sollte man denn überhaupt bei verstaubten, weltfremden Orgelliedern trauern, in dunklen Kirchen und mit jemandem, der mit Nägeln in den Handgelenken am Kreuz hing? Wie sollte man in der Kirche an etwas anderes denken als an diese Nägel und ob sie an den Knochen vorbeigerutscht waren oder durch sie hindurch? Und waren die Knochen heil geblieben oder dabei zersplittert?

Es fing wieder an zu nieseln. Neben mir war eine Frau mit wilden Haaren und einem Tetrapak Rotwein in der Hand aufgetaucht, die sich leise stöhnend auf die andere Bank setzte. Mir schien, als würde sie weinen. Aus dem Augenwinkel sah ich, dass sie mich anguckte, dass sie näher kam, ich drehte den Kopf, und sie hielt mir den Tetrapak hin. Genauso sollte meine Beerdigung sein, dachte ich, mit weitergereichtem Pappkartonwein auf einer Parkbank, unter freiem Himmel, und alle durften so trauern, wie sie wollten. Wenn überhaupt.

Wie ein leichter Schauer lief der saure Wein durch meinen Körper, ich gab die Packung halbwegs lächelnd zurück, die Frau lächelte auch, und ihre Zähne waren dunkel. Jetzt war sie also neben mir. Eine Weile saßen wir wortlos da und schauten in den Park. Kein Mensch war weit und breit zu sehen.

»War 'n juter Typ«, sagte die Frau schließlich mit tiefer Stimme und nahm einen großen Schluck. Ihre Hände waren dick und rot.

»Hat immer die Tauben jefüttert.«

Jemand kam im Regencape auf einem Fahrrad vorbeigeholpert. Die Frau wischte sich mit dem Ärmel übers Gesicht, und ich wusste, ich musste nichts sagen, nur hier sitzen und ein bisschen zuhören.

»Die andern ham immer jesacht, ›Mensch, nu lass doch mal die ollen Salmonellenschleudern in Ruh‹, aber Flo hat denn immer nur abjewunken und jesacht: ›Tauben brauchen och watt zu fressen.‹«

Eine Weile saßen wir noch zusammen auf der Bank und reichten den Wein hin und her. Langsam wurde mir ein bisschen wärmer. Und leichter. Als der Regen aufhörte, schüttelte die Frau das Wasser aus den Kerzen und versuchte, sie wieder anzuzünden, doch es klappte nicht.

Als ich nach Hause kam, merkte ich sofort, dass etwas nicht stimmte. Dass es zu still war, wie bei einer Sonnenfinsternis, wenn man plötzlich keine Vögel mehr hört. Ich kam in die Küche, und alle saßen irgendwie zusammengesackt am Tisch, auf dem schon ein Wald aus grünen und braunen Bierflaschen stand. Stella hatte den Arm um Leo gelegt und lehnte mit dem Kopf an seiner Schulter. Er starrte geradeaus, doch es war offensichtlich, dass seine Augen nichts sahen. Ich nahm mir auch eine Flasche aus dem Kühlschrank und setzte mich dazu.

Wie sich herausstellte, war Leos Vater an diesem Morgen mit seinem heißgeliebten Audi und zweihundert Sachen gegen einen Baum gefahren. Auf einer Landstraße. Jetzt war er tot. Leo saß da, wippte kaum merklich vor und zurück, sein Gesicht war ganz weiß, und dadurch sahen seine Augen noch schwärzer aus als sonst, wie Kohlenstücke in einem Schneemann. Ich hatte ein Gefühl, als wühlte sich ein Oktopus in meinen Bauch und schlänge sich mit jedem seiner Arme um eines meiner Organe.

Leos Vater war ein ganz berühmter Herzchirurg gewesen, ein richtiger Spezialist mit eigenem Forschungszentrum und so. Für jemanden, der jeden Tag eigenhändig die kranken Herzen von Menschen offenlegte, um ihnen neues Leben einzuhauchen, war es natürlich nicht sehr schwer, seinem Sohn das Gefühl zu geben, ein Nichts zu sein. Vielleicht brachte es so ein Beruf zwangsweise mit sich, dass man ein Soziopath wurde, vielleicht war der Druck zu groß, oder alles andere wurde immer kleiner und kleiner, bis man nicht mehr merkte, dass man den eigenen Sohn so tief in den Dreck getrampelt hatte, dass er nicht mehr zu sehen war. Ich hatte ihn noch nie gesehen, Leos Vater, da er sich weigerte, unser Haus zu betreten, aber ich kannte die Spuren, die er auf Leo hinterließ, wenn er seine Eltern besuchen fuhr, die vielen kleinen Kratzer im Selbstwertgefühl, von denen Leo so tat, als gebe es sie nicht.

Den halben Abend verbrachten wir damit, stumm an unseren Bierflaschen zu hängen, unsere Blicke genauso leer zu machen wie den von Leo, und vermutlich dachten wir alle darüber nach, was besser war: Eltern zu haben oder Eltern nicht zu haben.

»Wann ist die Beerdigung?«, fragte Axel, und Leo zuckte nur schwach mit den Schultern.

»Keine Ahnung, so was dauert. Gibt ja auch nicht mehr viel, was man beerdigen könnte.« Er ließ einen Schluck Bier in seinen Mund gluckern und lachte bitter. »Das hat er wahrscheinlich so geplant. Bloß kein Geld fürs Krematorium ausgeben.«

Er knibbelte das feuchte Etikett von seiner Flasche und klebte es auf den Tisch. Dann zündete er sich eine Zigarette an und inhalierte tief, durch die zusammengebissenen Zähne hindurch.

»Ich weiß noch, als er mich mal in den OP mitgenommen hat. Da war ich dreizehn. ›Du kippst doch um‹, hat er gesagt, aber ich bin trotzdem mitgekommen, ich wollte *unbedingt* mit und ihm zeigen, dass ich nicht umkippen würde. Aber ich hatte eine Scheißangst davor. Der Assistenzarzt hat den Brustkorb von dem Patienten mit einer Elektrosäge aufgeschnitten, eine, die mit einer Flamme die Haut versengt, damit sich nichts entzünden kann. Und dann stand ich da, und es roch nach verbranntem Fleisch.«

Unwillkürlich verzog ich das Gesicht.

»Iiih«, sagte Stella.

»Mein Vater hat mich angeguckt, gelacht und gesagt: ›Mach so was jeden Tag, und du bekommst Hunger davon.‹ Seine ganzen Kollegen haben gelacht, ich bin in Ohnmacht gefallen und hab nie wieder Fleisch gegessen. Tja, und die Geschichte hat er dann bei jeder Gelegenheit jedem in Hörweite auf die Nase gebunden.«

Er seufzte und fuhr sich mit der Hand über die Bartstoppeln. Motze schüttelte den Kopf.

»Scheint ja ziemlich gestört gewesen zu sein, dein Alter«, sagte er und zog ein langes Blättchen aus der Packung.

»Mein Vater? Allerdings.«

Nachdenklich schnippte Leo die Asche in unseren Heineken-Aschenbecher. Mir fiel plötzlich auch eine Geschichte ein, die mein Vater dauernd irgendwem erzählt hatte, die Geschichte, wie er mir nacheinander sieben Eis am Kiosk gekauft hatte. Ich war mit ihm irgendwohin unterwegs gewesen, und er hatte gute Laune gehabt. Ich konnte an einer Hand abzählen, wie oft das in meiner Kindheit vorgekommen war, und er hatte mir wie gesagt am Kiosk ein Eis gekauft. Mein Lieblingseis war natürlich Bum Bum, der säuerliche Erdbeerguss mischte sich herrlich in meinem Mund mit der süßen Vanille, und der Kaugummistiel wurde ganz weich in meinen klebrigen Fingern. Ich freute mich darauf, meinen Vater zu bitten, das blaue Plastik abzuziehen, und als ich schließlich den außerirdisch saftigen Kaugummigeschmack in mich hineinschmatzte, kam ich mir vor wie im Himmel. Ich strahlte hoch zu meinem Vater, er tätschelte mir den Kopf, und am nächsten Kiosk fragte er: »Na, noch eins?« Ich machte riesengroße Augen. Das war der Gipfel der Dekadenz, ein zweites Eis. Ich nickte euphorisch und dachte, *Scheinbar liebt er mich ja doch, verrückt*, und das zweite Eis schmeckte noch besser als das erste. So ging es siebenmal. Wir gingen an sieben Büdchen vorbei, und mein Vater fragte, »Na, noch eins?«. Er trank ein Bier, und seine Tochter bekam ein Bum Bum, eine Büdchenbesitzerin sagte, »Süßes Kind«, ich grinste ihr ein stolzes Zahnlückenlächeln entgegen und leckte fleißig weiter. Ich hatte das siebte Eis noch nicht ganz aufgegessen, da rumpelte es in meinem Bauch, und kalte, rot-weiße Soße schoss mir aus Mund und Nase, mitten auf den Gehsteig.

Mein Vater hatte danebengestanden und auf mich runtergeschaut, er hatte keine gute Laune mehr gehabt und gesagt: »Lass dir das eine Lehre sein.«

Ich saß da und hätte Leo gerne gesagt, dass mein Vater auch total gestört gewesen war, doch er seufzte gerade, und sein Kopf sank auf den Tisch.

12.
Der Manteltraum

Der Manteltraum war wiedergekommen. Ich träumte ihn alle paar Wochen, und er war kaum auszuhalten, denn darin hüllte mich wie aus dem Nichts ein riesiger, warmer Mantel ein, die ganze Welt wurde dunkel – aber gut dunkel, nicht bedrohlich dunkel –, und ein Gefühl durchflutete mich, das ich außerhalb des Manteltraums nie, aber wirklich nie hatte: Sicherheit. Ich war in Sicherheit. Häufig erzählten Leute, sie würden manchmal weinend aus ihren Alpträumen aufwachen und wären dann froh, dass alles nur ein Traum gewesen war. Beim Manteltraum war das genau umgekehrt: Das Weinen fing erst nach dem Aufwachen an. Doch heute riss ich mich zusammen, denn Leo lag mit halb geöffnetem Mund neben mir und atmete ganz gleichmäßig, seine Augenlider flatterten ein wenig, und ich widerstand dem Drang, ihn anzusehen, bis er aufwachte.

Nach einem kurzen Besuch bei meiner Mutter, bei der heute die ersten sogenannten Aktivierungsmaßnahmen anstanden, fuhr ich wieder in ihre Wohnung. Ich fegte die Scherben auf, was sich erstaunlich gut anfühlte – ich warf sie in einen Müllsack, den ich in einen zweiten Müllsack gesteckt hatte. Zusammen mit einem der Küchenkartons mit den aussortierten Sachen für den Straßenrand trug ich den Scherbensack raus und lief auf dem Weg fast in die Nachbarin hinein, die gerade mit zwei dicken Tchibo-Tüten in der Hand die Treppe raufgestiefelt kam. Sofort reckte sie wie ein übermäßig geschminktes Erdmännchen ihren Hals in die Höhe, um durch den Türspalt in die Wohnung zu gaffen. Ihre Augen wurden merklich größer, so als hätte sie in der Wohnung meiner Mutter einen Wühltisch mit unfassbar günstigen Schnäppchen erspäht.

»Zieht Ihre Mutter aus?«, fragte sie und versuchte dabei nur halbherzig, ihre Vorfreude zu verbergen. Wortlos zog ich die Tür zu, schob mich mit der Kiste an ihr vorbei und versuchte, möglichst genervt zu gucken. Ich hatte den Karton ziemlich vollgepackt, einer der obersten hässlichen Eierbecher fiel hinunter und dann Stufe für Stufe treppab, zum Glück war er aus Plastik. Ich fluchte leise.

»Zum ersten Zehnten schon?«, rief sie mir noch hinterher, und ich stellte mir vor, ihre Wohnungstür zuzumauern, um sie nie wieder sehen zu müssen. Wahrscheinlich würde sie gleich in ihrem Flur die Tüten fallen lassen und zum Telefon rennen, um die Neuigkeiten zu verbreiten.

Schließlich war die Küchenzeile ausgeräumt, und ich stand vor der Krempelwand wie ein Bergsteiger, der seine waghalsige Route plant. Ratlos versuchte ich zu entscheiden, wo um Himmels willen ich anfangen sollte. Links von mir stand ein Karton auf dem Boden, auf den ich mit rotem Edding *behalten* geschrieben hatte, rechts einer mit *weg*. Das Problem war, dass Haufen keinen Anfang haben. Und im Grunde genommen auch kein Ende, sonst wären sie ja weg und keine Haufen mehr. Jede Stelle bot sich ebenso gut wie die nächste an, genau dort anzufangen. Oder auch nicht. Nach einer langen Weile entschied ich, nicht lokal zu arbeiten, sondern kategorisch – ich beschloss, mit Kleidung zu beginnen, denn davon gab es hier jede Menge, und ich konnte aussortieren, was meiner Mutter allein von der Größe her nicht passte. Ich zog an einem Ärmel direkt vor mir, und eine hässliche blaue Bluse mit Rüschen kam zum Vorschein, Größe 38. *Weg*. Eine Kinderjeans. *Weg*. Ein großes grünes T-Shirt mit einer dampfenden Kaffeetasse drauf. *Behalten*. Nach einer Weile fiel mir ein, dass man Plastiksäcke in den Altkleider-Container warf, keine Umzugskartons, und ich stopfte alles wieder um. Der Kann-weg-Sack war ziemlich schnell voll, dann ein zweiter. Ich ging zum Container, sah zufrieden, dass der Küchenkarton, den ich an die Straße gestellt hatte, schon von jemandem mitgenommen worden war, und ärgerte mich dann, dass ich einen Karton verschwendet hatte, statt eine der unzähligen alten Supermarktkisten zu nehmen, die überall in der Wohnung herumflogen. Mittlerweile machte ich einen Umweg, um Oma Hass zu meiden, doch die Ruhe war es wert.

Auch ich mochte die heimliche Welt der Dinge am Straßenrand, die sich jenseits von unverbindlicher Preisempfehlung und Mehrwertsteuer abspielte. Was am Straßenrand stand, kam und ging, es war ein ständiges Geben und Nehmen, das beiden Seiten gleichermaßen nutzte: den Weggebern und den Mitnehmern. In diesen grässlichen Messiesendungen wurde das immer *Bordsteinshopping* genannt, und immer schön von ganz weit oben herab: *Hi hi, guckt mal, wir gehen ins Einkaufszentrum, und die wühlen im Müll.* Dabei war das Ganze ja eben *kein* Einkaufen, es war Anti-Einkaufen. Jeder konnte alles hinstellen, und jeder konnte alles mitnehmen, und obendrein war es auch noch verboten, was den Reiz natürlich deutlich erhöhte.

Die Krempelwand in der Küche meiner Mutter entpuppte sich recht schnell als Büchse der Pandora. Von außen sah sie so aus, als sei alles achtlos aufeinandergeworfen worden, doch so war es nicht. Meine Mutter musste unschlagbar im Krempel-Tetris sein, denn wenn man anfing, die Wand auseinanderzunehmen, vervielfachte sich ihr Volumen. Die Küche füllte sich wie eine Popcornmaschine, und nach zwei Stunden stakste ich durch einen weitaus größeren Wust als vorher. Um mich herum standen oder lagen nun etliche kaputte Stühle, zwei Kaffeemaschinen – eine ohne Kanne, eine ohne Kabel –, ein Toaster ohne Hebel, eine Nudelmaschine ohne Kurbel, drei Gardinenstangen, ein Garderobenständer, ein Haufen Kuscheltiere, zwei Barhocker, acht Lampen, einige alte Koffer, Plastikblumen, Plastikbecher, unzählige Vasen und Tupperdosen, Bücher über Bücher (alle kitschig, wie es aussah, und zerfleddert), endlose Serviettenpackungen, Schuhe über Schuhe, natürlich alle einzeln, an die vierzig Schals und Tücher, drei Geschirrwannen aus Plastik, die mit alten Flyern und Werbeprospekten gefüllt waren, zwei Schultornister, zig Handtaschen (alle hässlich), zig Jutebeutel, tonnenweise alte Frauenzeitschriften, mehr Einmachgläser. Ich fand auch einen Staubsauger, den ich umständlich ausgrub und in den Flur brachte. Er funktionierte nicht. Plötzlich verstand ich, warum meine Mutter so ausgeflippt war, als ich gesagt hatte, *Wir könnten ja die kaputten Sachen aussortieren*: Hier war so ziemlich alles kaputt.

Und dann war da noch endlos viel Kinderkleidung. Kleine Mützen, kleine Pullover, kleine Strumpfhosen. Was zur Hölle wollte sie denn damit? Warum hatte sie das alles hier angeschleppt, sie, die nur noch ein einziges Kind hatte, nämlich mich, und ich war doch ganz offensichtlich weder ein Säugling noch im Kindergartenalter. Ich fing an, über Dinge zu stolpern und mir die Zehen zu stoßen, und so, wie sich die Gegenstände vor meinen Augen zu vermehren schienen, wuchs natürlich auch meine Panik proportional an. Wo sollte das alles hin? *Wohin?*

Ich stapelte die Behalten-Kartons und alles, was nicht wegkommen sollte, im Flur und verbot mir Gedanken darüber, wer das alles wegschleppen sollte, oder an welchen Ort: den Fernseher, die Klappstühle, die Küchenkisten, und schnell bildete sich dort eine neue, ordentliche Mauer. Wieder stand ich vor lauter unmöglichen Entscheidungen. Wie viel lag meiner Mutter wohl an diesen Hockern? An diesem Garderobenständer, dem, wie ich nun feststellte, eine entscheidende Stange fehlte, sobald man ihn hinstellte, fiel er um. Das Ganze machte mich völlig wahnsinnig, ich räumte hier herum und räumte dort herum, stapelte dies auf das und dann wieder auf jenes, warf etwas in einen Karton und dann doch wieder in einen anderen, vergaß, welcher Sack für den Container war und welcher für den Müll, irgendwann unterschied ich mich vermutlich nur noch durch meinen aufrechten Gang von einer BSE-Kuh, und ich führte schon im Kopf ein ausführliches Selbstgespräch über das, was ich tat. Wäre ein anderer Mensch da gewesen, hätte er jedenfalls mit ziemlicher Sicherheit gedacht, ich hätte nicht mehr alle Tassen im Schrank und würde selber hier wohnen. Als die Sonne kurz in die Küche schien, sah ich die Milliarden Staubpartikel in der Luft, die ich mit meinem Angriff auf die Krempelmauer aufgewirbelt hatte. Es war so viel Staub, dass er die einzelnen Sonnenstrahlen sichtbar machte, ich fing an zu niesen, und meine Augen juckten und tränten schließlich. Als Kind hatte ich das immer schön gefunden, die glitzernde Luft. Manchmal hatte ich an der Fensterbank gestanden und mit der Hand wieder und wieder Staub aufgewirbelt, um ihm zuzusehen, und ich war traurig gewesen, wenn kein Staub mehr da war, aber jetzt bekam ich Angst um meine arme Lunge und die arme Lunge meiner Mutter, die nicht nur ihrem Kettenrauchen, sondern auch über Jahre dieser Staubschicht ausgesetzt gewesen war.

Binnen eines Tages hatte ich das Schlachtfeld in der Küche in ein absolutes Waterloo verwandelt, und als ich mich abends völlig abgekämpft auf den Weg zum China-Mann machte, sah es in der Wohnung schlimmer aus als vorher. Die Zeitdruckkette zog sich enger um meinen Hals, und ich fragte mich, ob ich die ekligen Bratnudeln so überhaupt würde runterschlucken können, die ich mittlerweile an jedem Abend aß, um nicht, wie Axel gesagt hatte, *von diesem Gefühl übermannt zu werden.* Gedankenversunken schob ich die Gabel in die matschigen Nudeln, und beim Aufdrehen spritzte mir Sojasoße auf meinen Lieblingspullover. Ich fluchte. Und dann dachte ich noch einmal zurück an meine Mutter und die kleingeschnittenen Spaghetti.

Das Ganze war natürlich ein Missverständnis gewesen. Sie hatte uns nicht den Spaß verderben wollen – sie hatte gewollt, dass wir es einfacher haben.

Zu Hause saß Leo ganz in Schwarz mit einer Flasche Gin vor sich am Küchentisch. Seine Wangen wirkten hohl, und die Ringe unter seinen Augen waren so dunkel, dass es aussah, als wären seine Pupillen im Laufe des Tages verwischt. Passenderweise lief in seinem Zimmer *Paint It Black*, eine Cover-Version von jemandem mit wunderbar kratziger Stimme: *I look inside myself and see my heart is black.* Wie oft wir dieses Lied schon zusammen gehört hatten, aber die Bedeutung dieser Zeile hatte ich, wie so oft bei englischen Liedern, nie wirklich wahrgenommen. Ich hielt kurz inne, schloss die Augen und nahm ihre bestürzende Schönheit in mich auf. Dann setzte ich mich zu Leo. Er sah mich kurz an, anscheinend gab ich selbst auch kein besonders gutes Bild ab, denn er schob mir sofort die Flasche vor die Nase. Der Gin roch wie eine frisch gemähte, desinfizierte Wiese. Ich nahm einen großen, brennenden Schluck und stellte mir vor, wie die durchsichtige Flüssigkeit stechend über mein schwarzes Herz rann.

»Das Leben ist so ein Dreck«, sagte Leo leise.

Sachte nickte ich.

»Ziemlicher Dreck.«

Ich nahm noch einen Schluck, sodass mein Gesicht anfing zu kribbeln, und zum ersten Mal an diesem Tag wurde mir warm. Mir war danach, die ganze Flasche auszutrinken. Im Grunde war mir danach, die ganze Welt auszutrinken. Leos Augen wanderten zu mir, er griff nach der Flasche und nahm auch einen großen Schluck, er schüttelte sich wie jemand, der aus tiefster Kälte kam. Ich hatte es immer genossen, seine Augen auf mir zu spüren, doch heute ertrug ich ihre Intensität nicht. Um seinem Blick für einen Moment zu entkommen, stand ich auf und holte zwei Flaschen Bier aus dem Kühlschrank – man sollte Gin nicht wie Wasser trinken, auch nicht wenn einem eigentlich danach war.

Die Kronkorken fielen auf die Anrichte.

Ich stellte Leo das Bier hin, aber er hatte noch die Schnapsflasche in der Hand, die er jetzt andeutungsweise hochhob.

»Na dann«, sagte er. »Auf den ganzen Dreck.«

Wir stießen an. Er nahm einen großen Schluck, reichte die Flasche an mich weiter und zupfte ein wenig Tabak aus der Packung, die vor ihm auf dem Tisch lag. Ich beobachtete seine großen Hände, die mit routinierten Bewegungen eine perfekt geformte Zigarette drehten. Im Vergleich dazu sahen meine Selbstgedrehten immer aus wie ein Unfall. Leos Feuerzeug schnippte, er winkelte den Kopf an, schirmte die Flamme mit seiner Hand ab, und für einen Moment wirkte es so, als trüge er das Feuer in seiner Handfläche. Er atmete den ersten Zug durch die Nase aus, das tat er immer. Ein Lichtschimmer wanderte über seine Haare.

Ich erinnerte mich daran, wie er heute Morgen neben mir gelegen hatte, ruhig und ungefährlich, wie ein kleiner Junge, der aus unerklärlichen Gründen in einem viel zu groß geratenen Körper wohnte. Ohne diesen Sog in seinen schwarzen Augen, mit denen er bis in meine Adern sah.

Die Musik ging aus, er sah mich weiter an.

Blinzelte.

Atmete aus.

Und nun guckte ich zurück. Ich konnte nicht anders. Es war ein so gnadenloser Genuss. Wie mit einem Laser tastete ich seine Oberfläche ab, um ihn in mir abzuspeichern für später, vor dem Einschlafen. Ich dachte an seinen Bauch und seine Arme und seinen Nacken, und wie sie sich wohl anfühlten. Ob er eine Gänsehaut bekäme, wenn ich mit meinen Fingerspitzen darüberfahren würde. Ob er wirklich so küsste wie in meiner Vorstellung. Wir tranken, ohne einander aus den Augen zu lassen. Ich wollte … was? In der Stille hörte man die Glut, die das Papier Stück für Stück auffraß. Dann bewegten sich schließlich Leos Lippen.

»Weißt du eigentlich, wie du mich anguckst?«

Ein Teelicht ging aus, und das Lichtchen verschwand aus seiner Pupille. Ich schüttelte andeutungsweise den Kopf und etwas begann, in meinem Hals zu pochen.

»Ich war mir nie sicher, was es bedeutet, wenn du so guckst, aber jetzt weiß ich es.« Er schnippte die Asche in eine leere Flasche auf dem Tisch. »Du guckst mich an, als würdest du mit mir vögeln. Genau jetzt. In deinem Kopf.«

Er blies einen weißen Rauchfaden in meine Richtung.

»Ist das nicht irgendwie traurig, alles immer nur im Kopf zu machen? Willst du nicht irgendwann mal *wirklich* deine Fingernägel in irgendwen reinbohren?«

Er nahm einen Zug und sah mich weiter träge an. Als wären seine Worte nur ein Zeitvertreib. Als würden sie mich nicht im Innersten perforieren, als läge ich nicht in einer eisernen Jungfrau, deren Deckel er zuklappte. Ich nahm einen Schluck Bier und hob meinen Schutzschild, wenn es das war, was er wollte.

»Ich weiß, dass du traurig über deinen Vater bist, Leo. Aber lass es nicht an mir aus.«

Wieder schnippt er die Asche ab.

»Das hat nichts mit meinem Vater zu tun«, sagte er kühl. »Der kann bald schön in seiner Holzkiste verrotten.«

»Es hat *alles* mit deinem Vater zu tun«, entgegnete ich. »Immer.«

»Dass du mit mir ins Bett willst?«

»Nein. Wer du bist. Was du machst. Dass du Leute mit dem, was du sagst, einfach überfährst. Absichtlich. Dass du immer der Fahrer bist, und die anderen sind das Reh. *Das* hat mit deinem Vater zu tun.«

Ich drehte mir eine Unfallzigarette und bewunderte

insgeheim, wie sehr der Alkohol meine Zunge löste. Wieder knisterte die Glut vor Leos Gesicht.

»Ja, genau«, sagt er langsam. »*Du* bist immer das Reh.«

Draußen wehte der Wind um unser Haus. Noch heulte er nicht. Noch wehte er nur. Eine Weile saßen wir beide in unserer Angefressenheit da und hörten zu, wie der Uhrzeiger unsere Wut hochtickte. Tranken Bier, um sie zu löschen. Es half nur mäßig. Ich knibbelte ein Stückchen Wachs vom Tisch, dann stellte Leo die Flasche ab und lehnte sich näher zu mir.

»Du bist immer das Reh, und deshalb würdest du es nie zugeben. Du würdest mich immer weiter mit deinen großen Rehaugen ansehen, mich mit ihnen ausziehen und mich ablecken und beißen bis in alle Ewigkeit, aber du würdest niemals sagen: ›Los, komm. Ich will. Genau jetzt. Mit dir.‹ Und dann versenkst du dich wieder in deine ewige Traurigkeit darüber, dass alles so schwer ist und dass du nie bekommst, was du willst.«

Ich verschränkte die Arme vor der Brust, um keine Flammen zurückzuwerfen, doch sie loderten wie von selbst auf.

»Ja, genau. Ich müsste mich einfach nur durch die Weltgeschichte vögeln, so wie du, und dann ginge es mir schlagartig besser.«

Er drückte die Zigarette aus, als wäre sie eine Art qualmendes Ungeziefer. Schob den Aschenbecher von sich weg. Ich zog ihn näher zu mir heran. Ich hörte, wie Leo noch einen Schluck Bier nahm, erst bildete er ein Vakuum, dann ließ er langsam Luft in die Flasche. Ich nahm auch noch einen großen Schluck, um ihn nicht ansehen zu müssen. Der letzte schale Bierrest lief in mich hinein wie eine schlechte Pointe. Ich spülte ihn mit Gin runter.

Dann schwiegen wir lange.

»Pass auf«, sagte Leo, als er wiederum seine Flasche geleert hatte. »Ich mach dir einen Vorschlag. Mein Zimmer ist heute fertig geworden, und ich gehe jetzt ins Bett. Und es gibt genau zwei Möglichkeiten. Entweder du gehst in dein eigenes Zimmer und siehst mich nie wieder so an. Nie mehr. Oder du kommst zu mir. Entscheid dich.«

Leos Stuhl kratzte über den Boden. Er lief meine Wirbelsäule hinunter und dann durch den Flur. Seine Zimmertür quietschte. Und fiel hinter ihm ins Schloss.

Mechanisch hob ich die Zigarette an die Lippen und inhalierte, so tief es ging. Dreimal hintereinander, bis mein Körpergefühl verschwamm, wenn ich die Augen schloss. Ich versuchte an etwas anderes zu denken als den Druck in meiner Brust und das Pochen zwischen meinen Beinen, doch es half nichts. Durch den Alkohol hindurch kam mir das alles unwirklich vor. Hatte er das gerade wirklich gesagt? Und ich, hatte ich das gesagt? Ich trank weiter. Rauchte. Dachte nach. Irgendwann stand ich auf und ging wie eine herumwandelnde Mumie in einem dieser alten Schwarz-Weiß-Filme in den Flur.

Links. Rechts. *Behalten. Weg.* Ich teilte mich in zwei Hälften, als hätte ich einen Reißverschluss, eine, die die Klinke herunterdrücken wollte, und eine, die sich umdrehen und klammheimlich ins gegenüberliegende Zimmer schleichen wollte. Sämtliche Energie, bis auf die letzte Kalorie, die ich noch in mir hatte, wurde für meinen wilden Herzschlag verfeuert. Ich wünschte mir einen mittelalterlichen Rammbock herbei, der das hier für mich erledigte, und dachte an die LEGO-Burg im Kindergarten, deren Tor sich mit einem Faden rauf- und runterbewegen ließ. Was für ein einfacher kleiner Vorgang damals draußen von drinnen getrennt hatte. Leos Worte lagen noch immer wie glühender Zunder in meinem Magen: *Du bist immer das Reh.*

Die Klinke gab nach, und da war er, er saß auf dem Bett und warf mir einen schwarzen Blick zu, der sagte, *Sieh mal einer an.* Ich hielt seinem Blick stand, ich warf einen noch schwärzeren zurück. Und plötzlich wusste ich nicht mehr, ob ich ihn an mich ziehen oder mit aller Kraft von mir wegstoßen wollte. Ich ließ ihn nicht aus den Augen, während ich mich auszog.

Zungen. Wie wir sie als Kinder aneinandergetippt hatten, und der damalige Ekel war nun atmendes Wollen. Ich saugte mich an Leos Unterlippe fest, während seine Hände über meinen Körper glitten, als sei ich ein neu zu erkundender Ort, sie wanderten langsam meinen Rücken hinunter, und seine Daumen streiften wie zufällig meine Brüste – als wäre hier irgendetwas Zufall. Ich roch die frische Farbe, die noch schwer in der Luft lag, und als Leo sagte, *Warte kurz*, um eine Kerze anzuzünden, sah ich unseren Schatten an der Wand, ein einziger Schatten für uns beide. Je fester Leo mich an sich drückte, desto fester krallte auch ich mich in seine kratzigen, schwarzen Haare, in seinen breiten, glatten Rücken. Ich wollte Spuren auf ihm hinterlassen. *Wie ein Schraubstock aus Knochen, Muskeln und Haut.* Ich zog ihm das T-Shirt über den Kopf, und da war sie – die Straße, die von Leos Bauchnabel nach oben führte, und nach unten. Ich drückte ihn auf die Matratze und machte mich auf den Weg. Jetzt waren es Leos Hände, die sich in meine Haare gruben. Sein Stöhnen kam ganz tief aus ihm heraus. Als ich zu ihm aufsah, hatte er die Augen geschlossen, und auf seinem Gesicht lag eine Art ungläubiger, leidender Genuss, der in meinem eigenen Bauch wiederhallte. Als ich wieder zu ihm hochwanderte, war sein Kuss noch fordernder, ich spürte seine Fingerspitzen auf meinem Hintern, erst ganz sachte, dann packten seine Hände zu. Und ich konnte nicht anders, ich biss so fest in seinen Hals, dass ich selbst darüber erschrak. Mit jedem Laut, der mir entfuhr, rieb ich mich an Leos Körper, meine Lippen suchten wieder seinen Mund, und es gefiel mir, wenn er unseren Kuss unterbrach, um zu stöhnen.

Ich hörte seine Stimme an meinem Ohr, noch bevor ich seine Hand zwischen meinen Beinen spürte.

»Sieh mich an.«

Ich wich ein paar Zentimeter von ihm zurück und öffnete vorsichtig die Augen, als täte ich es zum ersten Mal. Ich blinzelte und sah das Flackern der Kerze in seinen Pupillen, und da war auch ich, mein winziges, überraschtes Gesicht, mit halb geöffnetem Mund. Ich fühlte, wie Leos feuchter Daumen seine Kreise zog, ganz langsam und so leicht, als wäre seine Berührung nicht mehr als ein Hauch, als wüsste er genau, was er vorenthalten musste, damit er alles bekam. Mein unregelmäßiger Atem wehte mir eine Haarsträhne aus dem Gesicht, und die Lider geöffnet zu halten, fühlte sich gleichzeitig unmöglich und lebensnotwendig an, wie ein Blick ins offene Feuer. Als ich es nicht mehr aushielt, schob Leo mich von sich runter und drehte mich auf den Bauch. Während er nach dem Kondom tastete, hielt ich mich am Laken fest und wand mich ungeduldig darauf, bis ich wieder seine Hände spürte, die noch einmal an meinen Beinen auf- und abglitten, bevor er sie ein wenig weiter auseinanderschob und mich zu sich zog.

13.
Das ganz schlimme Zimmer

Ich wachte auf, das Bett war neben mir leer, und binnen Sekunden sehnte ich mich so sehr nach Leos Körper, dass ich Angst bekam, ihn nie wiederzusehen. Dass er, während ich geschlafen hatte, über den Rand der Welt gefallen war und ich nun wie ein alter, süßlicher Apfel hier in seinem Zimmer liegen und verfaulen würde.

Aus dem Haus waren keine Geräusche zu hören, und im hellen Licht des Tages sah ich nun zum ersten Mal das fertig gestrichene Zimmer. Ich war in den letzten Tagen so wenig im Haus gewesen, dass ich Leos Zimmer seit einer gefühlten Ewigkeit nicht mehr betreten hatte. Die lange Wand, auf die man guckte, wenn man zur Tür reinkam, hatte er schwarz gestrichen und von oben bis unten mit akkuraten, weißen Buchstaben vollgeschrieben. *Denken ohne Geländer. Wenn ihr eure Ketten nicht zerreißt – von selber brechen sie nicht.* Auf die restlichen weißen Wände hatte er die Silhouetten der Leute gemalt, von denen die Zitate stammten – ich erkannte Emma Goldman, Hannah Arendt und Erich Mühsam, andere sagten mir nichts. *The most violent element in society is ignorance.* In der morgendlichen Ruhe dachte ich an die gestrige Nacht zurück, eine ungekannte Zufriedenheit stieg angenehm warm in mir auf, und ich räkelte und streckte mich mit einem langgezogenen Knurren auf dem zerknitterten Laken. *No amount of fire or freshness can challenge what a man can store up in his ghostly heart.* Ich umarmte noch ein wenig die Bettdecke, die entfernt nach Leo roch, und stellte mir vor, von nun an glücklich und zufrieden durch die Welt zu wabern wie Plätzchenteig. Als wäre das möglich.

Beim Aufstehen kam es mir so vor, als wäre mein Körper zum ersten Mal seit langer Zeit wieder mein Körper, ich machte mir einen Zopf und spürte die Spannung an meinen Haarwurzeln, ich fühlte den Bund der Jogginghose an meinem Bauch und wie der Träger des BHs auf meine Schulter flitschte, als ich ihn anzog. Der Gedanke, hier irgendwo auf Leo zu treffen, machte mich nervös, aber nicht auf schlimme Art, eher ein bisschen wie Lampenfieber, ohne dass ich etwas Aufregendes tun musste. Vielleicht wären unsere Blicke ja vielsagender denn je, vielleicht könnten wir einfach klammheimliche Komplizen sein, und alles wäre halb so wild. Ich ging ins Bad, um mir schnell die Zähne zu putzen.

Im Spiegel sah ich meinen Mundwinkeln dabei zu, wie sie unmerklich nach oben wanderten, sodass sich meine Wangen anspannten, bevor ich mir die rote Zahnbürste in den Mund schob. Ich dachte an Leos Finger in meinem Mund. Ich dachte an Leos Hände an meinem Hals. Ich schloss die Augen und putzte gedankenversunken, bis ich merkte, dass ich mit nackten Füßen auf den kalten Fliesen stand, in unserem unbeheizten Bad, also quasi auf einer Eisscholle. Ich dachte an mein Bett, in dem in dieser Nacht zum ersten Mal seit Jahren niemand geschlafen hatte, und an meine dicken Wollsocken, die immer davorlagen, damit ich sie beim Aufstehen anziehen konnte. Ich ging los, um sie zu holen.

Als ich gerade zwei Schritte in den Flur gemacht hatte, hörte ich aus der Küche das Klirren einer Tasse und dann eine zögerliche, gedämpfte Stimme.

»Ich glaub, ich hab Scheiße gebaut.«

Ich gefror und horchte, doch auf den Satz folgte erst mal nichts. Noch mit der Zahnbürste im Mund schlich ich auf Zehenspitzen zur Küchentür und lugte durch den Spalt.

Leo saß mit Stella am Küchentisch. Die beiden steckten wie Agenten die Köpfe zusammen, und ihre ernsten Mienen gossen sich wie ein eiskalter Wassereimer über mich aus. Mein dummes gespenstisches Herz flog Leo zu, aber sein schuldbewusster, gesenkter Blick schlug es wie einen Baseball hinaus, hinaus aus dem Küchenfenster, immer weiter, in hohem Bogen mit aller Kraft raus aus diesem Haus in den weißen Himmel, wo es verschwand. Meine Hände zitterten plötzlich, sie mussten sich gegenseitig festhalten. *Weg hier*, hallte es durch meinen Kopf. *Bloß weg hier. Und zwar sofort.*

Im Badezimmer spuckte ich eine rot-weiße Pfütze ins Becken, musste einmal würgen, dann putzte ich mir den Mund ab und hastete in mein Zimmer, zog mich in drei Sekunden an, riss meine Tasche vom Stuhl und rettete mich mit dem Mantel in der Hand nach draußen. Schon war ich so klein, dass ich durch die moosbewachsenen Ritzen zwischen den Pflastersteinen huschte und ziellos

Schuhsohlen auswich, und obwohl ich mich bewegte, stand alles still in meinem Kopf.

So fühlten sich also Vögel, wenn sie in eine Scheibe geflogen waren, wenn sie mit ihren verdrehten Flügeln völlig verdattert auf dem Boden lagen und ihr immer kälter und starrer werdender Körper hilflos zuckte.

Der Tag verging, und ich guckte nur apathisch auf den breiten graugrünen Fluss, der meinen Blick wieder und wieder zum Horizont schwemmte. Ellenlange, tiefliegende Frachter schoben sich wie träge Stahlkrokodile über die Wasseroberfläche. Starlight. Evelyne. Eine Fahne flatterte rot, weiß, blau. Ab und zu fuhr eine Bahn über die dreieckig in den Himmel ragende Brücke, ihre Spitze hatte der Nebel verschluckt. Die anderen Menschen wimmelten wie Ameisen um meinen totalen Stillstand herum, sie trugen Tüten und Hüte, schoben Fahrräder und lachten. Sie kamen von der Arbeit. Sie kauften einen Blumenstrauß. Sie küssten sich auf den Mund. Es sah so aus, als fiele es ihnen leicht.

Eigentlich käme jetzt die Szene einer alles verändernden Zufallsbegegnung mit einem weisen alten Menschen, dachte ich. Er würde irgendeinem anderen Kulturkreis angehören, vielleicht ein alter Chinese mit einem langen, grauen Bärtchen, oder besser noch eine alte Inderin mit glänzenden, schwarzen Zöpfen und rotem Punkt auf der Stirn. Sie hätte nur wenige Zähne im Mund und würde trotzdem mit einer Tüte Sonnenblumenkerne rumlaufen, deren Schalen sie meditativ knackte und ausspuckte, sie würde sich einfach neben die offensichtlich ratlosverzweifelte junge Frau setzen, die zusammengefallen wie ein leerer Blasebalg auf dieser grauen Steintreppe kauerte. Sie würde zuhören und dann irgendeinen verschachtelten Rat erteilen, der sich erst einige Wochen später als prophetisch und goldrichtig herausstellen würde. Ein schöner kleiner Aphorismus über ›das Leben‹ käme jetzt. Und man wüsste: Alles wird wieder gut.

The End.

Ich aß ein angenehm geschmackloses Brötchen. Und dann noch eins. Es wurde dunkel. Angenehm dunkel. Alles war angenehm, denn ich war weg. Gegenüber, an den enormen Brückenpfeiler gelehnt, lag noch jemand. Ich aber schlief nicht. Ich saß ganz still da und fuhr mit der flachen Hand wieder und wieder über den körnigen Asphalt, als wollte ich der Unterwelt winken, vor und zurück, immer wieder, bis es wehtat, und dann noch mal, und noch mal, vor und zurück, vor und zurück, bis sich die Haut endlich öffnete und meine Handfläche mehr wehtat als alles andere. Eine Pfandsammlerin kam mit einem Einkaufswagen übers Kopfsteinpflaster gerattert und deutete fragend auf eine umgefallene Flasche, die neben mir lag. Ich streckte sie ihr entgegen, und sie schüttelte sie aus und ratterte weiter. Ich sah ihr hinterher.

Das Leben.
Dass ich nicht lache.

Mit der Zeit wurde es kalt. Mein Handy klingelte. Ich ging nicht ran. Ich wollte nicht nach Hause fahren. Nie wieder. Ich wollte das Haus nie mehr betreten, mein Zimmer nicht, und Leos Zimmer schon gar nicht. Ich ekelte mich so sehr vor mir selbst, dass ich, wäre mein Körper nur ein Anzug gewesen, herausgeklettert und auf nimmer Wiedersehen ins Wasser gewatet wäre, in dem es, wie mir jemand gesagt hatte, fiese Unterströmungen gab, die einen an den Füßen packten und nach unten zogen. Ich sah dem Mond auf seinem Weg in die Höhe zu, er war fast rund und schien so hell, dass er noch immer als Punkt über meine Netzhaut wanderte, wenn ich schon wegsah. Um ihn herum waren keine Sterne zu sehen, aber der restliche Himmel war voll davon. Ich erinnerte mich daran, wie ich als Kind mit dem Fahrrad über die winterliche Baustelle neben unserer Siedlung gefahren war, auf der es abends keine Beleuchtung gab, sodass man die Sterne so klar sehen konnte, dass ich immer absteigen und gucken musste. Dann war ich jedes Mal zu spät zu Hause und bekam Ärger – meine Mutter glaubte mir nicht, dass ich mir einfach nur die Sterne angesehen hatte. Damals kannte ich kein einziges Sternbild, noch nicht einmal den Großen Wagen. Wie traurig das ist, dachte ich, ein Kind, das in den Himmel guckt und nur einzelne Punkte sieht. Leo hatte mir später die Formationen gezeigt, Kassiopeia, den Gürtel des Orion, den Bärenhüter, den Raben. Er hatte mir die Geschichten erzählt, wie Apollon den Raben losgeschickt hatte, um mit dem Becher etwas Wasser aus einer Quelle zu holen, als Opfergabe für Zeus. Wie der Rabe von den

Feigen hatte kosten wollen, die noch nicht reif waren, und als Strafe für seine Verspätung an den Himmel verbannt worden war.

Ich glaub, ich hab Scheiße gebaut.

Der Satz setzte sich in mir fest wie Magenbitter, und die Enttäuschung über Leos reumütigen Verrat hüllte mich ein, als wäre der schwarze Himmel auf mich herabgesunken, ohne Sterne, und ganz ohne Geschichten. Meine linke Hand wanderte wie üblich in meine Hosentasche – in dem durchsichtigen Plastikröhrchen waren nur noch vier Tabletten, und der nächste Termin bei Doktor Mabuse war erst in einer Woche. Am Tag der Wohnungsübergabe. Ich plöppte den Deckel auf, kippte zwei Pillen in meine blutige Handfläche und versuchte, genug Spucke im Mund zu sammeln.

Irgendwann stand ich auf, und noch bevor mir klar wurde, wohin meine mechanischen Bewegungen führen würden, befand ich mich auf dem Weg zur Wohnung meiner Mutter.

Ich stand eine Weile im Hausflur, bis ich den Schlüssel aus meinem Beutel gefischt hatte. Die Geräusche hallten schaurig durchs dunkle, leere Treppenhaus. Ich wandelte vorbei an der Kartonwand im Flur. *Behalten.* Setzte mich in den Küchenwust. *Weg.* Machte noch nicht einmal das Licht an. Ich setzte mich einfach auf einen gepackten Karton, sah durchs Fenster nach draußen und rauchte. Jede neue Zigarette zündete ich mit dem alten Stummel an. Ich blinzelte und führte die Zigarette zum Mund, ansonsten bewegte ich mich keinen Millimeter, ich war eine Tonfigur, die sich in absehbarer Zeit freiwillig auf den Boden werfen würde. Ich beobachtete den Rauch dabei, wie er sich in bizarren Figuren in Luft auflöste, und stellte mir vor, wie jemand *mich* rauchte und ich mich auch in Luft auflöste. Mein Handy klingelte. Ich schaltete es ab. Draußen zogen Fledermäuse ihre Kreise. Sie flogen nicht in die Scheibe – Fledermäuse hatten einen Radar.

Als ich in der Packung herumtastete und keinen Tabak mehr fand, stand ich auf und ging zur Schlafzimmertür. Diesmal dachte ich gar nicht nach, ich drückte die Klinke herunter, ohne sie zu spüren, und stand plötzlich in der Totenstille des ganz schlimmen Zimmers.

In der Dunkelheit ragten mir die Türme entgegen. Hier waren es keine Stapel und Haufen mehr. Hier waren es Türme – sie umzingelten das Bett. Keine Ahnung, wie sie hier schlafen konnte. Umringt von allem, was die Welt nicht brauchte. Sofort verstand ich, dass ich die Wohnung nie im Leben rechtzeitig würde leerräumen können. Unmöglich. Und es war mir auch egal. Ich setzte mich mit einem Knarzen auf die Matratze und atmete die abgestandene Luft ein, in der es nach tausend alten, hoffnungslosen Dingen roch. Ich presste die Hände zwischen die Beine, auch wenn meine kaputte Handfläche dabei lichterloh brannte. Wie ein Stehaufmännchen, das nicht mehr aufstehen wollte, legte ich mich auf die Seite und tauchte durch ein endloses, düsteres Gleichgültigkeitsmeer. Einen wahrhaftigen Ozean. Regloses Treiben durch Schwärze und gebrochenes Licht. Raum und Zeit gab es nicht hier unten, in meiner Tiefe. Ich glitt und ließ gleiten. Ich schwieg und wurde geschwiegen. Ich trieb an einem vergammelnden Wrack vorbei, das einmal meine Gedanken gewesen war. Es tat mir leid um nichts. Ebbe und Flut. Taubheit und Leere. Ich streichelte mein eigenes Gesicht mit meinen langen Quallenhaaren, die das Wasser wiegte. Und ganz gleich, ob ich die Augen schloss oder sie offen hielt – das Gefühl, in Kälte zu ertrinken, war immer dasselbe.

Als es hell wurde, hatte ich die Art Schlaf geschlafen, bei der man sich nicht sicher war, ob sie wirklich stattgefunden hatte. Ich lag noch immer auf der Seite, und meine Hand tat noch immer weh, und es gab auch ein Wort für meinen Zustand, nur fiel es mir erst mal nicht ein. Wie ein kitzelndes Haar lag es mir auf der Zunge, bis ich es endlich hervorgepuhlt hatte: Ich fühlte mich *gerädert*. Als hätte mich ein dicker Stiefel ganz tief in ein altes Kaugummi reingetreten. Eine Zeit lang betrachtete ich die rotbraunen Kratzer in meiner Handfläche, die auf den gewohnten Linien der Haut ein neues Muster ergaben, und knibbelte ein wenig daran herum. Sie erinnerten mich an die Schürfwunden meiner Kindheit, wenn ich vom Skateboard abgerutscht war und das Brett nach vorne oder nach hinten wie ein Torpedo die Straße runterschoss. Was für eine Herausforderung es schon damals gewesen war, die dicke braune Kruste in Ruhe zu lassen, die nach ein paar Tagen unbarmherzig juckte, und wie wir einander manchmal die Blutstropfen abgeleckt hatten, wenn der Schorf riss. Wie meine Mutter über unseren roten Knien und Ellenbogen gehangen hatte, um zu pusten.

Noch etwas benommen richtete ich mich auf und blieb auf der Bettkante sitzen. Mein Blick fiel auf den Nachttisch meiner Mutter, auf dem so eine goldene Winkekatze hockte. Nur winkte sie nicht mehr. Natürlich. Daneben stand ein kleiner hässlicher Bastkorb mit Deckel, aus dem bunter Modeschmuck hervorquoll, als wäre darin ein chemischer Versuch schiefgelaufen. Je länger ich dort saß und mich umschaute, desto mehr erkannte ich, dass fast alles in dem Zimmer so aussah. Alles quoll überall heraus. Die Klamotten quollen aus der alten Holzkommode. Die Bücher quollen aus den Regalen. Halb unter dem Kopfkissen versteckt lag ein zerknittertes, blassgelbes Nachthemd mit einem gestickten Blumenstrauß auf der Brusttasche, und ohne darüber nachzudenken, dass der Schmerz vielleicht größer sein könnte als der Trost, zog ich es an mich und vergrub mein Gesicht darin. Das Sehnen wurde mit einem Mal so stark, dass es mir die Luft abschnürte.

Nach einer Weile stand ich auf und wankte in die verqualmte Küche, und da es noch zu früh war, um loszufahren, schlug ich ein wenig Zeit mit sinnlosem Packen tot. Ich durchtrennte die Plastikschnur, die den Fünferpack Umzugskartons zusammenhielt, baute sie auf und fing an, die Sachen meiner Mutter wahllos hineinzuwerfen. Ihre Stofftiere und ihre Tücher. Die vielen Kleidungsstücke und die Tupperdosen.

Bevor ich mich auf den Weg machte, stopfte ich das Nachthemd in meine Tasche.

Der Fahrtwind trieb die Tropfen waagerecht an der großen Scheibe entlang, sodass es aussah, als beobachte man die Welt durch eine Eisplatte hindurch. Trotzdem fuhr mir der Linienbus nicht annähernd schnell genug. Immer wieder hielt er an roten Ampeln und Zebrastreifen, und in jeder einzelnen Haltebucht, obwohl überhaupt niemand ein- oder aussteigen wollte. Ein alter Mann mit Schiebermütze und schwarzem Gehstock humpelte von ganz vorne quer durch den gesamten Bus nach ganz hinten, zweimal fiel er fast um und landete auf dem Schoß unschuldiger Menschen, die er dann böse anguckte, als hätten sie ihm was getan. Ich verstand diesen Migrationstrieb gebrechlicher Menschen nicht, der sie an hundert freien Sitzplätzen vorbei bis ans andere Ende eines jeden öffentlichen Verkehrsmittels führte. Vermutlich handelte es sich um irgendeinen rudimentären Urinstinkt aus einer Zeit, in der es den ÖPNV noch gar nicht gegeben hatte. Schließlich blieb der Opa in dem grauen, ziehharmonikaartigen Gelenkteil des Busses stehen, der sich bei Kurven mitdrehte – natürlich, am instabilsten Punkt des Fahrzeugs –, er hielt sich mit seinem dürren Ärmchen an der gelben Stange fest und schwankte bedrohlich hin und her. Ich wurde sauer. Auf den Opa und den unmenschlich langsamen Bus und den tagelangen scheiß Regen. Auf Leo. Auf mein ganzes scheiß Leben und meine Einsamkeit damit. Auf meinen blöden Vater, der aus mir ein Schweigegelübde auf zwei Beinen gemacht hatte. Und auf mich selbst, weil ich für einen Abend geglaubt hatte, mit besten Freunden zu schlafen wäre irgendwie genau das Richtige in meiner Situation. Irgendwann tauchte draußen endlich das weiß-rote Baumarktschild auf, und dann die Tennishalle, ich stolperte aus der Bustür und hastete die Hauptstraße entlang.

Ich grüßte den Glatzenmann, der gelangweilt aufsah, wartete ungeduldig ab, bis die beiden Hälften der automatischen Tür lautlos auseinanderglitten, ging an den beiden riesigen silbernen Aufzügen vorbei, aus denen ständig irgendwelche Krankenhausbetten herausgezogen wurden, und stapfte die vier Stockwerke hoch.

Ich klopfte leise an die Tür, doch niemand antwortete. Als ich sie vorsichtig öffnete und durch den Spalt lugte, sah ich, dass meine Mutter schlief. Das Bett nebenan war leer – Frau Schielke war offenbar entlassen worden. Halleluja. Der Fernseher lief ohne Ton, Frühstücksfernsehen. Ich schlich mich hinein und näherte mich vorsichtig dem Bett.

Meine Mutter lag auf der Seite und atmete tief. Ihr Mund war halb geöffnet, und ihr Brustkorb hob und senkte sich in regelmäßigen Intervallen. Als ich noch klein war, hatte ich manchmal so getan, als würde ich schlafen. Es war fast unmöglich gewesen, das Lachen zu unterdrücken, wenn man sich schlafend stellte, man spürte die ahnungslosen Augen des Elternteils auf sich, nahm dessen Gegenwart mit geschärften Sinnen wahr, während man die Augenlider möglichst entspannt geschlossen hielt. Man musste sich zwingen, sie weder unnatürlich stark aufeinanderzupressen noch aufzureißen, obwohl man mit jeder Faser des Körpers danach gierte, den Betrug aufzudecken. In dem Triumph zu baden, einen Erwachsenen für wenige Augenblicke hinters Licht geführt zu haben.

Vorsichtig zog ich mir die Schuhe aus, stellte sie ordentlich ans Fußende des Bettes und legte mich zu meiner Mutter. Ich drückte mich an ihren Rücken, als wären wir zwei Kekse in ein und derselben Verpackung, und legte meinen Arm um sie. Den anderen Arm winkelte ich als Kissenersatz unter meinem Kopf an. Ganz ruhig schlief sie weiter. Sie war ganz warm, wie ein Stein, lange nachdem die Sonne untergegangen ist. Endlich wurde auch ich ganz ruhig und weinte auf eine Art, die ich mochte – wenn man ganz still dalag und einem die Tränen einfach aus den Augen rollten, ohne hässliches Schluchzen oder Naselaufen, bis es aufhörte und etwas besser ging. Ich fing an, meiner Mutter ganz sachte über den Kopf zu streicheln. Ihre Haare waren gleichzeitig weich und spröde, sie roch genau wie ihr Nachthemd, nach Seife, Hautcreme und noch etwas anderem, etwas von draußen, vielleicht Blumenerde. Ich redete mir ein, dass es gut für sie war, wenn ich hier lag und mich an sie drückte, wenn ich sie spüren ließ, dass ich für sie da war – dass ich es ihretwegen tat. Doch in Wahrheit tat ich es natürlich nur meinetwegen. In Wahrheit fühlte ich mich so einsam, dass ich, hätte es meine wehrlose Mutter nicht gegeben, wohl auf der Straße einen Laternenpfahl hätte umarmen müssen.

Im Flur kam mir Doktor Akgün entgegen und bat mich direkt zu sich ins Büro. Sie erklärte mir, meine Mutter würde in der nächsten Woche ihren Aufenthalt in einer nahegelegenen Reha-Klinik beginnen und ich solle ihr eine Tasche mit den Dingen packen, die sie dafür benötigte. Vier Wochen müsste sie dort verbringen. Ich nickte. Doktor Akgün listete verschiedenste Dinge auf, die ich einpacken sollte. Ich nickte. Dann fragte sie, ob die Wohnung meiner Mutter *behindertengerecht* sei. Das Wort wurde binnen Sekunden wie ein Brett in meinem Kopf festgeschraubt, als hätte Doktor Akgün keinen Stift in der Hand, sondern einen Akkuschrauber, und wäre der Moment nicht so furchtbar gewesen, hätte ich eigentlich lachen müssen. Meine Mutter hätte bald die behinderten*un*gerechteste Wohnung der Welt, nämlich gar keine. Ich schüttelte schwach den Kopf, und Doktor Akgün sagte mir, man solle natürlich weiterhin versuchen, optimistisch zu bleiben, doch in diesem Fall müsste ich schon einmal Vorkehrungen dafür treffen, dass meine Mutter in betreutes Wohnen käme oder etwas Ähnliches, zumindest vorübergehend. Sofort dachte ich an das Amt und wer das bezahlen sollte, und die Schrauben zogen sich fester. Nach dem Gespräch ging ich zur Kaffeeecke für Besucher und zapfte mir in einen mokkafarbenen Plastikbecher die heiße Brühe, die nach Autoreifen schmeckte. Also, so wie ich mir Autoreifengeschmack vorstellte. Mit einem Schuss Batteriesäure.

Eine Weile wollte ich mich noch davor drücken, nach Hause zu fahren, also ging ich noch einmal zu Zimmer Nummer 410. Meine Mutter schaute mittlerweile etwas schlaftrunken *Sturm der Liebe* und döste zwischendurch immer wieder ein. Ich setzte mich mit einem Stuhl an ihr Bett und hatte gerade den Kopf auf der Matratze abgelegt, weil ich nicht mehr konnte – meine Mutter streichelte ihn nicht, aber es lag wohl daran, dass ich links von ihr saß, und diese Seite war ja noch kaputt, das sagte ich mir zumindest –, da klopfte es plötzlich forsch an der Tür. Der Pfleger, den Frau Schielke mit »Herr Tobias« angesprochen hatte, oder angebetet, kam herein. Ich fuhr hoch und sah ein paar Sekunden lang Sterne. Ein stechender Kopfschmerze pochte in meinen Schläfen, dann normalisierte sich mein Sehfeld wieder.

In der einen Hand trug er ein Klemmbrett, in der anderen einen durchsichtigen, wabbeligen Beutel für den Tropf und noch ein paar andere in Plastik eingeschweißte Päckchen.

»Oh«, sagte er, als er sah, wie ich hochschreckte. »Sorry. Ich muss deiner Mutter kurz die Infusion wechseln.« Er guckte rüber zur Wanduhr. »Ich kann aber auch später noch mal wiederkommen.«

»Schon okay«, sagte ich und versuchte, mich möglichst souverän aufrecht hinzusetzen, obwohl mir mein Körper vorkam wie eine von diesen Matten im Sportunterricht, die man nur mit Mühe und Not von dem Eisenwagen runtergezogen bekam. Der Pfleger beobachtete mich aufmerksam, und auf seinem Mund deutete sich ganz entfernt ein etwas schiefes, trauriges Lächeln an. Während er sich am Tropf zu schaffen machte, sah ich nun ebenfalls hoch zu dem Fernseher, der an so einem Eisengestell hing und auf dem gerade zu bedrohlicher Musik eine Nahaufnahme der intriganten Bösewichtin zu sehen war. Doch meine Augen wanderten immer wieder zu dem Pfleger. Er zog sich Handschuhe über und riss die erste Tüte auf, nahm den alten Infusionsbeutel ab, legte ihn beiseite und schraubte an dem Schlauch herum, der an der Kanüle befestigt war, die im Handrücken meiner Mutter endete. Ich fuhr mir durch die Haare, um eine verfilzte Strähne zu finden.

»Wäre besser, wenn Menschen wie Kraken wären«, sagte er dann. Er riss die Plastikverpackung auf, in der der neue Infusionsbeutel steckte. Ich sah ihn fragend an.

»Wie Kraken?«, wiederholte ich langsam und dachte unwillkürlich an das kaputte Aquarium, obwohl Kraken natürlich weiß Gott nichts in Aquarien zu suchen hatten, neben Goldfischen, Welsen und Guppys.

»Ja. Kraken haben mehrere Hirne und mehrere Herzen.«

Er verband die neuen Schläuche und Kanülen miteinander, ohne darüber nachzudenken, was seine geschulten Hände taten, da er es vermutlich schon unzählige Male gemacht hatte. Er trug ausgelatschte, bunte Turnschuhe und über der Jeans den gestärkten Kittel, hatte einen silbernen Ring im linken Nasenflügel, und ich wunderte mich kurz, dass Krankenpfleger so was haben durften.

»Mehrere Hirne und mehrere *Herzen*?«, fragte ich dann etwas ungläubig.

Er lächelte, schielte kurz zu mir herüber und guckte dann wieder konzentriert auf den kleinen Plastikzylinder, in den der Infusionsbeutelinhalt reintropfte, bevor die Flüssigkeit weitergeleitet wurde. Ein paar braune Haarsträhnen fielen ihm ins Gesicht, die er sich nun hinters Ohr strich.

»Also bei den Hirnen ist das so eine Sache. Es gibt schon ein Haupthirn, aber in den acht Armen befindet sich jeweils noch mal ein Knotenpunkt mit ganz vielen Nerven, deshalb können Kraken jeden Arm individuell steuern. Wäre das beim Menschen so, wären Arme und Beine nach einem Problem im Gehirn vermutlich nicht gelähmt.«

Er drehte an einem Rädchen, warf den Plastikkram in den roten Mülleimer neben der Tür, zog sich mit diesem komischen Schnappgeräusch die Handschuhe aus und warf sie wie zerplatzte Luftballons hinterher.

»Aber mehrere Herzen haben sie tatsächlich. Ein Hauptherz und zwei Nebenherzen.«

Ich schaute skeptisch auf meine Haare und dann zu ihm rüber.

»Und wenn eins aufhört zu schlagen?«

Er notierte etwas auf seinem Klemmbrett, sah schließlich wieder auf und zuckte mit den Schultern.

»Ich nehme mal an, dann machen die anderen weiter.«

Meine Mutter signalisierte plötzlich, dass sie mal aufs Klo musste, und er half ihr auf. Mit den Fingerspitzen fuhr ich mir durch die Haarsträhnen, die nach unten hin kratziger wurden, und dachte an Leos Kardiologenvater und wie er jemanden aufschnitt und plötzlich stutzte, weil dort auf dem OP-Tisch ein Patient mit Haupt- und Nebenherzen lag.

14.
Passierte Tomaten

Was ich noch nicht wusste, als ich im Krankenhaus saß und über Nebenhirne und Nebenherzen nachdachte, war, dass der Tag näher rückte, an dem mein Körper einfach aufhören würde. Mit allem. Nachdem ich meine letzten beiden Tabletten eingeworfen hatte, um nach Hause fahren zu können, war ich vor unserer Haustür schon wieder auf den Briefträger gestoßen. Er stand vor mir, gestikulierte, ruderte mit den Armen, hielt sich die Nase zu, und ich erinnerte mich daran, wie wir im Kindergarten Elefanten gespielt hatten, Nase zuhalten und dann mit dem einen durch den anderen Arm wedeln. *Töröóö.* Jedenfalls stand er vor mir in schlecht sitzendem Gelb und Blau und regte sich auf, obwohl er gar nicht alt und verbittert war, sondern jung und schön, unser Briefträger. Doch für mich war er in diesem Moment bloß dieser blau-gelbe Quasi-Elefant, dem ich nicht helfen konnte. Erwartungsvoll guckte er mich an, als wäre ich ein Hund, von dem an dieser Stelle der Sprung durch den brennenden Reifen verlangt wurde. Er fuchtelte mit der Hand vor seinem Gesicht hin und her, der fünffingerige Fächer meiner Untauglichkeit im alltäglichen Leben. Den kannte ich schon.

»Ey samma, bist du bescheuert, oder was?!«

Kopfschüttelnd knallte er die Supermarktwerbung auf den Boden, die ungelesen ins Altpapier wandern würde. Unglaublich langsam – das fiel sogar mir selbst auf – setzte ich mich in Bewegung, ich schob mich auf Zehenspitzen an ihm vorbei und schwebte die zwei Stufen hinauf, die in unser Haus führten. Es war ungeheuer beruhigend zu wissen, dass mein Fluchtverhalten mich auch unter Betäubungsmitteleinfluss nicht im Stich ließ. Im Grunde wurde es dadurch sogar noch perfektioniert, denn mein sonst so allgegenwärtiges Schamgefühl bekam plötzlich kleine rosa Flügel, von denen es mit einem leisen *flapp, flapp* durch das offene Fenster hinausgetragen wurde, und noch ehe ich die Mitte des Flures erreicht hatte, waren alle Briefträger dieser Welt in wohligem Vergessen versunken.

Dafür stand plötzlich Leo vor mir. In der Küche. Mit einer Tasse in der Hand. Er war sauer, ich konnte es an seinem harten Mund sehen, an der Spannung, die sich über seinen Körper gelegt hatte, als hätte man ihn aufgepustet.

»Wo bitte warst du?!«, platzte er heraus, als er mich sah. Ich drehte mich um und wollte wahllos nach einer Flasche auf der Anrichte greifen, um mir ein Glas irgendwas einzuschütten, aber ein Glas Balsamico-Essig konnte ich mir nicht einschütten, und außerdem war meine Hand ja kaputt, also ließ ich den Arm wieder sinken und ging zum Kühlschrank.

»Was ist mit deiner Hand? Bist du hingefallen?«

Ich guckte in unseren spärlich bestückten, dreckigen Kühlschrank. Eine halbe Zwiebel. Eine halbe Zitrone. Ein Stapel alter Käsepackungen. Eine Flasche Tonic Water. Ich machte ihn wieder zu und lehnte mich mit dem Rücken dagegen. Ich sah Leo an und merkte, dass sich ein bitteres Lächeln auf meine Lippen legte. Die Tabletten waren noch keine Stunde her, und jetzt waren meine Körperfunktionen derart gelähmt, dass mein Unterkiefer zehn Tonnen wog und meine Zunge riesenhaft und träge in meiner Mundhöhle lag wie ein gestrandeter Walfisch. Ich wäre noch einige Stunden gegen Gefühle immun, und zum ersten Mal, seit ich Leo kannte, kam ich mir überlegen vor.

»Tja«, sagte ich kühl und sah noch einmal in meine kaputte Handfläche, als könnte man darin meine kaputte Zukunft lesen. »Ich hab Scheiße gebaut.«

Leos Stirn legte sich in Falten, seine Augen waren nur noch Schlitze. Sie fragten, *Warum bist du abgehauen?* Meine waren nur noch halb geöffnet und fragten, *Warum hast du mich verraten?*

Er schüttelte den Kopf und zuckte mit den Schultern, als verstünde er mich nicht.

»Wie, ›Scheiße gebaut‹? Was soll das heißen?«

Ich hielt seinen bösen Blick und blieb stumm. Ließ ihn köcheln. Er wusste schließlich ganz genau, was ich meinte. Was ich gehört hatte, obwohl es sicher nicht für meine Ohren bestimmt gewesen war.

»Und jetzt sagst du wieder nichts, oder was?«

Er stellte die Tasse unwirsch auf die Anrichte, verschränkte die Arme und kam einen Schritt auf mich zu. »Willst du mich eigentlich verarschen? Du pennst mit mir, dann *verschwindest* du einfach, gehst nicht an dein Handy, kommst mit 'ner kaputten Hand nach Hause, und jetzt machst du wieder einen auf Stummfilm, oder was?!«

Wenn Blicke töten könnten, dachte ich kurz, wäre ich jetzt wahrscheinlich zu Boden gesackt, und jemand hätte kommen können, um meinen Körper mit Kreide zu umranden und ein Plastikschild mit einer schwarzen Eins danebenzustellen.

»Warum hast du es ihr erzählt?« Meine Stimme klang sehr weit weg. »Der Abend hätte einfach unser Geheimnis sein können, und alles wäre irgendwie okay gewesen. Und ›Scheiße gebaut‹? So nennst du das?«

Leos Augenbrauen kräuselten sich. Wieder schüttelte er den Kopf, als spräche ich Chinesisch.

»Was hab ich wem erzählt?«

Ich sagte, *Stella. Küchentisch.* Ich sagte, *schuldige Blicke* und *Schamgefühl.* Leos Stirn rutschte nach oben, und seine Augen wurden starr.

»Du glaubst, ich hätte es *Stella* erzählt? Deshalb bist du abgehauen? Was …?« Immer weiter schüttelte er den Kopf. »Da ging es um was ganz anderes. Das mit dem Scheißebauen hat Stella gesagt. Sophie hat mit ihr Schluss gemacht.«

Um mich herum stieg nun Wasser auf, und Leo wurde unscharf, ich wurde zum Goldfisch hinter einer dicken Scheibe. *Blubb, blubb.* Ich dachte zurück an den Morgen und den Satz, und alles fiel mir wie Schuppen von den Augen, nur blieb mir keine Zeit, um meine Gedanken zu sortieren. Alles verschwamm, und es war ganz gut so.

»Alter«, sagte Leo schließlich ganz leise. Resigniert. Ich konnte es ihm nicht verübeln. »Glaubst du ernsthaft, dass ich mit so was zu Stella renne, ausgerechnet zu *Stella*? Direkt am nächsten Morgen? Hast du sie nicht mehr alle? Du kennst mich doch.«

Wie zum Beweis zog er an seinem T-Shirt, breitete die Arme aus und guckte an sich hinunter. Mein Kopf wurde schwer wie ein Medizinball, ich gab mir Mühe, ihn nicht nach vorne sacken zu lassen. Ich blinzelte ein paarmal bemüht. Leo stutzte und sah mich einen Moment lang misstrauisch an.

»Du hast den Scheiß wieder genommen, oder?«, hörte ich eine Stimme. Leos Stimme. Sie kam näher. »Diese scheiß Pillen, die aus dir jemanden machen, der du gar nicht bist!«

Er griff wieder nach seiner Tasse und warf sie direkt neben mir gegen die Wand, und wie zum Geständnis zuckte ich nicht zusammen. Ich wollte sagen, *Es tut mir leid*, aber Fische entschuldigen sich nicht. Leos Stimme wurde lauter.

»Die geben sie dir übrigens nur, weil die nicht wissen, was sie sonst mit dir machen sollen. Aber weißt du was? Diese Scheiße wird dir nie helfen. *Nie.* Es gibt Menschen, die diese Tabletten brauchen, um gesund zu werden. Aber du gehörst nicht dazu. Und das weißt du auch. Und du nimmst sie trotzdem, scheißegal, wie es dir dann geht. Du nimmst sie einfach *trotzdem.*«

Wütend fegte er mit dem Fuß ein paar Scherben aus dem Weg.

Meine Augen sagten, *Weil du mir zu nahe bist. Weil ich von hier aus nicht weiterweiß. Weil ich Angst habe. Weil ein Anfang immer ein Ende hat.* Aber die Worte verklangen in meinem Kopf, sie kamen nicht heraus, um mich zu retten.

Leos Stimme kühlte plötzlich ab wie ein zischendes Stück Kohle im Wasserschwall. Ein letzter, geschlagener Blick traf mich und sank leise und traurig wie eine Feder zu Boden.

»Ich fahr jetzt für ein paar Tage zu meiner Familie«, sagte er und ging an mir vorbei. »Übermorgen ist die Beerdigung.«

Ich drehte mich nicht nach ihm um. Ich dachte nur: *ja. Ich auch. Eine Beerdigung. Ich muss meine Sprache beerdigen. Jede Silbe, jedes Wort, das mich gerade endgültig verlassen hat.* Ich ließ sie in einem großen, schweren Sarg in die Erde hinab. Schippte ein wenig Sand darauf. Und weil ich alleine die Trauergemeinde war, wurde auch kein Gebet gesprochen.

Die Küchentür knallte zu, sie holte mich zurück in den Moment. Noch bevor die Haustür ins Schloss fiel, war ich wie ein misslungenes Soufflé auf den Boden gesackt und hielt zärtlich meine zerkratzte Hand umklammert, als wäre sie aus irgendeinem Grund ganz besonders wertvoll.

Wenn der Schmerz pocht, ist er wirklich.

Tagelang fuhr ich nicht in die Wohnung. Ich fuhr überhaupt nirgendwohin. Ich verbarrikadierte mich in meinem Zimmer und starrte mal gegen die Decke und mal gegen die Wand, je nachdem ob ich auf dem Rücken herumvegetierte oder auf der Seite. Ich ging in die Küche, guckte in den Kühlschrank, ging wieder ins Zimmer. Ein paarmal hintereinander. Küche, Kühlschrank, Zimmer. Küche, Kühlschrank, Zimmer. Ich aß Mais in wohlsortierten, konzentrischen Kreisen. Meine Handfläche tat nach zwei Tagen nicht mehr weh, und ich wünschte mir sofort eine neue, richtige Schmerzquelle, ein Magengeschwür vielleicht, oder ein Loch im Kopf. Alles war besser als dieses diffuse, unsichtbare Herumquälen. Eine bleischwere Müdigkeit drückte mich auf die Matratze, nur dass ich nachts natürlich trotzdem wach lag. Und ich sehnte mich nach Leo. Meine Augen taten weh, weil sie ihn nicht sahen. Mein Herz war in seinem Rucksack mit zu seiner Familie gefahren, und ich verfluchte seinen Heimatort, weil Leos Füße durch seine Straßen liefen und nicht durch dieses Haus, und ich verfluchte Leo, weil er gar nicht merkte, dass er mein Herz mit sich herumtrug. Jedes Geräusch ließ mich aufschrecken, als hätte ich einen Wackelkontakt. Jede quietschende Tür, jeder Schritt auf der Treppe, jeder aufgedrehte Wasserhahn, und am allerschlimmsten, das klingelnde Telefon: Alles sagte, *Leo*.

Aber er rief nicht an.

Warum rief er nicht wenigstens an?

Mit dem Zeigefinger schrieb ich die drei Buchstaben wieder und wieder in meine heile Handfläche, und

Eigentlich müsste etwas zurückbleiben, dachte ich, *In roten Lettern müsste der Name eigentlich dort stehen bleiben*, aber nichts blieb zurück.

Das Ei, das ich hatte kochen wollen, war von der Anrichte gefallen und auf unseren roten Dielen zerplatzt, ein bisschen wie bei *Galileo*, wenn irgendwelche Wassermelonen von irgendwelchen Dächern geworfen wurden, nur unspektakulärer. Von der zerbrochenen braunen Schale waren ein paar kleine Splitter besonders weit geflogen, lediglich das Eigelb hatte den Sturz heil überlebt. Hätten wir eine Fußbodenheizung gehabt (*als ob*, dachte ich), wäre vielleicht ein Spiegelei daraus geworden. Ich kniete mich hin, stützte mich mit den Ellenbogen auf und betrachtete mein lebensmüdes Mittagessen. Mein Magen knurrte einen holperigen Akkord, ich knurrte zurück. Ich beugte mich ganz tief runter, sodass strähnige Haare mein Blickfeld einrahmten. Glänzend spiegelte sich auf der orange-gelben Oberfläche mein Gesicht mit einer sehr großen Nase, die glänzende Masse gab nasskalt unter meiner Fingerkuppe nach. Wenn ich noch tiefer blickte, sah ich durch den Dotter hindurch den Dreck auf unserem Küchenboden – mein lebenserhaltender Imbiss war also buchstäblich ausgefallen.

Ich war in den Supermarkt gegangen, um neue Eier zu kaufen, doch während ich durch die Gänge streifte, verging mir der Appetit. Ich hatte das nie gewollt, liebeskrank im Supermarkt stehen und nichts mehr kaufen wollen, nichts mehr essen wollen, jemals, und es sollte wieder aufhören. Nachdem ich eine komplette Runde durch jeden einzelnen Gang gedreht hatte, passierte dann jedenfalls das mit den Tomaten: Im einen Moment hatte ich noch die Hand nach einem eingeschweißten Eisbergsalat ausgestreckt, dem Lebensmittel, das am ehesten nach nichts schmeckte, und im nächsten Moment war die Welt schwarz geworden, und ich war in einem ganzen Haufen Tomaten wieder aufgewacht. Offenbar hatte ich die Kiste bei meinem Sturz mitgerissen. Ich blinzelte und sah ein paar verschwommene, besorgte Köpfe über mir schweben, jemand hantierte an meinen Beinen herum, und sofort wünschte ich mir nichts sehnlicher, als dass mich diese komischen Schwebeköpfe in Ruhe ließen. Mein Hinterkopf tat weh, und ich spürte, dass sich eine Beule bildete, genau wie damals, als mein Vater mich ausgelacht hatte. Jetzt lachte niemand, aber alle glotzten.

Da es mir nach dem Vorfall zu peinlich gewesen war, mich auch nur eine Minute länger als notwendig in dem Supermarkt aufzuhalten, durchforstete ich nun zu Hause unsere Küchenschränke nach etwas Essbarem, und meine Augen landeten auf der Buchstabensuppe, die ich aus der Wohnung meiner Mutter mitgenommen hatte. Ich nahm die Packung aus dem Schrank und dachte noch, dass man ja schließlich Suppe aß, wenn man krank war, was vermutlich auch den Fall einschloss, dass man mir nichts, dir nichts an der Gemüsetheke einer Netto-Filiale aus den Latschen kippte.

Nach wenigen Minuten stand die dampfende Schale

vor mir, und ich hatte keinen Hunger mehr, im Gegenteil, mir war übel. Wenn ich über die Sache mit Leo nachdachte, ging ich mir selbst so sehr auf die Nerven, dass ich einfach aufhören wollte, zu existieren. Dass ich dachte, ich sollte einfach die Luft anhalten und den menschlichen Genpool von meinem Ballast befreien. Irgendwann zwang ich mich dazu, den Löffel in die Suppe zu tauchen und an meinen Mund zu führen, ich erwischte ein X, ein P und ein E, was mir zu sehr nach ›Expertin‹ klang, und das war ich ja nun wirklich nicht, in keiner Hinsicht. Ich ließ die Buchstaben wieder zurück in die Schale kleckern und fischte gezielter. L, E und O. Die salzige Brühe schmeckte überraschend gut, und ich spürte, wie sie sich warm in meinem Magen ausbreitete. Nach ein paar weiteren Runden L, E und O fand ich kein L mehr und schaufelte die Buchstaben wahllos in mich hinein. Ein paar gelbe Tropfen samt Fettaugen spritzten auf die Tischplatte. Ich löffelte und löffelte und stellte mir vor, wie die Buchstaben in meinem Magen zu Worten zusammenschwommen. Zu all den Dingen, die ich sagen wollte.

Stella, Motze und Axel saßen im Wohnzimmer und guckten auf Leos Laptop *Shameless*. Ich kam herein und drückte auf die Leertaste, sodass das Bild gefror, als einer der Schauspieler ganz dämlich den Mund aufriss.

»Ey!«, beschwerten sie sich mehrstimmig. Motze guckte empört und hob die Hände, als hielte er eine sehr breite Schale hoch. Die anderen beiden guckten mich ebenfalls an, Stella setzte sich umständlich in den Schneidersitz, und Axel schob sich die Brille etwas höher auf die Nase.

Ich stand vor ihnen wie ein Kapellmeister, und eigentlich hätte auch von irgendwoher ein Tusch kommen müssen, denn die Worte kamen tatsächlich, sie trieben in meinen Mund hinein wie eine langersehnte Fracht:

»Meine Mutter hatte einen Schlaganfall. Und ich muss ihre Wohnung ausräumen. Ihr müsst mir helfen.«

15.
Das mit den Nebenherzen

»Alter«, sagte Stella und blinzelte ein paarmal, als wollte sie eine Fata Morgana vertreiben. Axel konnte man förmlich dabei zusehen, wie seine Zwänge einsetzten.

»Ähm …«, machte Motze, guckte einmal nach links und nach rechts und überlegte es sich dann anders. Er schüttelte einfach den Kopf. Wir standen zu viert in der Küche meiner Mutter, knietief im Krempel, und ich war so erleichtert, dass jemand das alles sah, dass ich nicht mehr alleine damit war – mir kamen die verzweifelten Momente der letzten beiden Wochen mit einem Mal unwirklich vor, verschwommen und im Gedächtnis nicht mehr nachfühlbar.

»Also, damit hätte ich jetzt nicht gerechnet«, sagte Motze schließlich.

»Ich auch nicht.« Axel klang wie jemand, der gerade seekrank wurde. »*Hier* wohnt deine *Mutter*?«

Ich nickte. Die anderen kannten und mochten meine Mutter – sie war ja auch nicht ihre eigene. Für sie war sie nur ein etwas durchgeknallter Mensch, der in ihrem Leben, wenn überhaupt, alle Jubeljahre mal vorkam und insofern keine Rolle darin spielte. Schon gar keine Hauptrolle, so wie bei mir. Sie kam uns ab und an im Haus besuchen und hatte dann immer glänzende Laune, weil sie etwas erlebte und sich liebend gern mit meinen Freunden unterhielt. Sie quasselten dann alle durcheinander über Politik und Zeitgeschehen – meine Mutter war ja immer bestens informiert –, und sie konnte an diesen Abenden sogar richtig lustig sein, wenn man sie auf dem richtigen Fuß und mit dem richtigen Likör erwischte, ein bisschen so wie früher, wenn unser Vater durch die Kneipen zog und sie mit uns am Küchentisch saß und *Memory* spielte, oder *Fang den Hut*. In unserem Chaoshaus fühlte sie sich jedenfalls ähnlich wohl wie in ihrer Chaoswohnung, und wenn man sie so kennenlernte, rechnete man nicht damit, dass sie zwischen Haufen, Stapeln und Türmen lebte.

Stella griff sich eine hoffnungslos verknotete Clownsmarionette mit abgebrochener Nase, die halb aus einer der oberen Bananenkisten heraushing. »Und … wo soll das alles hin? Sollen wir das alles zur Müllkippe karren, oder wie?«

»Also …«, begann ich zögerlich und kämpfte gegen aufsteigende Panik an – die Art Panik, die meine Mutter wohl empfand, wenn ich ihr mit Ausmistungsvorschlägen kam. »Ich hab für übermorgen Sperrmüll angemeldet. Aber das Problem ist, dass das nicht einfach alles wegkann. Auch wenn es für uns so aussieht wie Müll.«

Axel schnaubte und beäugte die fettigen Kacheln des Küchenspiegels.

»Für meine Mutter sind diese ganzen Sachen hier ihr

ein und alles, versteht ihr?« Ich sah Motze an. »Wie deine Huka.« Dann guckte ich zu Stella. »Wie deine Plattensammlung.« Stella ließ gerade den verknoteten Clown unbeholfen durch die Luft humpeln. Er sah so aus, als hätte er einen Hexenschuss gehabt. Axel desinfizierte sich geistesabwesend die Hände.

»Glaubst du wirklich, dass sie in einem Monat merkt, wenn hier die kaputte Marionette fehlt?«, fragte er.

»Wenn du wüsstest. Meiner Mutter fällt es schon auf, wenn ich was an eine andere *Stelle* lege. Sie hat hier jeden Stapel im Kopf, sie war sein Architekt und Ingenieur.«

Motze seufzte und schüttelte wieder ungläubig den Kopf.

»Ich bau erst mal einen.«

Wir einigten uns darauf, weiterhin nur auszusortieren, was meine Mutter in hundert Jahren niemals würde gebrauchen können, all die Dinge, die jenseits jeder Reparatur waren, und so viel wie möglich zu behalten. Ich erklärte, dass alle Kuscheltiere bleiben mussten, und überhaupt alles, was klein und großäugig war, es sei denn, man hatte das Gefühl, es lebten schon echte Tiere darin. Außerdem die Halstücher und Schals, nach denen meine Mutter nahezu süchtig war, und alles, was nach Papierkram vom Amt aussah. Sobald die anderen sich bei etwas nicht sicher waren, hielten sie es mir wie einem Scharfrichter vor die Nase. *Behalten. Weg.* Axel nahm sich das Badezimmer vor, er ging als Erstes zu Aldi und kam mit einem ganzen Arm neonfarbener

Sprühflaschen zurück, mit Lappen, Stahlwolle und antibakteriellen Tüchern.

Was alleine eine Ewigkeit gedauert hatte, ging zu viert so schnell, dass ich anfangs für einen trügerischen Moment das Gefühl bekam, es sei einfach. Die anderen boten an, die Behalten-Kartons erst mal bei uns im Keller zwischenzulagern, zur Not auch im Wohnzimmer, wenn es unten eng wurde. Wir hatten uns den alten VW-Bus eines Freundes geliehen, der ihn diese Woche nicht brauchte, und immer, wenn genügend Kartons voll waren, bildeten wir im Treppenhaus eine Kette, jeder übernahm ein Stockwerk, und wir packten den Wagen voll. Motze und Stella fuhren alles in unser Haus. Mit jeder Kiste, die wir aus der Wohnung schafften, wurde mir leichter, wie bei einer Blitzdiät für schlechte Gefühle. Als würde mir jemand nacheinander ein paar große rote Luftballons ans Handgelenk knoten, die mich nach oben zogen, und die bloße Anwesenheit der anderen machte das Ausräumen deutlich weniger gruselig. Ich war nicht mehr mit meinen Gedanken allein, und die vielen kuriosen Gegenstände boten natürlich jede Menge Gesprächsstoff. Als Stella in einem der Haufen eine riesige, hässliche Porzellantaube fand, ließen wir noch einmal den Moment Revue passieren, als eine Taube Motze aus dem Flug direkt ins Gesicht geschissen hatte, als wäre es Absicht gewesen. Und als wir einen Packen Flyer für ein Massagestudio fanden, erzählte Stella wieder die Geschichte, wie sie verkatert zu einem Massagetermin gegangen war: Als es losging, hatte sie dem Masseur durch das Gesichtsloch der Liege in einem riesigen Schwall auf die Füße gekotzt.

Irgendwann kam Axel aus dem Bad.

»Ich muss nur noch mal kurz nachfragen: Ich packe jetzt die ganzen Plastikfische in einen Karton.«

Ich nickte.

»Alle?«

Ich nickte. »Was würdest du machen, wenn jemand deine Weingläser wegwerfen würde?«

»Ich würde ihn nicht lassen.«

Ich nickte im Sinne von, *Da hast du's*, doch so ganz überzeugt war er nicht.

»Weißt du was?«, sagte ich dann noch, um ihn bei Laune zu halten. »Leo hat auch einen Tick.«

Axel guckte tatsächlich interessiert.

»Leo klaut im Supermarkt die Sachen, die jemand an die falsche Stelle zurückgelegt hat. Deshalb hat er neulich die Flasche Fernet-Branca angeschleppt. Nicht weil sie ihn an seinen Opa erinnert, sondern weil sie im Kohlrabi lag.«

Das mit dem Klauen hatte angefangen, als wir alle mal wieder null Geld hatten. Null Komma null, alle gleichzeitig. Irgendwas war bei jedem gewesen, Stella brauchte ein Fahrrad, Leo teure Bücher für die Uni, Axel war wegen seines Architekturzubehörs eh immer am finanziellen Limit, und Motze fütterte zu der Zeit eine riesige dänische Dogge mit durch, deren (zufälligerweise sehr gut aussehendes) Frauchen auf Teneriffa bei irgendeiner Ernte half. Sich Geld zu leihen, war insofern unmöglich, als wir untereinander unsere Banken waren, wir liehen einander, was wir nur konnten, aber wenn keiner mehr etwas hatte, war auch nichts mehr da, Punkt. Und dann fing wieder die Zeit an, in der man bis auf den Cent genau wusste, wie viel noch auf dem Konto war, und die Angst beim Bezahlen, dass die Karte nichts mehr hergab, fraß sich mit jedem Mal tiefer und tiefer in einen rein.

Jedenfalls kam Leo eines Tages stolz wie Oskar nach Hause und packte seinen Einkaufsbeutel aus, Käse, Oliven, exotische Früchte, nur das teure Zeug, und wir dachten schon alle, er hätte irgendwie Geld aufgetrieben. Da sagte er:

»Hab ich mitgehen lassen.«

Und ich weiß nicht, warum, aber an dem Abend schmeckte das Essen einfach besser als vorher. Wenn der einzige gute Käse, den du in deinem Leben so isst, die kleinen Umsonstwürfel bei REWE auf der Theke sind, dann ist es nämlich schön, mal so ein riesiges goldgelbes Ding vor sich liegen zu haben und sich einen dicken Streifen davon abzuschneiden, fingerdick, so dick wie man will. Und dann noch einen. *Heute ein König*, denkt man sich dann. Oder so.

»Musst du eigentlich auch streichen?«, fragte Axel plötzlich. *Streichen*. An so etwas hatte ich gar nicht gedacht, meine Gedanken waren einzig und allein darum gekreist, alles rechtzeitig hier rauszuschaffen, die Wohnung leer zu kriegen.

»Ähm, ich weiß nicht«, stammelte ich, und Axel entgegnete maximal unbegeistert: »Also: ja.«

Er seufzte und ging wieder zurück ins Badezimmer, und auf dem Rückweg der nächsten Fuhre brachten Stella und Motze dicke weiße Eimer, Rollen und Teleskopstangen mit.

Während sich die anderen um die Küche und das Bad kümmerten, wagte ich mich endlich ans Schlafzimmer. Ich räumte die Kleiderkommode aus und die Bücherregale, ging die Türme Stück für Stück durch. Ähnlich wie in der Küche erzeugte das Ausräumen zunächst ein noch größeres Chaos, nur dass sich das Ganze im Schlafzimmer als noch vertrackter herausstellte, da es hier so gut wie keinen Platz gab, um Dinge zur Seite zu legen. Ich benutzte erst das Bett als Ablagefläche und dann den Trampelpfad, bis ich mich irgendwann beinahe selbst eingemauert hatte und nur noch mit Mühe und Not in die Küche klettern konnte, um neue Kartons zu holen. Ich fand Dinge, von denen ich nie im Leben gedacht hätte, dass meine Mutter sie besitzen könnte: eine Mundharmonika, eine Höhensonne, eine Federboa, eine Baustellenlampe, einen Zylinder, einen Vogelkäfig. Einen Schuhkarton voller Einkaufszettel anderer Leute. Einen Schuhkarton voller Kastanien. Einen Schuhkarton voller Bierdeckel. Es zeichnete sich jedenfalls schnell ab, dass die Schuhkartons die sinnlosesten Dinge enthielten. Stella hatte in der Küche das Radio ganz laut aufgedreht, gerade lief Garbage, und sie sang lauthals mit: *»Pour your misery down, pour your misery down on meeee …«* Ich dachte an ihre Trennung und dass sie nach Konflikten immer völlig überdreht war, bevor der Crash kam. Erst ließ sie sich nichts anmerken, und dann ging schlagartig gar nichts mehr.

Plötzlich hörte ich nebenan jemanden würgen. Ich stolperte in die Küche und sah Motze, der sich vornüberbeugte, und dahinter Stella mit einem breiten Grinsen im Gesicht. Sie wedelte mit einer Flasche Asbach Uralt, deren Inhalt sie wohl heimlich in Motzes Cola-Flasche umgefüllt hatte. Axel stand plötzlich im anderen Türrahmen und guckte böse, genervt fuchtelte er mit seinen gelben Putzhandschuhen herum und fuhr Stella an: »FINDEST DU NICHT, DASS WIR HIER SCHON GENUG ZU TUN HABEN?!?« Dann ging er wieder. Stella entblößte zerknirscht ihre unteren Schneidezähne und machte die Kotze schließlich selber weg.

Gedankenversunken ging ich zurück ins Schlafzimmer, hob den nächsten Schuhkarton aus einem der Türme, einen ziemlich alten von Puma, doch statt die nächste Ladung sinnloser Souvenirs oder Altpapier zu finden, sah ich plötzlich geradewegs ins Gesicht meiner Mutter. Meiner Mutter in jung, genauer gesagt. Meine Augen wurden so groß, dass ich die Muskelspannung dahinter spürte.

Fotos.

Es gab *Fotos.*

So mussten sich Goldschürfer fühlen, wenn ihnen aus dem Matsch im Sieb plötzlich die begehrten Klümpchen entgegenschienen. Mit einem Mal kam es einem so vor, als stünde die Welt still. Ich ließ den Deckel aufs Bett fallen, sank zu Boden und legte den Karton in meinem Schoß ab. Mit klopfendem Herzen und trockenem Mund nahm ich eine Handvoll Bilder heraus.

Meine junge und dünne Mutter schaute etwas merkwürdig in die Kamera, als habe sie sich nicht rechtzeitig für einen Gesichtsausdruck entscheiden können. Sie trug die Haare in einem Pferdeschwanz, sie waren noch ganz braun, ohne Grau darin, sie hatte einen viel zu großen roten Pullover an, und ihre Hand mit der qualmenden Zigarette war am Handgelenk abgeknickt, als sei ihr, also der Hand, langweilig. Den Raum erkannte ich nicht, ein hoher Holztisch und spärliche Weihnachtsdekorationen im Fenster deuteten auf eine Kneipe hin. Ich schob das Foto hoch und steckte es hinter den Stapel. Das nächste Foto zeigte wieder meine Mutter in demselben Setting, nur guckte sie diesmal genervt, auf dem nächsten lachte sie, und auf dem danach prostete sie dem Fotografen mit einem Sektglas zu. Ein bisschen wie ein sehr dünnes Daumenkino. Dann kamen viele Fotos von Menschen, die ich nicht kannte, es war tatsächlich eine Kneipe, und es gab scheinbar irgendeinen festlichen Anlass, denn alle waren sehr ausgelassen und hatten teilweise Luftschlangen um den Hals gewickelt. Im Hintergrund hingen rote, blaue und gelbe Luftballons. Vielleicht Silvester. Offenbar hatte mein Vater die Aufnahmen gemacht, denn er war auf keinem der Fotos abgebildet. Beim Gedanken daran, ihn vermutlich gleich zu sehen, wurde mir mulmig zumute. Ein winziger Teil von mir, der, der sich bei Horrorfilmen zum Hinsehen zwang, wollte das Gesicht nach all den Jahren wiedersehen. Der weitaus größere Teil von mir hätte weitaus lieber die toten Fliegen auf der Fensterbank gegessen.

Als Nächstes kamen eine Reihe Gartenfotos oder Parkfotos, irgendwelche Blüten und Büsche, ein Tümpel mit Entengrütze drauf. Meine Mutter von hinten, sie trug einen Parka. Dann fing ein neuer Film an, das Format war etwas kleiner, und Oma Latschenkiefer saß plötzlich mit einer winzigen Kaffeetasse auf ihrem Sofa und schaute so, als habe sie gerade an etwas herumgemosert, bevor die Aufnahme gemacht wurde, oder als wäre sie kurz davor, es zu tun. Unwillkürlich verzog ich das Gesicht und steckte das Foto schnell hinter den Stapel. Und da war er. Mein junger Vater saß ihr auf dem Sofa gegenüber, auch mit einer Kaffeetasse, und schaute mit erzwungen guter Laune zu Oma Latschenkiefer hinüber. In seiner jüngeren Version sah er allerdings noch nicht so furchteinflößend aus wie in meiner Erinnerung. Er war noch nicht so zusammengefallen, und in seinem Gesicht gab es noch etwas anderes als die tiefe Zornesfalte. Nachdem ich ihn ausführlich betrachtet hatte und der befürchtete Panikanfall ausblieb, schob ich ihn hinter den Stapel. Ein Bild von einem Weihnachtsbaum. Lametta. Eine Hausfassade mit bunter Lichterkette. Ein Geschenkhaufen. Dann wieder mein Vater, diesmal sah er in die Kamera und verdrehte die Augen. Mir schien, als habe er Oma Latschenkiefer auch nicht sonderlich gemocht.

Das nächste Bild stand Kopf und zeigte mich an einer Hauswand. Ich drehte es richtig herum und betrachtete fasziniert mein kindliches Gesicht. Meinen winzigen Körper. Ich war noch recht klein, hatte die Beine überkreuzt, hielt die Arme hinter dem Rücken, als wollte ich etwas verstecken, und lächelte schüchtern hoch in die Linse. Das Bild kam mir bekannt vor, und auch der hässliche, grellbunte Schneeanzug, den ich trug, ließ ein Gefühl von Vertrautheit in mir aufsteigen. Auf dem nächsten Bild saß ich auf einem roten Plastikschlitten mitten im Schnee, ich trug so eine widerwärtige pinke Wollmütze, die auch gleichzeitig ein Schal war, bei deren Anblick mir schon der Hals kratzte. Meine feuchten Finger klebten an dem Bild fest, und plötzlich merkte ich, dass ich tief einatmen musste. Ich schaute das kleine Mädchen lange an, das noch von nichts eine Ahnung hatte, das nicht wusste, was da noch kommen sollte. Ich stellte mir vor, was ich ihr sagen würde. *Lauf so schnell du kannst*, vielleicht. *Wenn er dich haut, hau zurück.* Oder: *Fahr den Berg runter und sieh nicht zurück.*

Und dann plötzlich meine ganz jungen Eltern zusammen am Strand. Unter einem gepunkteten Sonnenschirm mit Fransenrand. Ich hob das Bild hoch und hielt es mir direkt vors Gesicht, so unglaublich war der Anblick: Meine Mutter saß im Arm meines Vaters, und sie strahlten in die Kamera. Und nicht, weil sie gegen die Sonne guckten. Sie sahen einfach aus wie zwei glückliche, normale, junge Menschen. Meinem Vater wehte eine mittellange blonde Haarsträhne ins Gesicht, sodass man sich genau die laue Brise vorstellen konnte, die über den warmen Sand strich. Er war braun gebrannt und hatte eine Menge Haare auf der Brust, die etwas dunkler waren als die auf seinem Kopf. Meine Mutter hatte elegant ihre ausgestreckten, schlanken Beine übereinandergeschlagen und trug einen strahlend gelben Bikini. Ich betrachtete das Bild, als wäre es ein Zaubertrick, als müsste ich es schütteln wie ein Polaroid, auf dem sich noch nicht die tatsächliche Aufnahme abgezeichnet hatte. Glück und meine Eltern waren in meinem Kopf wie Sonne und Mond, es gab sie, aber man sah sie nie zusammen. Und der Strand war noch nicht alles. Es ging immer so weiter. Meine lachenden Eltern im Restaurant. Meine lachenden Eltern auf einem Berg. Meine lachenden Eltern in Liegestühlen. Eine fremdländische Konditoreiauslage. Dann mediterrane Gebäude, blauer Himmel und Pinien. *799 DM p. P.* Ich drehte jedes Bild um, doch es waren nur merkwürdige Zahlenfolgen auf die Rückseite gedruckt.

Irgendwann fing ich an, die Fotos immer hastiger durchzusehen, meine Hände verselbstständigten sich einfach, als wäre ich eine Sortiermaschine. Meer. Kirche. Bergpfad. Bungalow. Ich griff mir die nächsten Bilder. Menschen, die ich nicht kannte, Onkel Jörg, unsere Straße, unser dreckiges Auto, ein Spielplatz. Ein gedeckter Tisch. Eine Stereoanlage. Mehr Menschen, die ich nicht kannte. Meine Mutter vor einer Umkleidekabine. Mein Vater vor einem Einfahrtstor. Ein Fahrrad. Ein Kuchen. Ein mit Flaschen übersäter Tisch. Irgendwann hatte ich sie alle durchgesehen und lehnte mich beinahe erschöpft an das Bettgestell hinter mir. Ich schloss den Karton und die Augen.

Mein Bruder war nicht dabei.

Ab diesem Moment war mein Kopf überall, aber nicht an diesem Ort und nicht in dieser Zeit. Erinnerung reihte sich an Erinnerung wie Perlen auf einer Schnur, und unterbrochen wurde mein Kopfkino nur von Fragen, die sich wie winzige Stacheln überall in meinem Körper festsetzten. *Wie zur Hölle war aus ihnen dieses traurige Sofapaar geworden war, das sich ankeifte?* Hatten sie einander betrogen? Waren sie ›wegen der Kinder‹ zusammengeblieben? Wann war der Alkohol dazugekommen? Die Arbeitslosigkeit? Hatte das gereicht, um alles zunichte zu machen, was man auf den Fotos sah? Sämtliche Schuhkartons, die ich fand, öffnete ich nun mit quälendem Herzklopfen, nur um darin einen stinkenden Haufen Parfümproben oder Haarnadeln oder Stofftaschentücher zu finden. Oder löcherige alte Wollsocken. In mir reicherte sich das angstvolle Gefühl an, irgendetwas immer näher zu kommen, von dem ich wusste, dass es schon längst nicht mehr da war – das Zimmer leerte sich, während es in meinem Kopf immer voller wurde.

Irgendwann kam Motze zu mir herein.

»Ähm, da ist megaviel Babykram. Was soll ich damit machen?«

Ich zuckte mit den Schultern.

»Keine Ahnung«, sagte ich ratlos. Ich war die vielen Entscheidungen leid. »Mach einfach Kisten, und dann spenden wir die irgendwo.« Stella kam mit einem der Ordner in der Hand herein, in denen meine Mutter Zeitungsartikel sammelte.

»Deine Mama ist nicht so der positivste Mensch, was?«

Sie hielt ihn mir hin und blätterte. ›Grippewelle sorgt für Schulausfall‹. ›Leben mit Allergien‹. ›Zahl der Verkehrstoten stark angestiegen‹. ›Krebsvorsorge – was können Sie tun?‹.

»Sie war mal Krankenschwester … Die Ordner auf jeden Fall behalten«, sagte ich schwach und ärgerte mich gleichzeitig darüber, dass ich tagelang im Flur über die Löcher nachgedacht hatte, obwohl ich doch eigentlich hätte wissen müssen, wo die Artikel gelandet waren.

»Hey, sexy oder nicht sexy?«, rief Motze und poste mit dem Zylinder auf dem Kopf.

»So sexy wie ein Rollkoffer«, sagte Stella trocken. Dann wandte sie sich wieder an mich. »Die Küche ist gleich leer. Die Palmen kommen weg, oder? Die stinken voll. Brauchst du hier Hilfe, oder sollen wir schon mal abkleben?«

Ich schüttelte den Kopf. Ich wollte plötzlich wieder allein sein.

»Macht ruhig drüben weiter. Und Danke. Und die Palmen definitiv weg.«

»Okay. Aber als Erstes geh ich Bier kaufen...«, sagte Stella und hob die Hand zum High Five.

Ich räumte und packte und sortierte, und aus irgendeinem Grund wurde ich immer ungnädiger, was das Behalten anging. *Warum hatte sie eigentlich keine Fotos von uns hier hängen, wie jede andere Mutter?* Die Wände waren übersät mit potthässlichen Bildern vom Flohmarkt, billigste Aquarelldrucke von Weidelandschaften und Bauernhoftieren, irgendeine berühmte Brücke und ein furchtbar kitschiger kleiner Junge, der ein kleines Mädchen mit Strohhut küsste und hinter dem Rücken ein Herz versteckt hielt. Wenigstens waren sie alle verstaubt, sodass man vieles nicht mehr so genau sehen musste. Sogar hinter dem Bücherregal kam ein Bild zum Vorschein: ein Reiher, der in einem Fluss stand.

Gegen Abend sagten Motze und Axel Bescheid, dass sie gehen mussten. Als ich nach einer Weile in die Küche kam, um mir die Hände zu waschen, hockte Stella mit einem Bier auf dem abgeklebten Boden, schaute aus dem

Fenster und rauchte. Sie sah genauso aus, wie ich vermutlich Anfang der Woche ausgesehen hatte. Als ich mich zu ihr setzte, bemerkte ich, dass ihr gerade eine Träne über die Wange lief. Mit dem Ärmel wischte sie sich quer über das Gesicht, sodass sie sich die schwarze Schminke wie Kriegsbemalung über die Wange schmierte. Sie zog die Nase hoch. Wischte sich noch einmal übers Gesicht und guckte mich an. Das Weiß ihrer Augen war von feinem Rot durchzogen.

»Alter«, sagte sie und schüttelte ganz leicht den Kopf, als verstünde sie die Welt nicht mehr. Dann ließ sie ihn auf die Knie sinken. »Ich kann einfach nicht mehr.«

Ihr Kopf bewegte sich kaum merklich hin und her, und sie fing an zu schluchzen. Ich nahm mir auch ein Bier und kauerte mich neben sie auf das Zeitungspapier. Als sie wieder aufsah, war ihr Gesicht ganz rot.

»Ich kann keine Haare mehr sehen, verstehst du? Ich kann diese Arschlöcher mit ihren Haaren nicht mehr sehen. Die sitzen vor mir, und eigentlich will ich denen was ganz anderes abschneiden …«

Sie zog ein paarmal an ihrer Zigarette.

»Sophie hat mit mir Schluss gemacht«, sagte sie, während sie den Rauch in der Lunge hielt. Ich nickte langsam. Ich konnte ihr nicht vormachen, es nicht zu wissen, sie hätte mich sofort durchschaut.

»Hat Leo mir erzählt. Was war denn?«

Sie atmete durch die Nase aus und schüttelte weiter den Kopf.

»Ach keine Ahnung. Irgendwie hab ich seit Wochen keinen klaren Gedanken mehr. Sobald ich in den Laden komme, werde ich total aggressiv. Ich raste einfach innerlich aus. Ich kann Sophie noch nicht mal 'nen Vorwurf machen, ich hätte mich auch nicht länger ertragen. Eigentlich ganz schön scheiße, dass man sich nicht einfach selbst verlassen kann. Wenn das ginge, würde ich auch mit mir Schluss machen und gehen, ohne Witz.«

Ich wollte irgendetwas Hilfreiches sagen, aber es quollen immer mehr Worte aus Stellas Mund hervor, als hätte sie einen Hefewürfel verschluckt.

»Ich hab vor ein paar Tagen gekündigt. Es ging einfach nicht mehr. Lars ist so ein dummes Arschloch…«

Lars war Stellas Chef. Gewesen. Ich tastete nach meinem Tabak.

»Da kommt ungefähr zehn Minuten vor Feierabend so 'ne Trulla rein und sagt, sie will mal was ganz anderes, ja, so 'ne richtige Veränderung. Wie die Leute beim Friseur halt so sind, die denken ja immer, aus ihnen wird Claudia Schiffer, weil sie sich einen Pony schneiden lassen. Na ja… Ich ihr jedenfalls schnell ein paar Bilder gezeigt, nachgefragt, so und so und so, weil an dem Tag der Umsatz so mies war. Hab ihr einen wunderbaren Schnitt verpasst, und dann fängt die da plötzlich voll an rumzuplärren, das wäre ja viel zu kurz und überhaupt, sie wollte ja nur Spitzen schneiden. Dabei hat die Alte doch die ganze Zeit im Spiegel gesehen, was ich gemacht hab! Fängt die an zu flennen und will eigentlich nur die Frisur für lau. Tja, und dann hat der gute Lars mich erst mal schön vor versammelter Mannschaft zur Sau gemacht und sich *für mich* bei der Perle entschuldigt. Da hab ich ihm gesagt, er kann sich seine Schere in den Arsch stecken.«

Sie drückte ihre Zigarette an der Schuhsohle aus.

»Na ja. Sophie fand das dann scheiße, weil wir eigentlich in Urlaub fahren wollten, ich hab mich total aufgeregt und mich abends volllaufen lassen und den Briefträger gevögelt. Und jetzt bin ich am Arsch.«

Unwillkürlich machte ich große Augen.

Ich hab Scheiße gebaut. Das konnte man wohl sagen.

»Du hast … den Briefträger gevögelt?«

Sie vergrub ihr Gesicht in den Händen.

»Ja«, sagte sie gequält, »und es war noch nicht mal gut. Mein Fahrradsattel vögelt besser als der. Ich weiß auch nicht, warum ich so scheiße bin. Ich bin einfach manchmal *soooo* scheiße. Und ohne Sophie … Alter.« Sie zählte alles an den Fingern auf. »Ich kann nicht mehr pennen, ich hab keinen Hunger mehr, ich hasse alles und jeden, und ich will mich am liebsten morgens schon totsaufen. Ich will einfach nicht mehr da sein. Keine Ahnung, was ich morgen machen soll, geschweige denn nächsten Monat. Vor 'ner Woche kam mir die Kündigung noch wie die Lösung all meiner Probleme vor, und jetzt hab ich schon dick und fett die Hose voll.«

Ich rückte noch ein bisschen näher an Stella heran, weil mir kalt war und weil ich ihr zeigen wollte, dass ich bei ihr war. Sie ließ wieder den Kopf hängen.

»Keine Ahnung, ey. Ich muss einfach irgendwas anderes machen. Ich kann das nich mehr.« Ich nickte und dachte plötzlich an den Briefträger. Kein Wunder, dass er so unfreundlich gewesen war. Vermutlich hatte Stella ihn gleich am nächsten Morgen aus unserem Haus geworfen.

Ich streichelte ihr über den Rücken, und sie fing wieder

an zu weinen. Eine Weile saß ich so da, rauchte und fuhr Stella mit der Hand über den Rücken, immer wieder, rauf und runter. Dann stand ich auf und holte zwei neue Bierflaschen. Als ich wieder saß, reichte ich ihr eine.

»Spring und das Netz wird auftauchen«, sagte ich und gab mir Mühe, so zu klingen, als glaubte ich selbst daran. Stella schielte ziemlich skeptisch zur mir rüber. Ich fragte mich, ob ich bald anfangen würde, Sonnenblumenkerne zu knacken. Stella seufzte nur und nahm einen Zug von ihrer dünnen Zigarette.

»Bei meinem Glück hat das Netz ein fettes Loch …«, sagte sie schließlich.

Eine Weile saßen wir nur so da und atmeten bauschig weiße Lebenszeichen in die kalte Luft. Als wäre das gerade alles, was wir tun konnten. Schließlich drückte Stella den x-ten Kippenstummel aus und lehnte ihren Kopf an meine Schulter.

»Sag mal, hast du Lust wegzufahren, wenn das hier vorbei ist?«, fragte sie plötzlich. »Irgendwohin? Für ein paar Tage?« Ich atmete tief ein und dann wieder aus.

»Voll.«

Als ich aufstand, griff Stella nach meinem Arm, sie drückte einen Kuss in meine Handfläche und hielt sie für einen Moment an ihre Wange.

Spätabends, als ich schon im Bett lag, klingelte mein Handy. L, E, O. Als ich die drei Buchstaben auf dem Display sah, verdreifachte sich mein Puls, und ich tippte nur zögerlich auf den grünen Hörer. Ich hörte ein gedämpftes *Hey*, dann war es still in der Leitung.

»Hey«, sagte ich mit kratziger Stimme. Ich brauchte Wasser.

Wieder Stille. Es war merkwürdig, mit Leo zu telefonieren. Vor allem in einer Situation, in der es nicht bloß darum ging, dass keine Milch mehr da war oder die Abendplanung anstand.

»Weißt du«, sagte er schließlich, »das Letzte, was ich will, ist, dass es dir schlecht geht. Schon gar nicht wegen mir. Und als du plötzlich weg warst, hab ich mir echt Sorgen um dich gemacht.«

Ich kaute einen Hautzipfel von meiner Unterlippe ab.

»Tut mir leid, dass ich das alles in den falschen Hals bekommen hab«, sagte ich leise. »Ich weiß auch nicht, warum ich bei allem immer gleich vom Schlimmsten ausgehe.«

»Tut mir leid, dass ich die Tasse geworfen habe«, sagte er. »Und überhaupt. Dass ich dich provoziert habe. Du hattest schon recht mit dem Leute überfahren und so. Hab ich in den letzten Tagen drüber nachgedacht. Und klar hab ich das von meinem Vater.« Er seufzte. »War jedenfalls vermutlich alles nicht die beste Idee, und es tut mir leid.«

Mir wurde es, wie man so sagt, schwer ums Herz. Weil er recht hatte. Und es mir trotzdem wehtat.

»Nee«, sagte ich mit etwas tieferer Stimme als sonst. »Vermutlich nicht.«

Die Leitung rauschte kurz.

»Wie war die Beerdigung?«, fragte ich. Es knackte und ich konnte ihn wieder hören.

»Top.«

Ich konnte mir genau vorstellen, wie Leo jetzt schaute, wie er die Oberlippe an der einen Seite ein wenig anzog, auf der Seite, wo seine Narbe war.

»Ich hoffe, du überstehst die nächsten Tage einigermaßen.«

»Ja. Ich auch.«

Einen Moment schwiegen wir wieder.

»Meine Mutter hatte einen Schlaganfall«, sagte ich schließlich. »Sie liegt seit zwei, drei Wochen im Krankenhaus.«

»Was? Ach du Scheiße. *Seit zwei, drei Wochen?*«

»Ja. Sie kommt in ein paar Tagen in die Reha. Wir räumen grad ihre Wohnung aus.«

»Die Messiewohnung? Ernsthaft?« Ich hörte, wie er tief ein- und ausatmete. Leo war der Einzige, der über meine Mutter Bescheid wusste. »Alter«, sagte er dann. »Wenn stille Wasser tief sind, bist du der Marianengraben.«

Ich lächelte ein trauriges Lächeln. Dass der Pazifik wohl kaum ein stilles Gewässer war, sparte ich mir zu erwähnen.

»Ich weiß. Ich arbeite dran.«

Ich hörte eine Stimme im Hintergrund und Leo, der genervt antwortete.

»Sorry, ich muss jetzt wieder rüber zu den anderen, rumheucheln und so. Aber erzähl das auf jeden Fall in Ruhe, wenn ich wieder da bin. Kann man dir noch irgendwie helfen?«

»Nee. Die anderen helfen mit. Stella und ich wollen ein paar Tage wegfahren, wenn wir fertig mit der Wohnung sind.«

»Gute Idee. Grüß die Truppe. Und halt durch.«

»Mach ich. Tschüss.«

Ich drückte auf den roten Hörer, mein Puls normalisierte sich nach und nach, und nach kurzer Zeit riss mein Bewusstseinsfaden ab.

Am nächsten Tag fingen Axel und Stella an, die Küche zu streichen, während ich im Schlafzimmer weitermachte. Motze hatten wir nicht wach bekommen – es war Sonntag. Die Sachen, die wir am Vortag rausgestellt hatten, waren bis auf den offensichtlichen Müll verschwunden. Morgen war der reguläre Sperrmülltag. Und ich musste zu Doktor Mabuse.

Ich versuchte, nicht darüber nachzudenken, dass dies der x-te Tag ohne meine Tabletten war. Stur packte ich weiterhin Krempel in Kisten: Bettwäsche. Tischdecken. Zeitschriften. Briefbeschwerer. Einen Duden. Tapetenrollen. Kerzen. Noch einen Duden. Feuerlöscher. Endlose Kabel. Noch mehr Kuscheltiere. Lichterketten. Feuerzeuge – bei meiner Mutter war alles Plural. Aber langsam lichteten sich die Berge. Wir trugen die erste Kommode zum Bulli. Irgendwann trugen wir die zweite Kommode zum Bulli.

Als ich eine der letzten Bananenkisten ausräumte, hielt ich plötzlich ein löcheriges rotes T-Shirt in der Hand. Mit einer ausgeblichenen schwarzen Acht vorne drauf. Ich erkannte es in Millisekunden wieder, und sofort war mir danach, es an mich zu pressen und auf die Knie zu fallen. Ich schloss die Augen, hob es an mein Gesicht und atmete, doch es war zu alt, um noch nach ihm zu riechen, natürlich, es roch muffig und verraucht. Trotzdem hob ich es hoch und betrachtete es wie ein Kunstkenner, der ein Bild bewertet, von dem er weiß, dass er jeden Preis dafür bezahlen wird. *Das Lieblings-T-Shirt meines Bruders.* Hätte jemand in diesem Moment versucht, mir dieses T-Shirt wegzunehmen, ich hätte ihm eher den Schädel eingeschlagen, als den dünnen roten Stoff loszulassen. Genau wie mein Bruder damals, erinnerte ich mich dann.

Um dieses T-Shirt war ein erbitterter Kampf ausgefochten worden. Mein Bruder weigerte sich, es auszusortieren, als es für den Geschmack meiner Mutter zu viele Mottenlöcher bekam. Sie hatte es in den Altkleidersack gestopft, und er hatte es heimlich wieder herausgeholt, sie hatte ihm das Taschengeld gestrichen, und er hatte sich trotzdem geweigert, das Versteck preiszugeben, und ab und zu hatte er das T-Shirt auf dem Schulweg angezogen und wieder abgelegt, bevor er nach Hause kam. Ich hatte seine Sturheit und seinen Mut bewundert, wie man Superstars bewunderte – jede Schlacht, die wir gegen unsere Eltern gewannen, war ein Sieg für die Ewigkeit. Ich wusste nicht mehr, wann mein Bruder angefangen hatte, meine Eltern zu ignorieren, nicht mehr auf sie zu hören, ja sie noch nicht einmal mehr zu beachten. Vielleicht war er einfach eines Tages so nach Hause gekommen. Wenn mein Vater ihn anbrüllte und ohrfeigte und an ihm rumzerrte, wurde er zu einem gleichgültigen

Gummimenschen. Sein Körper wurde schlaff und ließ alles über sich ergehen, sein Gesicht wartete beinahe gelangweilt ab, bis mein Vater sich verausgabt hatte und ihn mit einem letzten Stoß in das entließ, was noch vom Tag übrig war.

Noch mit dem T-Shirt in der Hand, das mir wie der wichtigste Fund meines Lebens vorkam, sah ich nun zurück in die Kiste, und mein Blick fiel auf eine sorgfältig gefaltete Decke. Unsere *Kinderdecke*. Eine rot und braun karierte, vermutlich selbst gestrickte Wolldecke. Ich hob sie hoch, und das Material unter meinen Fingern versetzte mich all die Jahre zurück, als wäre es ein Zeitportal. Ich hatte vergessen, dass es sie gegeben hatte, doch nun, da sie in meiner Hand lag, kam alles zurück, und das mit einer solchen Wucht, dass ich mich aufs Bett setzen musste, um nicht umzufallen. *Wie mein Bruder sie über mich geworfen hatte, wenn es nachts nebenan wieder laut wurde.* Wie oft hatte er sich in der Dunkelheit aufs Bett gesetzt, mich an sich gedrückt, die Decke über mich geworfen, und seine kindliche Stimme klang mit einem Mal wieder durch meinen Kopf: *Das hier ist die Höhle. Hier passiert dir nichts.* Und mit diesen Gedanken kam plötzlich auch der Abend zurück –, dieser Abend –, die Bilder kamen zurück zu mir wie nicht ausreichend frankierte Briefumschläge. *Ich lag unter meiner Bettdecke. Jemand brüllte. Jemand anders brüllte zurück. Jemand brüllte noch lauter. Jemand kreischte. Dann Stille.* Ich lag in der Dunkelheit und konnte mein eigenes Herz schlagen hören, ich war ganz alleine, und mein Kopf war schon ganz fiebrig heiß unter der Decke wegen meines hastigen

Atems, doch ich traute mich nicht hervor, ich drückte den Deckenrand auf die Matratze, als wollte ich mich hermetisch gegen das Grauen abriegeln. Ein lautes Scheppern, lauter als ich es je gehört hatte. Dann kam eine Erinnerungslücke, und dann stand ich doch irgendwann in unserem Wohnzimmer, barfuß, meine Beine waren kalt im kurzen Nachthemd, und mir war klar, dass etwas furchtbar war, doch gleichzeitig war ich dankbar für die Stille, und ich hatte meinen Stoffwaschbären in der Hand. *Mein Vater. Er liegt in den Scherben, der helle Teppich wird rot. Mama hängt auf dem Sofa. Mein Bruder ist weg. Es hämmert an der Tür, und unser Nachbar ist da, er ist blass und sagt nichts. Er trägt mich fort.*

Mit dem T-Shirt in der Hand und der Decke im Schoß saß ich im Zimmer und fing an zu zittern. Heißkalte Schübe strahlten durch meinen ganzen Körper, als würde ich gleichzeitig verbrühen und erfrieren. Ich hatte mal gehört, dass Leute vor dem Erfrieren das Gefühl bekamen, ihnen sei unglaublich heiß, und dann alle Klamotten auszogen und aussahen wie die Opfer von Sexualdelikten, wenn man sie fand. Vermutlich ging es ihnen ähnlich wie mir in diesem Moment, nur dass ich mir nichts ausziehen wollte, ich wollte einfach nur diesen Heißkaltschub überleben. Ich versuchte, möglichst tief zu atmen. So tief es ging. Wäre ich allein gewesen, hätte ich vielleicht geschrien, stattdessen saß ich da und sog hektisch Luft durch die Nase ein. Atmete sie durch den Mund aus. Ich wollte nicht, dass die anderen mich sahen. Selbst mit all der Buchstabensuppe der Welt im Magen hätte ich ihnen nicht erklären können, was gerade mit mir passierte. Ich hätte nicht gewusst, wo ich hätte anfangen sollen. Ich krallte mich in das T-Shirt. Legte mir die Decke um die Schultern. Bis es vorbei war.

Als mir draußen die Nachbarin entgegenkam, hatte sie eine Freundin im Schlepptau. So eine, die sogar ihre REWE-Tüte in der Armbeuge trug, in der Hand ein Handy in einer mit Strass überzogenen Hülle, und auf dem Kopf so eine gefärbte Stinktierfrisur, oben hell und unten dunkel. Als sie mich sahen, warf die Nachbarin ihrer Freundin einen Das-ist-sie-Blick zu und kam mit zur Seite geneigtem Kopf auf mich zu. Sie legte mir ihre Hand mit den ekelhaften Plastikfingernägeln auf die Schulter, und ich konnte sie nicht wegschieben, weil ich eine Kiste mit Plunder trug, der in den Müllcontainer sollte. Ich stellte mir vor, den Inhalt über ihrem Kopf auszuleeren.

»Ich habe das von deiner Mutter gehört«, sagte sie. »Wie schrecklich!« Betroffen schüttelte sie den Kopf, als sei meine Mutter bei dem Versuch umgekommen, ein Kind aus einem brennenden Hochhaus zu retten, oder durch ein Bombenattentat. Ich fragte mich, warum sie mich plötzlich duzte und ob sie nun erwartete, dass ich in Tränen ausbrach und ihr dankbar in die Arme sank. Ich zuckte mit der Schulter, um ihre Hand loszuwerden, ging weiter und kippte den Kisteninhalt lautstark in den stinkenden Container. Als ich schon mit meiner leeren Kiste in der Hand an den beiden vorbei war – sie standen noch immer vor der Tür und rauchten ihre Marlboro Lights auf –, überlegte ich es mir plötzlich anders. Kurzentschlossen drehte ich mich um.

»Ficken Sie sich ins Knie. Sie grässliche Frau.«

Oben in der Wohnung nahm Axel mit einem vielsagenden Blick meinen Arm und zog mich ins Badezimmer.

Makellose weiße Kacheln strahlten mir entgegen, wie in diesen Werbespots für Reinigungsmittel, die komischerweise immer nach großen Männern klangen – Meister Proper, der General, der weiße Riese –, obwohl in der Werbung dann immer eine zierliche Frau mit ihrem Wischmopp durch die Wohnung tanzte und überall Blumen hinterließ. Der Spiegel blitzte streifenfrei, und sogar von dem Urinstein, an dem ich über die Jahre mehrfach gescheitert war, war nichts mehr zu sehen. Das Badezimmer war sauberer als an dem Tag, als meine Mutter eingezogen war.

»Du bist der Beste, Axel«, sagte ich, als ich die Sprache wiedergefunden hatte. Axel strahlte genau wie die silbernen Armaturen.

»Ammoniak«, sagte er, als laute so die Antwort auf all meine Fragen. »Viele schwören ja auf Bleiche, aber… Ammoniak.«

Ich fiel ihm um den Hals und umarmte ihn, bis er mich dezent wegschob. Bei Axel konnte ich das.

Das Schlafzimmer war nun beinahe leer, nur das massive Holzbett war noch übrig. Axel und Stella trugen gerade die Matratze zum Auto. Unter dem Bett lagen wieder etliche Decken und Kissen, die ich mittlerweile nur noch stumpf aussortierte. Auf ihnen hatte sich der Staub so dick abgesetzt, dass er sozusagen eine Decke auf der Decke bildete, und vermutlich hätten sie bei Benutzung mehr Schaden als Nutzen angerichtet. Wer noch keine Stauballergie hatte, hätte sie jedenfalls spätestens nach einer Nacht darunter bekommen.

Als ich genervt und müde auf dem Boden kniete und die hinterste Decke hervorzog, kam darunter ein letzter Schuhkarton zum Vorschein. Er war ein paarmal mit braunem Klebeband umwickelt, und für einen kurzen Moment überlegte ich erschöpft, ob der Aufwand, ihn zu öffnen, es wirklich wert war. Die Schere lag direkt neben mir auf dem Boden, also schob ich sie in die Ritzen und schnitt das Klebeband durch. In Erwartung von Uraltservietten oder Flohmarktgeschirr hob ich den Deckel und sah plötzlich meinen Bruder an.

Und mein Bruder sah mich an.

Sein Blick traf mich nicht – er lief in mich hinein wie ein gesüßtes warmes Getränk. *Mein schöner Bruder*, dachte ich. *Mein Bruder.* Er saß in unserem Zimmer auf seinem Bett und sah hoch in die Kamera. Mit der linken Hand befühlte er das Lederarmband an seinem rechten Handgelenk, das er jahrelang getragen hatte, eine Geste, die mir auf der Stelle so vertraut vorkam, als wäre das da auf dem Bild mein eigener Körper. Ich strich mit dem Daumen über das Foto, über sein Gesicht, das ich früher so oft in die Luft gemalt hatte, so oft, ich kannte es besser als mein eigenes. Seine sanften Augen fragten, was hier eigentlich los war, und alles, was ihn ausgemacht hatte, lag in diesem Blick, in diesem dick gedruckten Fragezeichen über seinem Kopf. Er sah so traurig aus, und so gewöhnt daran, traurig zu sein. Und ich erinnerte mich. Als hätte sich in meinem Kopf eine Pforte geöffnet, erinnerte ich mich wieder. *Wie ich abends zu ihm ins Bett gekrochen war und wir unter der Bettdecke flüsterten und kicherten. Wie ich ihn mit meinen kalten Zehen geärgert hatte. Wie er mir aus Büchern vorlas, die ich nicht verstand. Wie seine hellbraunen Haare gerochen hatten, die er sich selber schnitt, wenn ihm danach war, weil ihm egal war, ob die Strähnen gleich lang oder schief wurden. An seine Stimme, die ich morgens als Erstes und abends als Letztes hörte. Ich erinnerte mich an die Fragen, die er mir gestellt hatte, wie aufmerksam er mir zugehört hatte, wenn ich meine kruden und unsicheren Antworten gab. Als seien meine Worte tatsächlich wert, gehört zu werden.*

Und dann erinnerte ich mich wieder daran, wie unser Vater ihn in die Mangel genommen hatte. Ständig. Als wollte er einen spitzen Stein so lange schleifen, bis nichts mehr von ihm übrig war. Manchmal hatten mein Bruder und ich ein Spiel gespielt, das wir ›Sofa‹ getauft hatten. Das Spiel bestand darin, so zu tun, als seien wir unsere Eltern. Wir setzten uns nebeneinander aufs Bett und fingen einen Streit an, wir guckten so böse wir nur konnten, fuchtelten wild mit dem Zeigefinger und sagten Dinge wie: »ICH HAB DIR SCHON TAUSENDMAL GESAGT, DU SOLLST DIE HEIZUNG NICHT AUF FÜNF DREHEN! WER SOLL DENN DIE SCHEISS STROMRECHNUNG BEZAHLEN? WOHER SOLL DAS SCHEISS GELD DENN KOMMEN?« Während wir uns in Rage redeten, kamen wir mit dem Gesicht immer näher aneinander, bis wir schließlich fliegende Spucketropfen abbekamen: »JA WOHER DENN, DU SITZT HIER DEN GANZEN TAG NUR AUF DEINEM ARSCH RUM UND SÄUFST!!!« Wir schüttelten einander und kicherten, am Ende hauten wir uns die Kissen um die Ohren und fielen völlig erschöpft auf die Matratze. Der Reiz bestand natürlich darin, wie verboten dieses Spiel war und dass unsere Eltern uns in Stücke gerissen hätten, hätten sie uns dabei erwischt. Wir lachten die ganze Zeit, aber danach war mir trotzdem manchmal zum Weinen.

Kein Wunder, dachte ich nun, dass Kinder viel mehr ertrugen als Erwachsene. Sie hatten ja auch gar keine andere Wahl: Sie konnten nicht gehen. Wohin sollten Zehnjährige schon gehen? An ganz schlechten Tagen hatten mein Bruder und ich einander mit knurrenden Mägen auf dem Bett gegenübergelegen wie zwei ratlose Nieren und uns mit den Augen Mut zugefunkt. *Irgendwann ist das alles vorbei. Versprochen.*

Ganz langsam ging ich die Fotos durch. Als müsste ich vorsichtig sein, sie nur nicht kaputt zu machen. Und tatsächlich hatte ich Angst, sie seien nicht echt, ich könnte sie verlieren oder man könnte sie mir wieder wegnehmen. Ich starrte sie an, als würden sie mich ernähren, ich hätte sie mir wirklich gerne in den Mund gesteckt und gekaut, so sehr hungerte ich nach ihnen. Mein Bruder auf einem Fahrrad. Mein Bruder am Abendbrottisch. Mein Bruder mit seiner Schultüte mit den Robotern drauf, ich erinnerte mich an den stechenden Neid, den sie in mir ausgelöst hatte.

Das letzte Foto zeigte meinen Bruder und mich auf einer Schaukel. Wir schaukelten synchron, unsere Haare wehten, und unsere kleinen Fäuste klammerten sich links und rechts von unseren Gesichtern fest an die silbernen Eisenketten.

Wir lächelten beide.

Ich presste das Foto an mich und ließ all die Tränen kommen, die ich seit seinem Verschwinden in einem unsichtbaren Kamelhöcker mit mir herumgetragen hatte. Sie liefen meine Wangen runter und tropften auf meine Hose, sie machten meine Hände nass, wenn ich sie wegwischte, und es waren so viele, um in diesem Moment noch irgendetwas von der Welt zu sehen, hätte ich Scheibenwischer gebraucht. Ich wusste nicht, ob ich weinte, weil ich meinen Bruder verloren hatte, oder weil ich ihn wiederfand. Hier. Unter einem Bett. In einem Pappkarton.

Irgendwann standen Stella und Axel vor mir, um den Rest nach unten zu tragen. Als wir den Lattenrost anhoben, segelte etwas auf den Boden, ein Briefumschlag, den ich hastig in meine Hosentasche stopfte, da das massive Holz schwer war und Motze schon stöhnte. Im Treppenhaus verkanteten wir uns zigmal, und als wir unten an der Straße ankamen, waren wir beide nassgeschwitzt und genervt. Dann passte der Lattenrost nicht in den Bulli. Wir lehnten ihn an die Hauswand und vertagten das Problem auf die letzte Fuhre, nur war er verschwunden, als wir kurze Zeit später mit dem Bettgestell ankamen.

Ich klebte das Schlafzimmer ab, während die anderen das Zeug wegbrachten, und drehte wieder das Radio laut auf. Weil ich nicht mehr denken konnte. Ich fühlte mich wie nach einem Marathon. Also, so wie ich mir das Gefühl nach einem Marathon vorstellte. Ich tunkte die ausgefranste Malerrolle in den Eimer und fing an, die vergilbten Tapeten weiß zu tünchen. Auf und ab. Auf und ab. Die Umrisse der Bilder verschwanden, es war anstrengend und tat gut. Auf und ab. Später war Stella wieder neben mir, sie pinselte die Ecken und erzählte irgendwas, aber ich hörte nichts. Ich fühlte mich wie auf den Tabletten und ging ins funkelnagelneue Bad, um mir das Gesicht zu waschen. Strich weiter. Hörte weiter Musik.

Und dann, ich wusste nicht, wie viel Zeit vergangen war, standen wir endlich in der leeren, weiß gestrichenen Wohnung, in der es inzwischen hallte.

Es war vollbracht.

Stella räumte den letzten Schrubber weg, stellte sich neben mich und legte mir einen Arm um die Schulter. Einen Moment sahen wir uns einfach nur um.

»Wir hätten Vorher/Nachher-Bilder machen sollen«, sagte sie schließlich, und ich nickte erschöpft. Als ich die Wohnungstür hinter mir zuzog, kam es mir so vor, als hätte ich Jahre meines Lebens dahinter verbracht.

Auf dem Weg zur Bahn sagte Stella plötzlich, »Warte mal«, und packte mich am Ärmel. »Ich muss noch was besorgen.«

Sie zog mich in eine Apotheke, in der es nach Eukalyptus und Scheuermittel roch. Als die alte Frau mit Haarnetz vor uns damit fertig war, ihre Thrombosestrümpfe in Fünf-Cent-Stücken zu bezahlen, marschierte Stella zielstrebig zum Bedientresen und räusperte sich.

»Guten Tag. Ich hätte gerne zweihundert Milliliter neunzigprozentiges Ethanol.«

Der Apotheker musterte sie einmal gründlich von oben bis unten. Sie fegte sich eine grüne Haarsträhne aus der Stirn.

»Guten *Abend*«, sagte er oberlehrermäßig und fing an, sich seine rahmenlose Brille zu putzen. »Darf ich fragen, wozu Sie Ethanol brauchen?«

»Mein Hund hat Milben in den Ohren. Er kommt auf das Desinfektionsmittel nicht klar. Hat mir der Tierarzt empfohlen.«

Sie lächelte breit. Ich ließ mir zwar nichts anmerken, aber innerlich schlackerten meine milbenfreien Ohren. Das Einzige, was Stella noch mehr hasste als Hunde, waren Strumpfhosen. Der Apotheker bewegte sich nicht von der Stelle. Meine Augen verfingen sich plötzlich in den ganzen Regalen mit den übersorgfältig drapierten Arzneimitteln, Wick VapoRub, Meditonsin, Chlorhexamed Forte, und ich sehnte mich nach meinen Tabletten. Dann fiel mir Oma Latschenkiefer ein und wie sie in der Apotheke immer besonders viel gestöhnt und geseufzt hatte, damit auch jeder mitbekam, wie furchtbar sie litt.

»Red ich irgendwie undeutlich?«, hörte ich Stella plötzlich sagen. »Ethanol. Neunzigprozentig. Ich kann auch in 'ne andere Apotheke gehen und meinen Zwanni bei denen lassen.«

Der Apotheker seufzte und verschwand um die Ecke. Er kam mit einer kleinen, unauffälligen Flasche zurück.

»Name und Adresse tragen Sie bitte hier ein. Und Ihren Personalausweis bräuchte ich.«

Stella kritzelte alles aufs Papier und bezahlte. Als die Tür schon bimmelte, weil ich sie für unseren Abgang aufgezogen hatte, rief sie noch über die Schulter: »Ich mach schon keinen Kinderpunsch draus ...«

Dann fiel die Tür hinter uns zu. Stella verdrehte die Augen und atmete genervt durch die Nase aus.

»Arschloch«, sagte sie und stopfte die braune Flasche in ihren Beutel.

»Ähm ... wozu brauchst du Ethanol?«, fragte ich schließlich, als wir uns auf den Weg zur Haltestelle machten.

»Hanfschnaps«, sagte Stella. »Weißt du doch, für Motzes Geburtstag.« Sie sah sich um, ob die Bahn schon um die Ecke kam.

Ich erinnerte mich daran, dass ich mich an Motzes Geburtstag nicht mehr erinnerte.

Als ich abends völlig geschafft meine dreckigen, weiß befleckten Socken auszog, sie in den Wäschekorb warf und die Hose gerade hinterherwerfen wollte, erfühlte ich etwas in einer der Taschen. Papier. Ich zog den Brief hervor, der im Schlafzimmer meiner Mutter auf den Boden gefallen war. Den hatte ich in der Hektik des Tages völlig vergessen.

Er war an meine Mutter adressiert, und die Absenderin war Tante Claudia, was etwas merkwürdig war, da Tante Claudia und Onkel Jörg, soweit ich mich erinnern konnte, bei uns in der Nähe gewohnt hatten. Ich dachte kurz an die Brieffreundin, die ich mal gehabt hatte, und wie liebevoll wir unsere Briefe bemalt und mit Stickern beklebt hatten. Wir hatten sie vor unseren Eltern und Geschwistern versteckt und gehütet wie unseren Augapfel, als hätte der belanglose Quatsch, den wir uns schrieben, irgendjemanden interessiert: *Ich habe heute eine Maus gesehen. Meine Spardose ist schon halb voll.*

Ich zog den Brief hervor, es war nur eine Seite dünnes, liniertes Papier, das Tante Claudia mit sorgfältigen kleinen Tintenbuchstaben beschrieben hatte.

Liebe Annegret, las ich.

Ich habe lange über unser Gespräch nachgedacht und wollte dir unbedingt noch ein paar Zeilen schreiben.

Bitte, bitte überleg es dir noch mal. Hannes wollte die ersten beiden schon nicht, was glaubst du denn, was er macht, wenn er vom dritten erfährt? Wie kannst du glauben, dass das nicht schlimm endet? Wenn du wirklich darauf bestehst, dir und den Kindern das alles noch ein-

mal anzutun, kann ich dir nur sagen, dass ich euch nicht mehr besuchen kann. Es tut mir leid. Ich ertrage das nicht mehr, wie er mit dir umgeht. Und mit den beiden. Deine Tochter redet nur noch mit ihrem Stofftier, und deinen Sohn erkenne ich manchmal gar nicht wieder.

In zwei Wochen komme ich von der Kur zurück, ich habe auch mit Jörg gesprochen, du könntest mit den Kindern bei uns bleiben, bis du eine Wohnung gefunden hast. Bitte überleg es dir, und vor allem: Sag es ihm nicht.

Deine C.

Mein Blick wanderte zum Datum, dabei war mir schon alles klar. Der Brief war vom zweiten Februar. Am fünften war mein Vater auf meine Mutter losgegangen. Mein Bruder war gesprungen. Ich ließ den Brief sinken. *Das dritte*, geisterte es durch meinen Kopf. *Das dritte. Das dritte*. Ich erinnerte mich, dass meine Mutter nach dem Abend eine Zeit lang im Krankenhaus gewesen war, dass sie nur dalag und an die Decke starrte, doch natürlich hatte ich immer angenommen, dass es ihr wegen den Dingen so ging, von denen ich wusste – weil ihr Mann tot war und ihr Sohn tot war. Von einem dritten Kind hatte mir nie jemand erzählt. Meine Gedanken wurden zu einer Suppe, in der jemand rührte, *meine Eltern am Strand, mein Bruder, die Schultüte, der Abend, das Glas. Das Brüllen. Die Decke. Das Fenster*. Ich setzte mich kerzengerade auf die Bettkante.

Nun wusste ich also, was passiert war – *wir* waren passiert.

Langsam faltete ich den Brief zusammen und dachte

an die Nebenherzen und die Nebenhirne und an meine schiefe Mutter im Krankenhausbett. Wie viel sie verloren hatte: Zwei Nebenherzen hatten schon aufgehört zu schlagen. Genau genommen, wenn man meinen Vater dazuzählte, sogar drei. Jetzt gab es nur noch mich, und bei so vielem, was sie verloren hatte, war es doch eigentlich kein Wunder, dass sie irgendwann alles hatte behalten wollen.

16.
Das Letzte

Doktor Mabuse sitzt vor mir und schweigt. Ich bin dankbar, seine unerträglich sanfte Stimme nicht hören zu müssen, von der ich mir immer vorstelle, dass sie sich gegen meinen Willen in mir festsetzt wie irgendein Umweltgift. Wie wenn Leute in der Bahn an ihrem Handy ganz laut die privatesten Dinge erzählen, die man gar nicht hören will, wenn sie ihr tragisches Leben ausbreiten wie einen hässlichen, löcherigen Kaftan, immer und immer weiter, bis man sich so sehr für sie schämt, dass es fast leichter zu ertragen wäre, auszusteigen und die nächste Bahn zu nehmen. Meine einzige Sorge ist, dass es Doktor Mabuse in der Stille irgendwie möglich sein könnte, meine Nervosität zu wittern, dass er irgendein merkwürdiges Psychiaterorgan in sich trägt, irgendeine spezielle Geschwulst, die normale Menschen nicht haben und mit der er am Ende doch in mich hineinsehen und meinen Plan durchkreuzen könnte. Das einzig hörbare Geräusch ist das leise Plätschern des kleinen Kunstbrunnens aus schwarzem Marmor in der hinteren Ecke des Büros, der wohl beruhigend wirken soll – tut er aber nicht. Um mich abzulenken, stelle ich mir Doktor Mabuse schnell beim Fallschirmspringen vor. Ich stelle ihn mir immer in Situationen vor, in denen er einen anderen Gesichtsausdruck an den Tag legen müsste als diese gleichgültige Maske, mit der er mir immer gegenübersitzt. Er trägt einen blauen Helm, eine dicke Brille und so einen unförmigen Ganzkörperanzug, tritt an die Luke, sodass die Gurte an seinem Kinn und seinem Rucksack zu flattern anfangen. Er zurrt sie noch einmal zurecht und stürzt sich dann ohne mit der Wimper zu zucken ins Nichts. Sekundenlang fällt sein Körper päckchenartig durch die Luft wie eine Retoure von Gott höchstselbst, er streckt Arme und Beine von sich und vollführt mühelos einige elegante Drehungen gegen den Uhrzeigersinn. Als Doktor Mabuses Hand schließlich nach der Fallschirmschnur tastet, an ihr zieht, noch einmal zieht, und am Ende frenetisch an ihr reißt, ohne dass sich der Fallschirm öffnet – erst da tut sich etwas auf seinem Gesicht. Er bekommt dicke weiße Glupschaugen, und ein stummer Schrei formt sich auf seinen Lippen, vermutlich so etwas wie *Neeeeeeein!* oder *Aaaaaaah!* oder *Hilfeeeeee!*, doch sein Mund wird sofort zu einem Windkanal, um den seine labbrigen Lippen wild herumschlackern, und niemand hört seine Schreie, denn der Wind interessiert sich nicht dafür, ob es einen Psychiater mehr oder weniger auf dieser Welt gibt.

Der große Zeiger der dicken Wanduhr wandert mit einem leisen *klack* auf die Sechs. Nichts passiert. Ich atme tief ein und nehme mir einen Moment, um Doktor Mabuse ein letztes Mal anzusehen. Seine spitzen Wangenknochen. Seine großen Nasenlöcher. Seine raupenartigen Augenlider. Gerne würde ich ihm zum Abschied sagen, dass mir Tütensuppen für 89 Cent mehr helfen, als es die vielen Jahre in seinem Büro getan haben.

In diesem Moment geht sein Pieper los. Er zuckt zusammen – vielleicht hat er tatsächlich mit offenen Augen geschlafen –, sieht kurz an seine Hüfte, drückt ein paar Knöpfe an dem Gerät, und das Piepsen hört ebenso abrupt auf, wie es angefangen hat. Das plötzliche Adrenalin macht mich so wach wie seit Langem nicht mehr, ich habe das Gefühl, dass ich den riesigen schwarzen Schreibtisch mit Leichtigkeit hochheben und gegen die Wand schmeißen könnte. Das wäre ein schönes Abschiedsgeschenk.

Mit den Worten, »Einen Moment, bitte«, eilt Doktor Mabuse wie ein gestresstes Phantom zur Tür hinaus, und ich warte sicherheitshalber ein paar Sekunden ab, ob er auch wirklich verschwunden ist, denn manchmal kommt er noch einmal zurückgehetzt, um irgendein Medikament oder ein Gerät aus dem Schließschrank zu holen. Als mir die Luft rein scheint, springe ich auf, klappe blitzschnell meine Akte zu und schiebe sie mir unter den Pullover. Sie wird nicht für immer hierbleiben, als Karteileiche in Doktor Mabuses Aktenkarussell.

Die Sprechstundenhilfe sieht überrascht zu mir herüber, als ich ebenfalls aus dem Büro gehastet komme, und hört für einen Augenblick mit ihrem gelangweilten Kaugummikauen auf. Ich lege eine Miene auf, als sei mein heißgeliebtes Haustier überfahren worden.

»Entschuldigung … meine Mutter … sie liegt im Krankenhaus und hat gerade angerufen, dass ich kommen soll …«

Ich wedle mit meinem Handy, und ehe sie etwas erwidern oder protestieren kann, bin ich schon zur Tür raus. Die Trulla werde ich auch nicht vermissen, denke ich noch, mit ihrem mitleidigen, wimperngetuschten Blick, weil es Menschen wie mich gibt, die »einfach nichts aus sich machen«.

Das Letzte, was ich in die Wohnung bringe, ist Doktor Mabuses Akte. Ich ziehe sie unter dem Pullover hervor, lege sie in die Spüle und ziehe ein Feuerzeug aus der Hosentasche. Es schnippt, und während sich die Flammen in die rosa Pappe fressen, die sich zusammenzieht und nach und nach schwarz zerfällt, stelle ich mir vor, dass mit ihr der ganze Vergangenheitsdreck verbrennt, den sie enthält: *Vat. u. Brud. verstbn.* Mir war gar nicht klar, dass ich die Wortstummel auswendig gelernt habe. *Traum. Angstzust. seit KH.* Ich denke an Doktor Mabuse. Wie er in sein leeres Büro zurückkommt. Wie lange er wohl brauchen wird, um zu merken, dass meine Akte fehlt. Vielleicht wird er ja denken, dass Frau Monsterdekolleté sie schon weggeräumt hat. Das Feuer lodert bis zum Wasserhahn, es stinkt, und mein Gesicht wird heiß. *Spont. Aphasie, gel. Stupor mit dissoz. Epis.* Ich frage mich, ob Doktor Mabuse auch froh sein wird, dass es vorbei ist.

Die Flammen erlöschen, schneller, als ich es erwartet habe. Ich schiebe das blaue Kehrblech unter die Asche und öffne das große Küchenfenster. Der kalte Herbstwind verweht die schwarzen Partikel und trägt sie hinaus ins Vorstadtgrau.

Um Punkt drei Uhr schrillt die scheußliche Klingel auf. Ich erinnere mich kurz daran, wie panisch meine Mutter immer guckt, wenn es klingelt, denn ihr größter Alptraum besteht ja darin, dass jemand die Wohnung sehen könnte. Sie würde selbst Howard Carpendale nicht die Tür aufmachen.

Vor der Wohnung steht eine Frau in einem feinen Kostüm, die Art Frau, die sich in der Zentis-Werbung glücklich aufs Sofa fallen lässt, sodass ihre Locken wippen. Hinter ihr steht ein Mann mit Hut, der unfreundlich guckt, so als sei er gerade mit seinen neuen Schuhen in eine tiefe Pfütze gelatscht. Die Frau streckt mir pfeilschnell ihre Hand entgegen.

»Drechsler, guten Tag«, sagt sie. Der Vermieter lüpft seinen Hut, eine Geste, die mich kurz irritiert, ich wusste nicht, dass es das noch gibt, Männer, die Hüte lüpfen. Ich öffne die Tür etwas weiter und lasse die beiden wortlos hinein. Der Mann räuspert sich, die Frau lächelt bemüht.

Und dann inspizieren sie. Flur, Bad, Küche, Schlafzimmer. Links, rechts, oben, unten. Die Frau zieht einen dicken Ordner aus ihrer teuren Handtasche und hakt eine Liste ab, wobei sie immer wieder mit dem Kugelschreiber hin und her krakelt, da er nicht gut schreibt. Die Laune des Vermieters bessert sich merklich. In der Küche rümpft die Verwalterin die Nase und schnüffelt.

»Riecht irgendwie verbrannt.«

Der Vermieter schnüffelt auch, zuckt aber mit den

Achseln. Ich stelle mich mit dem Fuß auf die Macke im Laminat. Er spricht mit irgendeinem süddeutschen Akzent, von dem ich nicht weiß, ob es Schwäbisch oder Hessisch oder was auch immer ist, in jedem Fall klingt es dümmlich.

»Ich riech nichts. Die Nebenhöhlen ...« Mit dem Zeigefinger deutet er ein paarmal links und rechts neben seine Nase. »Chronische Sinusitis.«

Ich nicke anteilnehmend.

Als die Verwalterin in den Keller stöckelt, um den Zählerstand abzulesen, sagt er plötzlich:

»Also, ich muss ja gestehen, dass ich mit dem Schlimmsten gerechnet habe, nach den ganzen Beschwerden über den Geruch und den Lärm – und den Geschichten, die ich über die Jahre gehört habe ... Aber Ihre Mutter scheint ja noch mal die Kurve gekriegt zu haben! Wirklich toll.«

Ich stehe da und stelle mir vor, wie meine Faust in seine chronisch verstopfte Nase kracht, dass es ihm den dämlichen Hut vom Kopf fegt. Und in die Nase der Nachbarin. Und in die Nasen dieser ganzen anderen Saubermenschen, die denken, Ordnung sei das halbe Leben, und Fleiß die andere Hälfte.

Die komische Verwalterin kommt bestens gelaunt zurück und wedelt mit den Papieren. Sie ist vermutlich auch heilfroh, dass der Termin hier gegessen ist. »So. Jetzt noch eine Unterschrift und die Schlüssel, und das war's!«

Sie drückt mir den Kuli in die Hand, der nicht schreibt, und deutet auf das Papier.

»Ein Autogramm bitte.« Sie lacht gekünstelt. Als sei

dieser Spruch jemals lustig gewesen. »Und das hier müsste Ihre Mutter unterschrieben an uns zurücksenden.« Ich unterschreibe, lege den Schlüsselbund auf die Anrichte, die Frau strahlt, und der Vermieter streckt mir die Hand entgegen. Ich nehme sie nicht und klicke einmal mit dem Kuli, damit die Mine verschwindet. Dann lege ich ihn neben die Schlüssel und ziehe meinen Mantel über.

»Meine Mutter ist im Krankenhaus«, sage ich schließlich, als ich den Reißverschluss hochziehe. »Sie hatte einen Schlaganfall. Wenn sie in einem Monat fertig mit der Reha ist, ist sie obdachlos.«

Im Flur drehe ich mich noch einmal um und werfe einen letzten Blick zurück.

»Und grüßen Sie Ihren Stiefsohn von mir!«

Das Letzte, was ich aus der Wohnung trage, ist eine unauffällige schwarze Sporttasche, wie es sie zehntausendfach auf dieser Welt gibt. Ich fahre damit zu meiner Mutter in die Klinik, ein bisschen so, als wollte ich ihr ihren Teil der Beute bringen.

Ich lege eine Handvoll Sojasoßenfische auf ihren Schwenktisch. Den Brockhaus zum Buchstaben A. Wer hätte gedacht, dass die alten Schinken tatsächlich noch zu etwas gut sein würden. Daneben stelle ich die Winkekatze, in die ich eine neue Batterie getan habe. Ich zeige ihr das Nachthemd und ihren grünen Pullover, an dem noch die Brosche hängt.

An die kleine Vase, in der noch immer meine Blumen stehen, lehne ich das Schaukelfoto von meinem Bruder und mir.

Ich sage ihr, dass ich die Wohnung habe räumen müssen, dass es mir leidtut, dass ich versucht habe, so viel wie möglich einzupacken, und dass in unserem Keller vierundfünfzig Kisten auf sie warten. Dass wir ein bisschen was weggegeben haben und sich ganz viele Leute darüber gefreut haben. Dass ich jetzt mit einer Freundin für ein paar Tage wegfahre und ihr eine neue Bleibe suchen werde, sobald ich wieder zurück bin. Dass sie sich keine Sorgen machen soll. Während ich spreche, rührt sie sich nicht, aber ich sehe, dass sie versteht und dass sie immer wieder zu dem Foto rüberguckt. Als ich fertig bin, setzt sie sich auf und nimmt mich in ihre schweren, warmen Arme. Der rechte drückt fester als der linke, ein Gefühl, an das ich mich nur langsam gewöhnen werde.

17.
Weg

Noch am selben Abend packen wir ein paar Klamotten ein, tanken den Bulli von dem Geld voll, das ich für Oma Latschenkiefers Ring bekommen habe, und fahren los. Ich bin mit dem Ring zum Juwelier gegangen, um zu fragen, wie viel er wert wäre. »Hundertfünfzig Euro«, lautete die Antwort. Tendenz abnehmend.

Die Sonne geht gerade unter und hängt wie ein orangefarbener Lockruf hinter ein paar Wolken am Horizont. Ich trinke eine zu kalte Afri-Cola, Stella lutscht an einem Calippo Cola herum. Wenn sie schalten muss, klemmt sie es sich in den Mund, dann sieht es so aus, als hätte sie einen langen, knallbunten Schnabel.

»Mmmmh«, macht Stella und wischt sich einen Eistropfen vom Kinn. »Weißt du, was früher bei Calippo auf der Verpackung stand?«

Ich schüttle den Kopf und lasse ihn nach links hängen, weil ich nicht mehr kann, und um Stella in Ruhe anzusehen. Es ruckelt, und mein Kopf ruckelt mit, als wäre mein Hals aus Kautschuk.

»Unten auf die Tube drücken und das Eis von oben

lecken. Auf und nieder, immer wieder.« Sie grinst. »Kein Scheiß. Das war der Slogan. Eigentlich hätten sie es auch gleich Pädophilippo nennen können …«

Ich muss lächeln.

»Weißt du, wie Konditoren diesen Spritzbeutel zum Tortendekorieren nennen?«

Ich schüttle wieder den Kopf.

»Dressiersack.«

Als die ersten Autobahnschilder auftauchen, fragt sie ganz unvermittelt: »Norden oder Süden?«

Im ersten Moment bekomme ich natürlich nichts raus. So etwas wird man schließlich nicht alle Tage gefragt.

Stella biegt den Rückspiegel zurecht.

»Und? Da vorne ist die erste Auffahrt …«

Sie guckt kurz zu mir rüber und dann wieder auf die Straße. Ich rutsche etwas tiefer in den Sitz und sehe möglichst ungerührt aus dem Fenster, während Städte und Länder durch meinen Kopf rattern.

Überallhin, denke ich. *Ich will überallhin.*

Meine systematische Seite sagt plötzlich: »Oben anfangen«, auch wenn das natürlich von einem recht naiven Geografieverständnis zeugt.

»Norden.«

»Alles klar«, sagt Stella und setzt gerade noch rechtzeitig den Blinker.

Ich liebe die Autobahn. Die Geschwindigkeit. Das Vorwärtskommen. Ständig ist etwas los, jemand hupt, dicke Mittelklassewagen schießen wie irre Blechhaie links an uns vorbei, manchmal auch rechts, weil der Bus nicht sehr schnell fährt, und dann regt Stella sich auf und schickt ihnen ein paar saftige Flüche hinterher. Je weiter wir uns entfernen, wovon auch immer, von allem, desto besser fühlt es sich an. Die Landschaft verändert sich von grau zu grün, geht bergauf und bergab, aus Häusermeeren werden Schafherden. Die Sonne ist nur noch ein allerletztes Glimmen hinter dunkelorangen Wolkenschleiern.

Als wir schon eine Weile unterwegs sind, kommt ein erster Stau, wir rollen an einer Nachtbaustelle vorbei, auf der es überall blinkt und piepst und nach Teer riecht. Und trotz der kurzen Ernüchterung gefällt mir sogar das, das Kriechtempo. Ich beobachte all die Leute mit den langen Gesichtern in ihren Autos und stelle mir vor, was sie wohl gerade denken, wo sie hinwollen, wovor sie wegfahren. Ich winke zurück, wenn Kinder mir zuwinken. Kurble das Fenster runter und halte meine Hand in den kalten Wind. Draußen gleiten die Felder vorbei, und auf wunderbar stete Weise windet sich die schier endlose Leitplanke an unserem Weg entlang. Ab und zu hat sie riesige Beulen. Manchmal kommen wir an akkuraten Baumreihen vorbei, die so aussehen, als stünden der Welt die Haare zu Berge. Es gibt so viel zu sehen, bis es zu meinem großen Bedauern viel zu schnell stockduster ist. Stella drückt auf dem Autoradio auf *Play*, und nach ein paar Sekunden ertönen die ersten Kassengeräusche und das irre Lachen von *The Dark Side of the Moon*.

Ich ziehe mein Handy aus der Tasche, um mich bei Fritzi in der Klinik für ihren vorgetäuschten epileptischen Anfall zu bedanken, der Doktor Mabuse weggelockt hat. Sie war in den Wochen, die auch ich dort verbracht habe, meine beste Freundin, wir haben endlose Runden *Mensch ärgere dich nicht* gespielt, was mit Fritzi besonders lustig war, da sie wegen unkontrollierbarer Aggressionen in der Klinik saß. Beim nächsten Besuch werde ich sie für ihre Hilfe mit Fanta Mandarine und Batterien für ihren Vibrator versorgen. Die schlimmsten Fälle waren wir dort übrigens bei Weitem nicht: Meine Zimmernachbarin war felsenfest davon überzeugt, sie sei Lady Di, und hat mir jeden Morgen vorgeworfen, mit Charles geschlafen zu haben. Dann habe ich ihr jedes Mal das Schild an meinem Bett gezeigt, damit sie einsah, dass ich nicht Camilla hieß, doch so ganz verschwand ihr Misstrauen nie. Eines Tages hat sie dann absichtlich unser winziges Badezimmer überflutet und wurde verlegt.

Nach ein paar Stunden fängt Stella an zu gähnen, und irgendwann fange ich auch damit an. Sie setzt den Blinker.

»Da vorne kommt eine Raste. Ich würde sagen, wir legen uns ein, zwei Stündchen hin und fahren dann weiter. War ein langer Tag«. Ich nicke, und sie fährt rechts ab.

Auf dem Rastplatz ist es nahezu still, obwohl nicht sehr weit entfernt unaufhörlich die Autos vorbeirauschen. Die Autobahn schläft nicht. Irgendwer muss immer irgendwohin, egal wie spät oder wie früh es ist. Wir steigen aus und strecken uns ein bisschen wie alberne Amateurturner, machen *Ah!* und *Oh!* und reiben uns das Kreuz, dabei sind wir noch gar nicht so lange unterwegs. Egal. Wir gucken uns die vielen großen LKWs an, die in einer separaten Ecke der Raste stehen. Sie haben personalisierte Nummernschilder in ihren Fahrerkabinen liegen. F R E D steht da. Und HÖPPI ON TOUR. Manchmal ist noch irgendwo ein Fanschal drapiert. Ich gucke noch ein wenig weiter, während Stella schon hinten im Bulli das Bett umklappt und die karierte Steppdecke ausschüttelt.

»Voilà!«, sagt sie schließlich, und ich werfe ihr einen dankbaren Blick zu. Es war wirklich ein langer Tag.

Schlafen kann ich trotzdem nicht. Während Stella neben mir liegt und zusehends tiefer und schwerer atmet, liege ich da und starre in die Dunkelheit. Ich denke an meine Mutter in der Klinik. An Leo auf der Beerdigung. An Motze und Axel. Ich hatte sie beim Abschied ganz fest an mich gepresst, so fest ich konnte, bis sie *Aua* gesagt haben. Draußen gleiten immer wieder Scheinwerfer vorbei und wandern über die Decke des VW-Busses. Ich zähle die Löcher im Bezug. Die Decke riecht muffig, und die Matratze ist zu dünn, man spürt den harten Boden darunter, aber eigentlich ist das gar nicht so schlimm. Irgendwie muss es wohl so sein. Jemand fährt mit lautem Gitarrengeschrammel im Radio über den Parkplatz. Stella schnarcht inzwischen, ganz leise und regelmäßig.

Dann schließe ich doch noch die Augen.

Irgendwann klingelt Stellas Handywecker. Während sie sich das Gesicht waschen geht, liege ich noch ein wenig auf der harten Matratze und döse weiter. Erst auf dem Beifahrersitz, bei offenem Fenster, brummendem Motor und kaltem Fahrtwind, werde ich wieder halbwegs wach. Esse Salzstangen. Merke, dass ich dringend pinkeln muss. Mit tadelndem Blick fährt Stella direkt wieder auf die nächste Raste. Das komplett stahlsilberne Klohaus ist menschenleer, und es stinkt, zum Glück habe ich in meiner Tasche noch ein letztes Taschentuch in einer alten zerknüllten Packung.

Als ich wieder einsteige, komme ich mir komischerweise schon recht routiniert im Reisen vor. Tür zu, Zündung an. Los geht's. Ich gucke wieder aus dem Fenster, aber um diese Zeit ist das nicht sehr spannend, es sind kaum Autos unterwegs, und draußen ist es dunkel. Nur die schwarz-weißen Poller mit ihren Reflektoren blitzen in schöner Regelmäßigkeit am Fahrbahnrand auf. Stella erklärt mir, dass die schwarze Ecke einem anzeigt, in welcher Richtung sich das nächste Notrufgerät befindet, links oder rechts, und ich stelle mir vor, wie ein wütender Mensch in grellroter Warnweste bei strömendem Regen die Autobahn entlangstapft, und muss lachen. Als ich ihr meine Gedanken mitteile, findet sie das gar nicht witzig und erzählt wiederum, dass ihr Vater mal jemanden auf der Autobahn geschnitten hat, der dann vor Schreck von der Fahrbahn abgekommen ist und sich überschlagen hat und dann ein gebrochenes Bein hatte. Später musste ihr Vater jedenfalls das Portemonnaie ganz weit aufmachen, damit davon nicht allzu viel in der Dorfpresse berichtet wurde, und mit dem Verletzten hat er sich außergerichtlich geeinigt.

Eine Weile sehe ich wieder aus dem Fenster in die Dunkelheit.

»Ich hatte mal einen Bruder«, sage ich plötzlich. Die Worte steigen einfach in mir auf, wie ein Gas, das aus den Tiefen der Erde entweicht. Stella guckt weiter auf die Straße, aber ihre Finger schließen sich etwas fester um das Lenkrad.

»Wie … ›hatte‹?«

»Er ist aus dem Fenster gesprungen, als meine Eltern sich gegenseitig an die Gurgel gegangen sind.«

Sie sieht ungläubig zu mir rüber und dann schnell wieder auf die Fahrbahn.

»O Gott. Wie krass. Das tut mir leid.«

Sie schüttelte leicht den Kopf.

»Warum hast du nie von ihm erzählt? Also, ich weiß ja, dass du eher von der stillen Sorte bist, aber so was erzählt man doch. Seinen Freunden zumindest.«

Eine scheinbare Ewigkeit lang sehe ich zu, wie die Motorhaube die endlose weiße Straßenmarkierung auffrisst.

»Das ging irgendwie nicht. Ich konnte nicht. Früher habe ich an nichts anderes gedacht. Nie. Ich habe immer nur an ihn gedacht, den ganzen Tag und die ganze Nacht lang. Also, nachdem er tot war. Und dann hat mein Kopf irgendwie ganz plötzlich alles versteckt. Oder verschluckt. Ich weiß auch nicht.«

Sie nickt langsam. Ich lasse den Kopf nach hinten an die gepolsterte Lehne sinken und gucke weiter hinaus.

»Vermutlich brauche ich fürs Erinnern einen Mittelweg.«

»Sounds good«, sagt Stella und wirft einen Blick über ihre linke Schulter. Dann drückt sie aufs Gaspedal. »Und für die meisten anderen Probleme empfehle ich den Mittel*finger.*«

Als der Wagen in dem Maße, wie es möglich ist, beschleunigt, kommt mir schließlich der Gedanke, dass ich vielleicht doch etwas zwischen Knete und Glas sein könnte. Vielleicht wäre ich irgendwann wenigstens aus Plastik.

Durch das unsanfte Halten des Bullis sackt mein Kopf nach vorne, und ich wache auf. Reibe mir die Augen. Stella lächelt mich an.

»Wir sind da. Also, irgendwo. Ein bisschen weiter nördlich ginge theoretisch noch, aber ich brauch 'ne Pause, und ich glaube, hier ist es ziemlich schön.«

Sie reibt sich übers Gesicht.

»Die Straßen hier heißen witzig. ›Düttebüllschmiede‹ und ›Gundelsby‹.« Sie lacht. »Klingt doch vielversprechend.«

Wir stehen auf einem kleinen Acker, umgeben von Büschen und zwei anderen Autos mit ungewohnten ersten Buchstaben auf den Nummernschildern. SL. Mein Nacken tut weh. Stella zieht den Schlüssel ab und die Handbremse an, zeitgleich öffnen wir die schweren Türen, und der Bus sieht plötzlich aus wie ein riesiger roter Käfer, der jeden Moment abheben will. Ich denke an die *Herbie*-Filme, die mein Bruder und ich früher mit an Wahnsinn grenzender Begeisterung angesehen haben, wieder und wieder, bis wir sie auswendig konnten.

Die Luft ist kühl und belebend. Schnell mache ich mir einen Zopf, damit mir die Haare nicht so ins Gesicht flattern und kitzeln. Ich strecke mich ausgiebig, atme tief ein.

Seeluft.

Zusammen laufen wir über den Acker und über einen weichen Hügel in Richtung Rauschen. Zwei lange Schatten laufen uns hinterher.

Und dann liegt es vor uns: das Meer.

Der Himmel ist ganz blass, ein nebliges Weißblau, als wäre er auch noch nicht ganz wach und würde noch seelenruhig vor sich hindösen. Die Sonne schafft es mit ihren Strahlen kaum durch die dicken, langen Wolkenbänder. Ich ziehe Schuhe und Socken aus und betrete mit nackten Sohlen vorsichtig, beinahe ehrfürchtig, den kalten Sand.

Mit der entfernten Wärme im Gesicht stehen wir da, die einzigen Menschen weit und breit. Orangefarbene Strandkörbe stehen kreuz und quer auf dem Strandabschnitt herum, als hätten ein paar Riesen ihre Bauklötze vergessen. Stella krempelt sich die Hose hoch. Ich gehe in Richtung Wasser und hebe eine kleine, runde Muschel vom Boden auf, obwohl sie einen Sprung hat und eine Ecke fehlt, stecke sie in die Tasche und lasse den Blick weiterschweifen.

Wie grüne Haarschöpfe überziehen große Grasbüschel den Deich. In der Ferne bellt ein Hund. Kurz vor dem Wasser gibt es einen dunklen Algenstreifen, das sieht merkwürdig aus, diese ineinander verknoteten, braungrünen Algenhaufen, als hätten sich hier aus irgendeinem Grund unzählige Videokassetten abgespult.

Dann umspült die erste kleine Welle meine nackten,

erschrockenen Füße, das Wasser ist eisig kalt und glasklar, ich balle die Fäuste zusammen, so kalt ist es. Mache einen Schritt. Beobachte die kleinen weißen Bläschen am Wellenrand. Schauer um Schauer leckt an meinen Knöcheln. Und es kommt mir mit einem Mal so vor, als käme ich nach Tagen, Monaten, Jahren der Abwesenheit endlich einmal wieder zu Sinnen. Ich gehe noch tiefer hinein. Eine starke Böe weht mir ins Gesicht, aber ich mache die Augen nicht zu. Ich mache noch einen Schritt, beuge mich vor und schaufle mir eine Handvoll Wasser ins Gesicht. Eiswasser, das an den Fingern wehtut. Und dann noch eine. Salzwasser, das in den Augen brennt und prickelt. Immer wieder. *Klatsch.* Ich pruste und reibe. Pruste und reibe. *Klatsch.* In Gedanken rede ich schon mit dem Wasser. *Mach mich stark*, rufe ich das Wasser an. *Bitte, bitte, mach mich stark.* Und plötzlich kommt mir ein Lied von The National in den Kopf, ein Refrain, den ich liebe und dessen Bedeutung ich erst jetzt verstehe: *It takes an ocean not to break.*

»Vorsicht, deine Tasche wird nass!«, ruft Stella, die hinter mir steht und raucht, aber ich zucke nur mit den Schultern. Das Wasser rinnt mir in den Nacken und in die Ärmel, bis ich zittere, aber das ist ganz egal. Es ist gut so.

Ich könnte für immer hier stehen bleiben, mit dem Gesicht im Wind und den Beinen im Meer.

Stella holt Handtücher und die karierte Wolldecke aus dem Auto. Ich wickle mich darin ein. Dann knackt sie uns einen Strandkorb auf, fegt ein paar Sandkörner vom Plastikpolster und setzt sich. Ich setze mich daneben. Wir gucken aufs Wasser und sagen lange Zeit nichts. Meine Füße kribbeln noch und sind jetzt ganz rot und warm, ich sauge die salzige Luft ein, die mir wie ein Wunder vorkommt. *Salz. In der Luft. Man kann es schmecken.* Möwen schreien, ich habe mich immer gefragt, warum es heißt, Möwen würden schreien, nicht singen oder zwitschern, von keinem anderen Vogel wird gesagt, er würde schreien, aber jetzt verstehe ich es. Dann sehe ich, wie eine von ihnen in Richtung Wasseroberfläche schießt, beinahe so, als würde sie abstürzen, doch sie pickt hinein, und als sie wieder in die Höhe gleitet, blitzt in ihrem Schnabel ein silbriger Fisch auf.

»Ich war noch nie am Meer«, sage ich irgendwann, obwohl ich es eigentlich nur leise vor mich hingedacht hatte. Der Satz hängt einfach plötzlich da wie ein Fähnchen in der Brise.

Flehend sieht Stella zu mir rüber.

»Ach komm.«

Ich sage nichts und betaste die Muschel in meiner Tasche. Sie piekt, wo der Sprung ist.

»Das *kann* einfach nicht dein Ernst sein.«

Sie atmet ein und aus. Tief durch die Nase.

»Du warst noch *nie* am Meer.«

Mein Rücken kratzt. Ich reibe ihn an der Rücklehne.

»Ich war mal an 'nem Baggersee …«

Stella seufzt. Lehnt sich nach vorne, tastet nach einem Stein auf dem Boden und wirft, so fest sie kann. *Plumps.*

»Und?«

Ich rutsche von der Bank und setze mich in den Sand, weil der Strandkorb mein Sehfeld begrenzt, und ich will den Blick schweifen lassen, will die zweigeteilte Weite genießen, die vor uns liegt, unten Strand, oben Blau. Der Sand ist jetzt ganz pudrig und fein, ich strecke die Beine aus und grabe meine Hand wie einen weichen Krebs in den Boden. Spüre, wie sich die Körner unter meine Fingernägel schieben.

»Es beruhigt. Das Meer. Man atmet, wie die Wellen kommen. Und es gehört niemandem. Es ist schön.«

Dann knarzt der Strandkorb.

»Ich geh rein«, sagt Stella. Die Vorfreude weht aus ihren Worten zu mir herunter, und ich muss lächeln. Auf dem Weg zum Wasser zerrt sie sich Pulli, T-Shirt und Hose aus, halb rennend, halb hüpfend. Zuletzt die Unterhose. Dann spurtet sie los. Und während ich so dasitze und auf die gekräuselte, blassblaue Masse vor mir blicke, in die sich Stellas weißer Körper kopfüber stürzt, schwöre ich mir, dass ich zurückkehren werde. Immer wieder. In jedem Jahr.

Das mit dem Dank

Der allererste Dank gilt natürlich dem Albino Verlag, besonders meinem ganz fabelhaften Lektor Matthias Höhne, der sich die Textprobe tatsächlich durchgelesen hat. Obwohl ich sie mit einem Bauchladen auf der Buchmesse verteilt habe. Trotz Schriftgrad 10 und Vanillegestank (lange Geschichte). Danke für die wirklich schöne Zusammenarbeit, für Dein Vertrauen, Dein zielsicheres Gespür fürs Verbesserungspotenzial und Deine Liebe zum Detail. Ich werde die 030 auf dem Telefondisplay vermissen. Ehrlich.

Der zweite Dank geht an Paul (a.k.a. Polauke von Potzburg), der die Idee mit dem Bauchladen überhaupt erst hatte. Und ihn dann auch wirklich gebaut hat. *Dada 4 life!*

Der dritte Dank gebührt den zahlreichen tollen Menschen, die sich in den letzten Jahren Teile des Romans angehört haben, oder durchgelesen haben. Die gesagt haben: Schreib weiter. Wie sehr man so was braucht, um dem dicken, fetten Kritiker im eigenen Kopf immer wieder den Mittelfinger zu zeigen… Vielen Dank auch allen Leuten aus dem *Hinterhof*, die sich schon über das Buch gefreut haben, als ich noch zu gestresst war, allen Companer@s von *¡Alerta!* und den Seeratten für die viele Rückenklopferei und das Verständnis für mein plötzliches Vom-Erdboden-Verschlucktsein.

Ich danke meiner Mama für die rettende Linsensuppe und die wiederholten Angebote, zum Putzen vorbeizukommen (nein danke, aber lieb von dir), meinem Vater für die schlechten Witze über den Romantitel, meiner Schwester fürs Schreibobdach in Hamburg, meinen beiden liebsten Lisas für den Fernsupport, Rikk für die Rundumverpflegung in Thessaloniki, wo das (halbwegs) endgültige Skript entstanden ist, der Woyton-Crew fürs Anfeuern, Jerónimo für die Fotosession (Gracias!) und Crispin für die feuchtfröhlichen Abende, die ich mir in der Endspurtzeit eigentlich nicht mehr hätte erlauben dürfen. Danke. Ohne Dich wäre dieses Buch wesentlich besser geworden.

Schreiben ist eine einsame, anstrengende und unglamouröse Angelegenheit – danke, dass ihr in den letzten Monaten tapfer mein Gejammer ertragen und hauptsächlich mit Umarmungen und einer neuen Runde Schnaps darauf reagiert habt.

Ihr seid das Letzte – und dafür liebe ich Euch.

GUAPA

SALEEM HADDAD
GUAPA

Aus dem Englischen von
Andreas Diesel

400 Seiten, Klappenbroschur,
13 x 19 cm
ISBN 978-3-95985-084-1
€ 16,99

Vierundzwanzig Stunden, die alles im Leben des jungen Rasa verändern: In einem namenlosen Land im Nahen Osten erschüttern gewaltsame Proteste die politische Ordnung. Der Arabische Frühling steht am Scheideweg zwischen Militärdiktatur und islamischem Regime. Und auch Rasas Welt gerät völlig aus den Fugen. Auf der Suche nach seinem besten Freund, der in den Gefängnissen der Machthaber gefoltert wird, streift er durch die Slums seiner Stadt. Nach Hause zu gehen wagt er nicht, denn seine Großmutter hat sein unaussprechliches Geheimnis entdeckt. Während die wichtigsten Beziehungen in seinem Leben zu zerbrechen drohen, muss Rasa seinen Platz in einer Gesellschaft finden, die ihn vielleicht niemals akzeptieren wird.

Jetzt sind wir jung

Julian Mars
Jetzt sind wir jung
328 Seiten, Klappenbroschur,
13 x 19 cm
ISBN 978-3-95985-038-4
€ 14,99

Als ob die Sache mit dem Erwachsenwerden nicht schon kompliziert genug wäre! Felix fragt sich, warum es ihm manche Menschen besonders schwer machen müssen. Seine Mutter will ihn einfach nicht loslassen, seine Freunde gehen ihm die meiste Zeit auf die Nerven – und dann ist auch noch sein Ex-Freund Martin plötzlich zurück in der Stadt. Felix weiß, dass die beiden eher früher als später aufeinandertreffen werden. Und er hat gute Gründe, sich vor der überfälligen Aussprache zu fürchten. Irgendwann fängt das Leben an, ernst zu werden. Und Felix hat das Gefühl, dass dieser Moment unmittelbar bevorsteht. Unverschämt, witzig und berührend – das beeindruckende Romandebüt von Julian Mars.

Movie Star

Raziel Reid
Movie Star

Aus dem Englischen von
Peter Peschke

208 Seiten, Hardcover
mit Schutzumschlag,
12 x 19,5 cm
ISBN 978-3-95985-082-7
€ 19,99

Für Jude ist die Schule ein großes Filmset: Da gibt es Crewmitglieder, Statisten und Hauptdarsteller – und jeder fügt sich in seine Rolle. Nur Jude ist im Drehbuch nicht vorgesehen. Als schrille Diva in High Heels und Glamour-Make-up zieht er die Blitzlichter der Paparazzi magisch an und mischt den Schulalltag gewaltig auf. Und als er das Undenkbare wagt und um das Herz seines Angebeteten kämpft, überschlagen sich die Ereignisse. Aber was wäre ein Blockbuster ohne dramatischen Höhepunkt? Eine ebenso rasante wie berührende Geschichte über das Anderssein – schonungslos erzählt und voller bissigem Humor.

Im Meer, zwei Jungen

JAMIE O'NEILL
Im Meer, zwei Jungen

Aus dem Englischen von
Hans-Christian Oeser

704 Seiten, Klappenbroschur,
13 x 21,5 cm
ISBN 978-3-95985-231-9
€ 16,99

Irland, 1915: Allerorts brodeln politische Unruhen. Der sechzehnjährige Krämersohn Jim freundet sich mit dem Arbeiterjungen Doyler an – und sie verlieben sich ineinander. Täglich treffen sie sich an einem Badefelsen in der Nähe von Dublin. Dort schließen sie einen Pakt: Doyler soll Jim das Schwimmen beibringen, denn am nächsten Ostersonntag wollen sie zusammen zu den Felsen der Muglins schwimmen und die irische Fahne hissen – für die Freiheit Irlands und für ihre Liebe.

Souverän mischt Jamie O'Neill Fakten und Fiktion zu einem hinreißenden Epos, das nicht zuletzt in seiner Sprache das irische Erbe fortschreibt: bildhaft, poetisch, voller Anspielungen und Zitate.